文春文庫

絢爛たる流離

松本清張

文藝春秋

目次

第一話　土俗玩具　8
第二話　小町鼓　43
第三話　百済の草　80
第四話　走路　116
第五話　雨の二階　162
第六話　夕日の城　198
第七話　灯　236
第八話　切符　264

第九話　代筆　294
第十話　安全率　321
第十一話　陰影　350
第十二話　消滅　377
解題　藤井康栄　404
解説　佐野洋　408

初出「婦人公論」（一九六三年一月号〜十二月号）

本書は、『松本清張全集2』（一九七一年六月第一刷　文藝春秋刊）を底本とし、二〇〇九年に文庫「長篇ミステリー傑作選」の一冊として刊行されたものの新装版です。

本作品の中には、今日からすると差別的ととられかねない表現があります。しかしそれは作品に描かれた時代が抱えた社会的・文化的慣習の差別性によるものであり、時代を描く表現としてある程度許容されるべきものと考えます。本作品はすでに文学作品として古典的な価値を持つものでもあり、表現は底本のままといたしました。読者の皆さまが、注意深くお読み下さるよう、お願いする次第です。

文春文庫編集部

絢爛たる流離

第一話　土俗玩具

三カラット純白無疵　ファイネスト・ホワイト。丸ダイヤ。プラチナ一匁台リング。昭和×年三月二十一日、東京市麻布市兵衛町××番地谷尾喜右衛門氏ニ金八千六百円ニテ売ル。

喜右衛門氏ニヨレバ、愛娘妙子ニツケサセルトイウ。値段ノ点ニテ喜右衛門氏ハ少々高イトイウガ、結局、前記ノ値デ落着ク。同氏ハ九州ニテ炭鉱ヲ経営スル由。

（宝石商鵜飼忠兵衛ノ手帳ヨリ）

1

北九州のR市は、背後地帯の石炭によって成長し、繁栄してきた。元はおっとりした城下町で、前は玄界灘に対い、東西は荒々しい気風の港町がつづいている。

R市が奥床しい情緒をとどめていることは、裏町を通ると茶の湯の看板を掲げた庭の家があったり、士族屋敷がならんでいたり、旧藩時代の寺が減りもせず、そのままの数で残っていることでも分かる。

谷尾喜右衛門の邸は、この静かな一劃に一町四方を占めて建っていた。白壁の塀が長々と平面的につづくのは、由緒ある寺院かと思われるくらい壮観であった。大きな門も終日開けられることはない。塀の上には亭々と銀杏の樹が伸びていた。

谷尾喜右衛門は土地の人間ではない。若いとき作州津山の山奥から出て来て、裸一貫で今日を叩き上げた。彼についての臆説はいろいろとあるが、炭坑の底で裸体を真黒にして鶴嘴を揮っていたことは間違いない。

その後、小金を蓄えて小さな礦山を買ったのが運のつき初めであった。ほかの坑夫たちが博奕や女に気を取られているとき、喜右衛門はひたすら倹約して金を溜めつづけた。思うに、収穫の少ない作州の奥に育った彼には、貧乏と辛抱とが骨の髄まで沁みこんでいたようである。

経営の才もあった。彼の抱えた小礦山が堅実な歩みをつづけているうち、思いも寄らぬ幸運が彼を見舞った。第一次世界大戦が起こって、石炭界は急速な好況を呈した。石炭は掘っても掘っても足りず、炭価は日に日に上昇するばかりだった。

やがて戦争の終結と共に恐慌が来た。このとき多くの礦山が倒産したが、地道な彼はいち早く経営を緊めていたから、その災には遭わなかった。のみならず、倒れかかっている他の礦山を彼は乞われるままに買った。

そのことが今日の成功の基礎となっている。今では筑豊地方に大きな礦山を三つ持っている。谷尾礦業は三井や貝島などの規模には及ばなかったが、そのすぐ下のクラスくらいには入っていた。

昭和初年の今日、当主の喜右衛門は五十四歳になる。妻の房江との間に妙子、淳子という二人の女の子がいる。妙子二十歳、淳子十六歳である。

谷尾礦業の本社は礦山の中心地のG町にあったが、喜右衛門は娘の環境のためにR市に土地を買い、現在見るような邸宅を造って、ここに妻子を住まわせた。炭坑町の気風が粗暴で卑猥であるという理由によった。R市はこの近辺では上品な城下町として他から憧憬されていたのである。

喜右衛門は娘の教育に熱心であった。彼は小学校こそR市で我慢したが、高等女学校は東京の高名な学校にやり、次いで女子専門学校に進ませた。その間、妙子は東京の寄宿舎住まいであった。

卒業した妙子はR市に帰って来たが、この時、東京に別の住宅を造るよう父親にしきりと頼んだ。当時、喜右衛門も事業が順調に行っていたので、彼は容易に娘のいうままに応じた。地方住まいの金持には、東京に別宅を持つことが何よりの見栄でもある。

現在の麻布市兵衛町の家は、こうして昭和初年に造られた。喜右衛門はここに妙子を置き、永く使っている女中を上京させた。彼は美貌の妙子を最も可愛がっていたのである。

もっとも、東京の別宅は、喜右衛門夫婦が全然使用しなかったわけではない。女房の房江は一月おきぐらいに出かけていたし、喜右衛門も事業の隙間をみて東京に行っていた。

妙子はときたまR市に帰ってきた。ところが、彼女の風采や挙動は町の人たちの眼をそばだたせることが多かった。

谷尾のお嬢さんが戻ったと伝わると、少し大げさにいえば、彼女の外出を見るため邸の門前に人の眼が集まるくらいであった。

彼女の髪のかたちも、衣裳も、東京の流行をそのまま持ち込んだものだった。もとより顔は美しい。姿もいい。それに、街を行くには当時地方ではまだ珍しかった自動車に乗っていた。運転手はいつも邸内に置いた。

あれでは降るような縁談で、谷尾の旦那もその選択にお困りであろう、という噂は高かった。どうせ、この近辺には婿になれるような者はいないので、いずれ東京の相当なところから養子がくるものと信じられた。華族と縁組が出来たとか、谷尾礦業以上の大きな会社の社長の息子との縁談が決まったとかいう声がしきりと伝わった。

事実、彼女がR市内を歩くと、男も女も、その颯爽とした姿に眼をみはり、息を呑んで見送るのであった。女の活潑な行動は、土地の者だとお転婆だと非難されるところだが、彼女だと無条件に新しくみえた。この市の上流階級ばかりで出来ているテニスクラブに軽快な姿で現われたり、電車通りを乗馬で通ったりした。その人を見下したような態度もかえって彼女を貴族的に見せ、若者たちの憧憬をつのらせた。

妙子は、一年のうち二、三回は必ず東京から帰って来た。母が上京していると、母娘で戻って来ることもあり、父親の喜右衛門と三人のときもあった。だが、むろん、彼女ひとりのときのほうが多い。

その妙子が、しばらくR市に戻って来るのが途絶えた時期がある。

すると、近ごろは谷尾のお嬢さんの姿が見えない、という噂が立った。わざわざ、寺院のような塀をめぐらした邸宅の中で働く女中に様子を訊く者がいる。女中にも事情が分からなかったが、ただ、喜右衛門夫婦がたいそう暗い顔をし、沈んだ様子でいることだけは伝えた。

谷尾のお嬢さんは東京で病気をしているのだと言う者と、何か変わったことが起こったのだと言う者とがあった。彼女の帰郷が延びるにつれて、次第に悪いほうの噂が強くなってきた。どこでそれが判ったのか知れないが、

「谷尾のお嬢さんはいい情人が出来て、親の反対を蹴り、麻布の家を出奔したそうな」

という真しやかな噂が流れてきた。

それが何となく街の人に信じられたのは、妙子のかねての奔放な姿を見せつけられているからである。

「あのお嬢さんなら、そんなことかも知れない」

ということになり、あの美しい女性をわがものにしたのはどのような男であろうかという噂の詮索になった。

すると、その謎に答えるかのように、次のような風聞が流れた。

「妙子さんの相手は船乗りじゃそうな。なんでも、船の中で電信をたたいている若い男だそうで、横浜で知り合ったという。二人は駆落ちをしていま台湾にいるが、これは妙子さんがあとから追っかけたので、男は船を下り、台北か基隆あたりで愛の巣を営んでいるそうな」

真偽は分からなかった。だが、あれ以来、彼女の姿をR市の邸内でも街の中でも見かけないところをみると、あえてそれを打ち消す説は出なかった。

そのうち、もっと有力な話が伝わった。それは、妙子の母親がずっと東京に行ったきりでいることだった。喜右衛門のほうは事業のため、そうたびたび上京は出来なかったが、それでも以前よりは頻繁に邸を留守にする。何よりの証拠に、邸の中が以前とは打って変わって沈んだ空気になっている。これは女中の口から洩れた言葉であった。

2

半年ばかり経った。

今度は、妙子が台湾から東京に連れ戻されたという風評が起きた。Ｒ市では東京の消息は全然分からないが、それでも厚い壁を通して水が沁みこんで来るように、何となくかすかに伝わって来る。

その風聞を証明するように、暫くぶりに妙子の姿がＲ市でも見られるようになった。

もっとも、彼女はこれまでのように市内を乗馬姿で濶歩したり、自動車で疾駆するというようなことはなかった。一町四方を囲んだ塀の中でしか彼女の姿は動いていなかったのである。一般の者は、その内までのぞくことが出来ないから、女中の話で満足した。お嬢さんは以前とは別人のように元気がなく、窶れているというのである。

Ｒは小さな都市である。まだ残っている武家屋敷の中からは琴の音が洩れるといった旧い風習と道徳とが濃く残っている。谷尾妙子の情熱の失敗は、しばらくは市民たちの口から噂が消えなかった。

すると、妙子はその噂に追い立てられたように、再び東京へ去ってしまった。

Ｒ市の人は、喜右衛門がわざわざ台湾まで行って娘を男から引き離したという噂を信じていたし、取り残された男は自殺したとも取沙汰した。

ところが、その悪評を打ち消すように、妙子に新しい婿養子がくる話が伝わった。それによると、当人は谷尾礦業の若い社員で、東京の高名な大学を卒業し、喜右衛門が末を見込んだというのだった。しかし、一方では、その男は大学は出ているが、家が貧乏なので、喜右衛門の世話で学校を卒業したのだともいった。婿の名前は村田忠夫という。妙子よりは六歳上だった。

この村田忠夫のことならR市でも知っている人が多い。彼はたしかに身体の丈夫な、快活な若者であった。谷尾礦業は、北九州出張所のようなものをR市の喜右衛門の屋敷内に置いている。忠夫はそこの事務員であった。

こんな関係を考えると、昔でいう家付の娘に有望な傭人を娶らせた慣例を想像させる。やがてそれがR市の人々の眼にはっきりと映じるときがきた。妙子が村田忠夫との結婚披露宴をR市一ばんの料亭で行なったからである。

結婚披露は東京でも行なわれた。R市の披露宴に出ていた客は、その席で喜右衛門から、新夫婦の挙式は明治神宮で行ない、在京の人たちへの披露は東京会館であげたという挨拶を聞いた。喜右衛門の財力なら、ふしぎでなく納得できる。

市での披露には市長、商工会議所会頭、市会議員並びに一流商店主などが招かれたが、席上の新夫婦の様子は、みなに興味をもって凝視された。つまり、妙子は処女ではなくなっている。数カ月でも他の男の許に走り、そこで同棲生活を経験しているからである。

もし、彼女にそのような過去がなかったら、あるいはもっといい家柄から婿が来たかもしれない、という思いはみなの胸にある。喜右衛門はわが娘が疵ものになったので、使っている傭人にそれを押しつけたのだという推察は誰しも抱く。

しかし、招待客の眼に映った新夫婦の仲は、それほど悪いものではなかった。新婦は何かと新郎に気を遣っていた。妙子の花嫁衣裳は、ながらく噂がしずまらなかったほど豪華であった。

もう一つ豪華といえば、その席で妙子の指に燦然と輝いている大きなダイヤの指輪であった。ちょっと見ただけでも三カラット以上は十分にありそうに思える。新婦がつつましげに、それは和服のせいかもしれなかったが、食膳に手を出すとき、あたかもそこにもう一つの光源があるかのように燦めいていたのだった。

女中の話では、今度新郎と一しょに戻ったとき、そのダイヤが妙子の指にはじめて嵌っていたという。しかし、結婚指輪ではない。このことから、喜右衛門が娘に前の恋人を思い切らせ、この結婚を納得させるために買い与えたのであろうという説が起こった。

新夫婦は無事に披露の宴を終わって、その晩から九州一周の新婚旅行に出た。これも当時のR市としてはハイカラなほうである。披露の席に出て、その列車を駅まで見送った或る夫人の話によると、新婦の華美な色直しは二度にわたって行なわれ、さらに旅行に出るときは目を瞠るばかりのモダンな洋装であったという。

しかし、新郎が疵ものの主人の娘を貰ったのは、今まで学資その他の世話になった喜右衛門への礼心と同時にその財力に屈伏したのだという陰口が強かった。

新婚旅行が終わった夫婦はR市に戻っていたが、当然、夫婦ともあの長々と伸びている白塀の中に新居を持つものと思われた。事実、これも女中の話だが、そのための家の用意も、喜右衛門がずいぶん以前から大工を入れて造作にかからせていた。ところが、そこに夫婦が入ったのはほんの僅かの間で、妙子だけはすぐ東京に行ってしまったのである。忠夫はその離れから別棟の事務所に今まで通り通勤するだけになった。が、一旦は東京に去った妙子も、やがては帰って来るものと思われた。東京では妹の淳子が姉の学んだ女子専門学校に通っていた。

しかし、妙子は容易にR市に戻ってこなかった。それなら忠夫のほうが東京に行くかと思えば、そうでもない。もっとも、忠夫は喜右衛門の婿になってからは谷尾礦業の重要な地位に引き上げられていたが、別棟の狭い事務所に通うことに変わりはなかった。ただ母親の房江が頻繁にR市と東京を往復するだけだったが、世間では、娘夫婦の仲を心配して母親が妙子を説得にかかっているのだ、と噂していた。

そういう状態がしばらくつづく。妙子はまるきりR市に帰らないではない。帰るときは必ず母親と一しょだったので、これも彼女がやむなく母親にすすめられて夫の許に戻ってくるのだとも言われた。あれでは婿の忠夫さんも面白くないであろう、お婿さんが可哀想だとは、その話を聞いた者の誰もが言う。

こんなことから、妙子はまだ別れた男のことを忘れられず、忠夫が好きになれないのだという噂になった。これは間違った推測とは思われない。彼女の娘時代の奔放な姿を見た者は、家付娘のわがままを考え、一方、学資を出してもらった卑屈な婿をこれに組み合せるからであった。そんなことがほぼ一年ほどつづく。

両人の結婚は決して幸福に向かわないようだった。それをあたかも契機としたように、谷尾家に不幸がつづいた。まず、喜右衛門が死んだ。つづいて石炭界には空前の不況が訪れた。炭価は下落する。貯炭はふえる。金融は逼迫する。石炭貨車は空しく駅の構内につながれているという状況であった。

小さな礦山がばたばたと倒れた。しかし、喜右衛門に代った当主の忠夫は、養父がかつてしたようにそれを買収しようとはしなかった。いや、望んでも出来なかったのだ。谷尾礦業そのものが危殆に瀕していたからである。忠夫の放漫な経営方針が、深刻な不況に遭って破綻を来たしたのである。

このような非運の最中に房江が死んだ。

すると、またR市の人たちの好奇心をそばだてるような噂が立った。婿の忠夫がほとんど家には帰らず、博多あたりの花柳界で散財をつづけているというのだ。博多の芸者の誰それを囲っているという確言まで添えられた。

しかし、この噂は忠夫にはそれほど風当たりの強いものではなかった。むしろ、世評は彼に対して同情的であった。妻の妙子が相変わらず東京にばかり住んで夫の許に戻ってこないからである。あれでは男が遊ぶのは無理もない。いや、忠夫は、今まで喜右衛門夫婦に抑えられていたのと、妻が面白くないのと両方の鬱憤を今ごろ晴らしているのだろうと噂した。なかには、妙子は婿の忠夫が気に入らないだけでなく、亭主を莫迦にしているのだ、と言う者もいた。聞いた者も正面からはそれを否定出来ない。一方、妙子の気持を忖度する者は、使用人を仕方なく婿にしたことに彼女の大きな反抗があるのだと言った。してみると、いつぞやＲ市で開かれた披露宴の席で見せた、妙子の新郎に対する親切げな挙動は、彼女の利口さからきていたのか。

妙子さんには東京に情人がいるのではないか、という余計な臆測も生まれる。一体、東京で独りいて何をしているのだろう、という疑問には、彼女はいま能楽の稽古に一生懸命だと答える者がいる。

亭主は博多の街で芸者遊びをする。女房は東京で稽古ごとをしている。――このような夫婦の仲を考えれば、早晩、何が来るかは誰の胸にも予想出来た。

3

忠夫の放埒は、谷尾家の財産のほとんどを蕩尽してしまったように思われた。しかも、谷尾礦業それ自体の負債が嵩み、実際の資産は残り少なくなり、Ｒ市の本邸も銀行の抵当に入ってしまった。

こんな噂は、狭い街だからすぐにひろがる。一町四方を占めた建物も広い邸だけに、見る者の眼には壮大な廃墟と変わってきた。

夫婦で金を湯水のように使ったのだからたまったものではない、という囁きが起こった。が、やがて忠夫は博多の近くの香椎というところに好きな芸者を落籍せて隠棲したという噂にかわる。

一方、東京に行って妙子に遇った者が帰ってきて、こんなことを言いふらした。

妙子さんは能のほうでは相当な腕に達して、すでに素人の域を脱している。今では麻布の家がまるで能の稽古所みたいになって、そこには有名な師匠たちが出入りしている。妙子さんはその人たちの歓待に惜しげもなく金を使っている。古川に水絶えずで、妙子さんは、まだまだ金をもっている。

これを聞いて何も知らないR市の人たちは、閑静な麻布の家から終日謡や鼓、笛の音が幽邃に鳴っているのを想像するのだった。

しかし、喜右衛門が一代で築き上げた谷尾家は、今や二つに分裂し、没落したのである。

博多に行った者は、忠夫の新しい消息を伝えた。

忠夫が博多の花柳界から姿を消したというのだ。それまでには彼の豪遊ぶりが博多の噂になっていたが、現在ではとんと足踏みをしていないという。これは彼の資金の枯渇を推定させた。彼は今は落籍せた女と二人きりで、松林に囲まれた香椎の小さな家の中でひっそり暮らしているという。忠夫に同情する者は、そのほうがはるかにあの人の仕合せであろうと言い合った。家付の娘ということを鼻にかけて権高に振舞う女房の許よりも、その生活のほうがどれだけ彼には仕合せかしれまい。

また或る人は言う。

細々と暮らしている忠夫は、今では趣味として土俗玩具を蒐めている。金に飽かして遊んだ男の最後が郷土玩具の蒐集とは哀れでもあるが、遊びの限りを尽した末がそんな枯淡な童心にかえるのかと思われた。

もともと、博多は人形の産地だが、北九州にはそれ以外にいろいろな土俗人形がある。たとえば、太宰府の鷽替、宗像の藁人形、山鹿の紙燈籠、長崎の唐人形、平戸の南蛮人形など、九州一帯を探せばかなりの品種がある。

たまにR市の者が忠夫の家に行くと、彼は喜んで自分の蒐集玩具を見せた。このときの彼の表情は、ただそれだけに没念して、己の不運も逆境も全く考えないかのようであった。もっとも、その傍に恋女房といってもいい好きな女がついているから、それはそれで幸福なのであろう。土俗玩具をひねくり回している忠夫に同情するのは第三者の感想である。

こうしてまた一年が経った。

すると、また街に新しい風聞が立った。忠夫さんが香椎の家を引き払って東京に移ったそうな、というのである。

これについてさまざまな臆測が立つ。その一つは、忠夫と妙子の間に千代子という女の子が生まれていて、現在では三つになる。結婚直後に身籠った子であった。それで、忠夫が子供に遇いたさに遂に東京へ行ったのだろう、という説である。妙子はわが子を自分の傍に置いて、絶対に九州の夫のところにはやらせなかったので、この説はまことに人々を納得させた。

そうなると、忠夫に付いていた芸者の身の振り方が問題になる。これについては二様にいう者があった。

一つは、芸者が当初の予想と違い、次第に貧乏してゆく忠夫に飽いて、別に情人が出来、彼の許に走ったという噂だった。つまり、忠夫は棄てられたのである。

もう一つは、逆に忠夫のほうが女と手を切って香椎の家を他人手に渡したというのだ。手切金も家を売った金で作ったという。

不運なことだった。なぜなら、喜右衛門がもう少し長く生きていたら、事業が傾いていても時勢によって盛り返していたかもしれない。なぜなら、そのころ満州事変が起こって、炭価が暴騰したからである。いや、たとえ喜右衛門が死亡していても、忠夫がそのあとを守っていたら、事業の挽回はなし遂げられたのである。そこまで耐えきれなかったこと自体が、すでに運に見放されたといわなければならなかった。

東京に行って妙子に遇った人の土産話がある。

妙子は忠夫をすぐには家に入れなかったらしい。忠夫はひとりで近くの知り合いの家の離れに置かれたという。その金がやはり妙子の手から出ているところからみると、谷尾家が没落する寸前の金の分け前は、妙子が夫の数倍を取得したようだ。

その後の谷尾夫婦の噂は少しずつ聞こえてくる。

妙子は相変わらずその趣味にあけくれしているというのだ。能だけではなく、近ごろは芝居や舞踊などにも足を突っ込んでいる。能などを稽古すれば、同じような芸ごとから舞踊や芝居に入って行くのは自然の過程かもしれない。とにかく、妙子が気まま一ぱいで過ごしていることには少しも変わりはないようであった。

忠夫は、ばあやを一人傭って、近くの小さな家に屈居しているということだった。だが、これも自分の蒐めた土俗玩具を部屋中に飾って愉しんでいることに変わりはない。これだけが彼の生き甲斐になっているようであった。

妹の淳子は、すでに他家に嫁入りして子供まで設けている。亭主は或る軍需会社の技師だが、すでに満州事変中なので会社の景気も好く、待遇もいいらしい。だが、淳子は絶対に姉のところに足踏みをしていないということだった。

こういうふうに聞かされると、誰の胸にも妙子には好きな人が出来ているのではないかという臆測が生じる。事実、それが能の同好者であったり、囃子(はやし)を打つ師匠だったり、舞踊の先生だったり、それらとは全く縁の無い金持の男であったりして、噂次第でかなり違っている。しかし、情人がいるらしいということは、夫婦の別居状況からみてもうなずける。妙子の気持を臆測する者は言った。妙子さんは若いとき駈落ちまでした好きな人との仲を父親の喜右衛門に引き裂かれた上、嫌いな男を婿にしなければならなかった。その忿懣(ふんまん)が未だに彼女の鬱憤(うっぷん)となって勝手な行状に走らせているのだ。

だが、気の毒なのは忠夫であった。彼はまるで廃人のように、毎日為(な)すこともなく独りで狭い家に寝起きした。

4

市兵衛町の家は麻布の高台にあった。この一帯は、かなり激しい勾配（こうばい）の丘がつづき、道は急坂が多い。あたりは赤坂から下町一帯を見下ろし、閑静な住宅街となっている。忠夫は、その家の二階に暮らしていた。家は、七、八年前、喜右衛門が全盛のときに建てたものである。まだそのころは妻の妙子が女専を卒業したばかりであった。喜右衛門の死後、妙子が多少の改造を行なったのである。

忠夫は三カ月前まで近くの他人の家の離れを借りていた。ところが、どのような気持からか、妙子が急にこの二階に夫を移したのである。

もとより、忠夫には生活力が無かった。他人の離れにいたころも、家賃や生活費は妻の手から出されていた。妙子はどれだけ金を持っていたか分からないわけである。思うに、喜右衛門が事業を経営していたとき、秘（ひそ）かにその資産を、忠夫には内緒で娘に与えていたものとみえる。

忠夫は妻の命令のままに、抵抗する気力もなくこの妻の家に引き取られたが、相変わらず別居状態であった。妻の生活全部は階下（した）で行なわれる。いや、二階もその一部であったがそれは物置の用に過ぎず、忠夫自身は六畳一間に押し込められていた。ただ、妻の思いやりとして、彼には身の周（まわ）りの世話係として派出付添婦が一人つけられていた。派出付添婦もこの部屋に移ってからでも何度か替わった。いま居るのは、三十八歳の、醜い顔をした川野さんとよぶ女であった。

「旦那さま、この家にはお子さんが大勢いらっしゃるんでしょうか？」

最初に来た日、彼女は一ばんにそれを訊いた。忠夫の部屋には彼が蒐めた郷土玩具がいたるところにならんでいた。

その玩具もハイカラなものは一つもない。土で作ったもの、紙で拵えたもの、木を削ったもの、さまざまであったが、いずれも土臭いゲテモノであった。それも極彩色の色を塗ったのが多い。ことに川野さんを気味悪がらせたのは、筑後の田舎から蒐めた土人形だった。これは素焼の上に彩色したものだが、黄、青、赤といった原色がごてごて塗られている。ことに鬼のかたちをした人形などは全身真赤で目ざめるばかりに鮮かである。それだけに、この小さい部屋で見ると、その赤い色がいかにも毒々しいくらい冴えている。

川野さんは派出付添婦としていろいろな家を回っている。彼女の経験は、一時間でもその家にいると、その家庭の雰囲気を読みとってしまう。しかも、その第一印象が、ほとんど狂わない。

川野さんが新しく雇われたこの家は、奥さんはひどく美しい人で、派手な性格だが、家の中の目立たぬところでは、極端に吝嗇である。二階に寝ている旦那とは折合いがうまくいかないらしい。夫婦はほとんど他人と同じような隔絶状態で、奥さんが旦那の所へ来るのは時たまの食事を運ぶときくらいである。

「私はね」

と、忠夫は退屈まぎれに川野さんに言うのだった。

「今まで好き勝手なことをしてきたので、家内とこういうような状態になったのは仕方がないと思っている。あれと一しょになってから最近までずっと別居していたんだよ。ところが、どういうわけか、これまでいた部屋借りをひき払わせて、この家に私を引き取ってくれたんだがね。さすがに女房として食事の面倒だけはみてくれている。そのほかはずっと赤の他人さ」

川野さんは返事のしようがなく、

「食事の支度をなさるのが奥さまの愛情ですわ。やっぱり、ご夫婦は一しょの家に居ないと不自然ですわ」

と、当り障りのないことを言うのだった。

しかし、川野さんの肚は、その言葉とは裏腹なものを考える。

この家の夫人はふしぎな人だ。始終、家に能の師匠たちを呼んでいる。女の友達も来る。同好者で男の人もやって来る。一週間に一度ぐらいは、階下の広間で大がかりなお稽古があるようだ。そんなときは、夫人は主役となって立ち振舞う。皆もちやほやと夫人を賞めそやす。

一体に、主人側は一段と控え目にして接待しなければならないのに、この家の夫人は、まるで自分が正客でもあるかのように振舞う。謡の師匠と仕舞の師匠とは三日にあげずやって来ている。

謡の師匠は観世和聖という名前で、仕舞の師匠は観世友吉という。観世和聖は五十歳くらいで、でっぷりとして脂ぎった顔の男だ。観世友吉は三十歳をようやく出たばかりの色の白い男で、役者にしてもいいような華奢な身体つきをしている。

師匠はもう一人来ている。鼓を打つ男で、大蔵伍平という名前だ。瘦せてはいるが筋骨逞しい。日ごろの稽古のときにはこないが、大がかりな稽古のときは必ずといっていいほどやって来る。専用の鼓は、夫人が床の間の違い棚の奥に大事に蔵ってある。

とにかく騒々しい家であった。こんなときでも夫人はめったに二階の夫のもとにくることはなく、万事、付添婦に任せきりであった。だのに夫の食事だけはきちんと自分でつくる。

運ぶのは付添婦の役だが、ときには夫人が自分でお膳を持ってやって来ることがあった。そんなとき川野さんは何となく居辛くなって、用も無いのに階下に降りた。

川野さんは奇妙な夫婦だと思っている。

今まで別居していた夫を夫人が引き取った理由を、川野さんは自分なりに推量する。夫人は、好き勝手なことをしている上、わざと二階の夫に自分と師匠たちとの親密な間を聞かせているのではなかろうか。それなら夫人は意地悪だし、恐ろしい心といわねばならぬ。

川野さんは他人の家庭を回って来た女だけに、さまざまな推測を愉しむ。夫人がわざわざ夫の食事の支度をするのは、彼を別居から引き取った言い訳であろうと思う。でなければ今になっての同居の理由が立たなくなる。

「あれは観世和聖の声だな」

階下で大きな声でしゃべっているのが二階の居間に聞こえると、忠夫は耳を傾けてぼそりと言ったりした。

また、廊下あたりで夫人が若い男の声と嬉しそうに話しているのが聞こえてくると、

「あれは観世友吉だな」

と呟いた。そんなときの忠夫の口辺にはうすら笑いがかすかに漂っている。

嗄れただみ声が聞こえると、

「今日は大蔵伍平が来ているね」

と独りごとを言った。

「旦那さまは二階にずっと閉じ籠っていらしって、よくそんなことが分かりますね？」

川野さんが訊くと、

「それは何となく分かるさ。わたしはこれで耳の聞き分けは敏いほうだからね」

と忠夫はいくらか得意そうに答えた。

彼は気の向いたときは、博多の花柳界で遊んでいたころのことを川野さんに話したりする。

「なにしろ、わたしは一度唄を聞くと、すぐそれを憶えるほうでね。二、三度聞けば、

完全に唄えるのだ。あんまり憶えがいいというので、芸者たちがびっくりしたものだ」

「そんなら、博多節などいい咽喉でお唄いになったんでしょうね。一度聞かして下さいよ」

川野さんが言うと、

「まあ、そのうちね」

と忠夫はニヤリとした。その北叟笑みは、かつての全盛時の遊びを思い出してひとりで懐しがっているようにみえた。

5

川野さんがこの家に来て半年近く経った。彼女の前にもいろいろな付添婦が替わっている。忠夫が妻に引き取られて同居して以来八カ月ぐらい経ったことになる。

忠夫は近ごろとみに痩せてきた。どことい って特に顕著な悪い病気は自覚しないのだが、元気がなく、気力が衰えている。

「どうも身体の調子がいかんな」

忠夫は川野さんに自分の痩せた腕をさすって見せたりした。

「お医者さまは何と言っていました？」

忠夫が痩せはじめてから、夫人が医者の往診を頼んでいることを川野さんは知っている。医者は一週間に二度は必ずやって来た。

「べつに異状はないと言っていた。多分、運動不足からだろう、と言うんだがね。……今ごろから運動しろと言ってもやることはないし、せいぜい散歩ぐらいのものだよ」

その散歩も妙子はあまり喜ばないらしかった。彼女は夫が遠くに行くのを極度に警戒する。また夫が近所に出歩いて人と立ち話でもすると、露骨に嫌な顔をした。夫が女房の悪口を言っているとでも気を回しているのかもしれなかった。

「まあ、わたしの楽しみは人形ぐらいのものかね。人形はわたしを裏切らないからね」

忠夫はそんなことを言って棚を見渡す。むろん、この玩具に限って川野さんは気に入らない。特にその赤色は、いつ見ても気持の悪いぐらい毒々しく鮮かであった。

以前、川野さんはその人形をどこかに片付けましょうか、と忠夫に言ったことがある。すると、日ごろ、おとなしい彼が、このときばかりは色をなして川野さんを叱った。以来、川野さんもイヤな玩具になるべく眼を向けないようにしたし、そのうち馴れるかもしれないと思ったが、やっぱり駄目である。忠夫は彼女に言った。

「あんたにはくだらない玩具に見えるかもしれんが、これで同好者に見せたら涎を垂らすような逸品ばかりだからね。そのうち、こういうものを写真か図版かにとって、本を出したいと思っている」

「奥さまは、こういうものはお嫌いではありませんか?」

「うむ、好きではないだろうがね。が、べつに文句は言わない。ときどき、その赤い人形などは手にとってじっと見ているようだ」

川野さんは、忠夫がかつて博多の芸者を引かして一しょに棲んでいたことをうすうす聞いている。いつぞやそのことを忠夫にはっきり聞こうとしたが彼は笑うだけで答えなかった。川野さんは、道楽の末がこんなたわいのない人形蒐めになったかと思うと、妻に虐げられている男がよけいに哀れになってきた。

忠夫がときどき吐き気を催すようになった。

「おかしいね。べつに食べものに中毒ったとは思えないが」

川野さんが大急ぎで階下から金盥を持って来ると、忠夫は窓を一ぱいに開いて、新しい酸素を呑むかのように、外の空気に大口を開けているのだった。

「お医者さんはどう言ってるんですか？」

「胃が悪いんだろうと言うんだがな。胃の薬は一週間分ずつ貰ってるがね」

開業医の名前の付いた薬袋は、玩具のならんでいる棚の端に載っていた。しかし、その包みは、一週間経っても完全に減るということはなかった。忠夫自身は薬をあまり信用していないようだった。

「もっといいお医者さんに診ていただいたらどうでしょう？」

川野さんが言うと、

「さあね。いい医者に行けば金がかかるしね。わたしは無一文だからな」

彼はそんなことを言って、頰の落ちたあたりを長い指で撫でるのであった。

それは事実だと思う。川野さんは給料も夫人の手から渡されているのだった。そんな

とき、夫人はやさしい声を出して、
「主人はあんなずぼら者で、わがまま者ですが、よく面倒みて下さいね」
と頼む。が、川野さんは夫人の切れ長な眼にきらりと光るものを見ると、柔らかい声とは逆に何かぞっとするものを感じた。

川野さんは、この家でふしぎなことをいろいろ見ている。

ある朝、彼女が忠夫のために階下に食事を取りに行っていると、夫人が釜の中からご飯を忠夫の茶碗によそっている。普通だったら釜の飯は御櫃に取るのが順当である。現に御櫃は夫人のすぐそばにあった。それなのに忠夫のぶんだけ釜からとるのは妙だと思った。ただ釜から直接茶碗にとるとご飯が温かいということはある。しかし、炊きたてのご飯ではかえって熱くて茶碗も持たれないくらいであろう。その時は冬ではなかった。

夫人はそのとき川野さんがひょっこりと顔を出したものだから、いくらかあわてたような表情で急に何かの用事を言いつけた。用事はどうでもいいようなことだった。この家には別に女中もいる。その手も借りないで、夫人が夫の食事づくりにだけ熱心なのも、少々異常だった。

異常といえばこんなことがあった。

ある非常に早い朝、川野さんが手洗いに行こうとして寝床から起きたとき、門の戸が軋る音を聞いた。時計を見ると六時前である。ふしぎなことだと思って雨戸を少しこっそりと開け、その隙間から外を見ると、蒼白い夜明けの微光の中に、一人の体格のいい男がそそくさと出て行くところだった。川野さんは、その背中を観世和聖とすぐに知った。

妙なことはほかにもある。

それほど早い朝ではなかったが、あるとき、洗面所の前を通りかかると、戸が少し開いている。

中で水音がしきりとするので、見るともなく見ると、観世友吉が忠夫の寝巻を着て顔を洗っているのだった。のみならず、妙子が彼の背後に立って、男の両袖を水に濡れないように捉えているのであった。夫人はうれしそうに咽喉(のど)を鳴らして笑っていた。

あとで夫人は、その場面を川野さんに見られたと察したらしい。彼女に遇うと、こちらから問いもしないのに夫人は言った。

「昨夜(ゆうべ)は友吉先生のお稽古が遅くなって、離れにお泊めしましたのよ。あの方は鎌倉にお住まいなので、お帰しするのが気の毒になりましたからね」

それなら、夜明けに観世和聖がこの家から出て行ったのはどういう理由(わけ)であろうか。和聖は麹町の住まいである。

鼓の大蔵伍平が部屋の隅で妙子を何やら叱っている声を聞いたのも、その前後だった。それが芸ごとの上のことでなく、何か個人的な秘密に属しているらしいことは、低く抑えた声と言葉の調子で分かった。客にきている人の言葉つきではなかった。

ある晩秋の夕方だった。忠夫はステッキを持って散歩に出かけていた。

この日も家では能の師匠たちが集まっていた。ほかの弟子はいなくて観世和聖と観世友吉とだけであった。あとから鼓の大蔵伍平が来て一しょになった。その席ではウイスキーとオードヴルとが賑かに出た。このオードヴルも近くのレストランからわざわざ妙子が電話で取り寄せたものだ。こういうときは、必ずと言っていいほど彼女の指には三カラットのダイヤが光った。

亭主の忠夫がステッキを突いてとぼとぼと家を出るとき、階下の広間は四人の話し声で湧いていた。

忠夫が高台から急な坂を下っているときだった。彼は、突然、急激な嘔吐発作に襲われた。眩暈がして心悸が亢進した。彼は坂の中途にしゃがみこみ、ステッキにすがり眼をつむった。

通行人があって、彼の肩に手をかけ、どうしたのですか、と訊こうとした。途端に忠夫の身体が崩れた。

6

駆けつけた医者は忠夫の死体を診て、心臓麻痺と死亡診断書に書いた。

遺骸は妻の妙子の手で棺に納められた。

忠夫の棺桶には故人遺愛の品が一しょに納められた。蒐集した土俗玩具の全部である。川野さんが嫌った毒々しい赤鬼も、極彩色の南蛮人形も主人の供をして棺の中に入った。夥しい数だ。死人の蒼白い顔と、鮮かな極彩色とは奇妙な対照をなし、見ている者を気味悪がらせた。

「お母さま、どうして、死んだお父さまに玩具を上げるの？」

幼い娘の千代子が母親に無邪気に訊いていた。

「お父さまがとても好きだった品だからね、ご一しょにお供させたほうがお喜びになるんですよ」

棺側に集まった肉親は、妙子と千代子とだけであった。あとは、故人の最期に家に居合わせた謡と、仕舞と、鼓の師匠三人であった。あとでは始終、妙子に呼ばれて来ていた同好者が集まった。仏の生前にその世話をしていた川野さんもいた。

棺に打つ釘は、千代子が小さな石を握って叩いた。子供の手ではうまく釘に当たらなかったので、妙子が自分の手を添え、激しく打たせた。子供は思わず手を放して泣き顔になった。母の力が入りすぎて痛かったのである。

棺は霊柩車に乗せられて家を出た。川野さんは家の入口で見送った。高台の道からその車が消えたあと、川野さんは二階に上がった。忠夫の部屋は夥しくならんでいた極彩色の玩具は悉く消え失せ、あとは空っぽの棚が侘しく残っているだけであった。川野さんは、自分があれほど嫌いだった土俗人形に初めて懐しさをおぼえた。色彩を失った部屋は、見るからに凋落した感じだった。

川野さんは葬式が済むまで谷尾家に残った。会葬者は妙子の交際者ばかりで占められた。肝心の仏と知合いの者は一人も居ない。その中にただ一組、ほとんど交際を絶った妙子の妹淳子夫婦がいた。通知を貰って義理だけで出て来たにすぎなかったのだが、夫婦で家の内をじろじろと見回していた。

焼香は喪服姿の妙子が千代子を伴って真先に行なったが、霊前に合掌する彼女の指には三カラットのダイヤがいつもよりは燦然と輝いていた。

川野さんは谷尾家の用が済むと、一応、派出看護婦会に帰った。ここは待機中の派出婦の溜りとなって、看護婦もいれば付添婦もいた。職業的に他人の家に起居して暮らしている彼女たちは、久しぶりに出遇うと、働いていた家庭の陰口を腹一ぱい言い合った。他人の侮辱に耐え忍んできた彼女たちの忿懣の吐け場であった。

川野さんは、肥った会長と、その他の会員たちに囲まれて、谷尾家の内情を話した。みんな珍しそうに聞き惚れていた。

だが、そんな暇もほんの束の間である。川野さんはよく働くので、彼女を指名してくる得意先が多かった。次に彼女が派遣されたのは、下町の大きな羅紗問屋の家であった。すると、二カ月ぐらい経ってから、突然、見知らない男が二人、彼女の働き先に訪ねて来た。

彼らは川野さんが谷尾家に居たことを確認すると、忠夫の死の前後のことをくどいくらいに訊いた。翌る日、彼女は麻布警察署に呼び出され、司法主任の前に腰を下ろした。

「あなたが谷尾さんの家で働いていたとき、奥さんの様子がどんなふうだったか、詳しく聞かして下さい。主に亡くなられた忠夫さんとの関係や、あの家に出入りしている能の師匠たちとの間柄を聞きたいんです」

川野さんは、忠夫の死に警察の疑いがかかっていることを知った。

彼女は家庭を回る職業なので、その家に勤めている限りは、何となく主人の調子に合わせて機嫌を取る習性がついていた。ここでも彼女は司法主任の意図に合わせるような話し方をした。

川野さんの話の中では、妙子が忠夫の食事の支度を常に自分だけでしていたこと、釜の飯を忠夫の茶碗にだけよそっていたこと、こんなことは妙子が忠夫を別居から引き取ってからはじまったらしいこと、能の師匠たちはたびたび谷尾家に泊まっていたことなどが係官たちに特に興味を持たれた。

谷尾妙子は夫殺しで逮捕され、起訴された。彼女が長い間に亙って少しずつ砒素を食事に混ぜて夫を衰弱させ、死に至らしめたという疑いである。

川野さんは、そのつど警察に呼ばれたり、検事の前に陳述させられたり、予審判事に証言を求められたりした。

川野さんは初めて警察の人に教えられて知ったのだが、忠夫が砒素で毒殺されたことは、その遺骨で分かったという。

遺体はとうに骨になっている。遺体の解剖によらずにそれがどうして判ったか、ふしぎに思った。すると、警察の人は笑いながら言った。

「悪いことは出来ないもんだね。砒素という毒はね、焼かれた骨や灰にまで反応が残っているんだよ。精密検査をすると、そこから砒素分が検出される。これが何よりの証拠だ。忠夫の遺骨からそれが証明されたのだ。君が見たように、妙子が自分で食事の支度をしたのは、飯の中や副食物の中に砒素を毎日少量ずつふりかけて混ぜていたんだ」

それを聞いて川野さんは怖ろしいことだと思った。飲まされた毒物が骨にまで残っているとは、死人の執念を見るような気がする。

「ああ、それで思い出しましたわ」

と彼女は警官に迎合するように言った。

「いつぞや、旦那さまがおみおつけを飲んでいて妙な顔をなさいました。わたしにその汁椀を見せ、どうも味噌汁の味が変わったようだ、自分の舌の加減かもしれないから、君、飲んでみたまえ、と言われました。わたしが一口だけ吸うと、なるほど、ちょっと違う味がします。でも、そんなことを言っては奥さまに悪いと思い、別段変わった味はしませんよ、と答えました。すると、旦那さまは、そうかな、わたしの気のせいかな、と言って首をかしげながら、その汁を最後の一滴までお飲みになりました。……奥さまは、旦那さまが少しでもご飯やおかずを残されると、とても御機嫌が悪かったんです」

7

裁判で検事は、うなだれている谷尾妙子を前にして、次のような意味の論告をした。

「被告人谷尾妙子は夫忠夫と永い間不仲であった。これは、結婚当時からすでに夫婦の気性が合わなかったという証拠は多数出ている。被告の父親の居たR市の人たちの話を総合しても、被告は養子にきた忠夫に飽き足らず、新婚早々より不和を来たして別居した事情が歴然としている。被告妙子は、夫がかつて博多の芸者を引かせて同居していたことを遺恨に思っていると考えられるが、被告自身必ずしも貞淑とはいえない。被告は早くから東京に独り住んでいて能の稽古などをしていたが、証人として喚問している観世和聖、観世友吉並びに大蔵伍平たちとは、特に親密な関係にあったらしく思惟される。もっとも、四人とも男女関係は否認しているが、必ずしもこの間の潔白を思わせる強い反証はない。被告が夫の食事に少しずつ砒素を混ぜていたことは、同家に派出付添婦として勤めていた川野洋子の証言でも十分に思料される。現に忠夫の遺骨から検出された多量の砒素反応は、生前致死量に達するものを長期間に亙って与えられていたことが証明された。被告は、忠夫の食事を自分だけが用意していた事実を否認しないが、砒素を盛ったことは頑強に否定している。しかしながら、前後の状況より考えて、被告が夫を憎悪し、邪魔になった結果、殺意を生じ、この犯行に及んだことは疑いないところである」

妙子についた弁護人は刑事専門でも優秀な弁護士だった。彼は、弁論当日、大風呂敷一ぱいに包んだものを法廷に持ち込んだ。風呂敷を解くと、さまざまな形と色をした土俗玩具が夥しく現われ、法廷にときならぬ色彩を咲かせた。その中には川野洋子を気味悪がらせた例の赤鬼も鮮烈な色を放っていた。

「裁判長殿」

と、弁護士は自信たっぷりの姿勢でそれらの玩具を指さした。裁判長も、陪席判事も、検事も、その夥しい玩具を何ごとかと思い珍しそうにのぞいた。満員の傍聴席は一斉に奇異の眼をみはっていた。

「これなる玩具は、被告の夫忠夫が生前好んで蒐集したものであります。本弁護人は、忠夫の蒐集品とそっくり同じものを現地からそれぞれ取り寄せて、ここに同じ数に揃えて参りました。ただ、忠夫が所持していた現品をここに提出出来ないのが残念であります。なんとなれば、それらの玩具は忠夫の遺骸と共に棺に詰められ、焼場において遺体と共に一しょに焼かれたからであります。……検事の論告は、状況のみに重点を置いた概念論にすぎません。およそ状況証拠のみによる判断がいかに危険であるかは、日本のみならず外国の例を見ても分明なることは、賢明なる裁判長並びに陪席判事諸氏のよく知るところであります。本弁護人もまたそれについて同じ考えを強く抱いている一人であります。しかるに、検事の論告は、終始、妙子並びに亡夫忠夫の不和関係を、その周囲のみからの証言によって固めております。……もっとも、検事は、忠夫の遺骨から致死量に相当すると称する砒素反応の検出を唯一の物的証拠として提出しております。したがって本弁護人といたしましても、検事の言う遺骨の砒素反応については、これを一応有力なる物的証拠として認めざるを得ません。

しからば、この遺骨の砒素反応は検事の言うが如く被告が夫の毎日の食事に少量ずつ入れて食べさせたことによって生じたものでありましょうか。本弁護人はそうは考えないのであります。即ち、ここに忠夫の蒐めた数々の土俗人形がございます。これには青、赤、黄などといった原色が色鮮かについております。もともと土台となっているものは木製であり、紙製であり、並びに土製の素焼であります。然して、裁判長は、これらの夥しい土俗玩具類が忠夫の遺骸と一しょに副葬されたことに特にご注意を願います。なぜかならば、今ご覧のように、この土俗品は非常に鮮かな色をしています。少々毒々しいくらいに色彩が冴え返っております。いかなる理由でかくも鮮かな色が出るものかと専門家に訊いてみますると、この冴えた効果を出すには顔料に砒素を混じるということでございます。でないと、このような鮮かな色彩は出ないのであります。これについては、本弁護人より専門家の証人を申請しておりまするから、ご採択を願いたいと存じます。いずれにいたしましても、忠夫の遺体と一しょに夥しい玩具が灰になったことは重大でございます。なぜならばここにある土製の鬼人形の赤色の如きは、砒素を用いずしては決してかような冴えた色が出ないことは専門家が等しく指摘するところだからであります。本弁護人はこれらと同じ人形を専門家に依頼して化学実験をいたしましたところ、砒素分約〇・二パーセントが検出証明されたのであります。かような玩具が少なくとも三十個は遺骸と共に棺の中に納められている。このことは、それを目撃していた付添婦川野洋子その他の証言で十分であります。つまり、これらの玩具は棺の中で焼けると同時に塗料に含まれた砒素分が分解し、遺体の骨に付着滲透したのであります。このことは十分に可能性あることであり、かつまた科学者の証明するところでございます。検事が言うように、被告が毎日少量ずつの砒素を食事に混ぜて飲ませたということは被告に限り決してあり得ないのであります。しかも、被告は終始一貫このことを否認して参っております。

およそ犯罪には動機がなくてはなりません。動機のない犯罪は考えられない。しかるに、被告谷尾妙子には夫を殺す理由は何もないのでございます。検事並びに警察官は、忠夫には一銭の生命保険もつけられていなかったことをご存じだと思います。これは厳重なる捜査の結果明瞭となっております。ただ単に夫が憎いとか、仲が悪いとかで、妻たる者が怖ろしい夫殺しを犯すということはあり得ないことであり、それを以て殺人の動機とするにはあまりにも薄弱でございます。本件に関する物的証拠とは遺骨のみであって、しかも、被告妙子が夫に砒素を飲ませたとすれば、その毒物の入手経路に至ってはさっぱり分かっていないのであります。家宅捜索の結果も空瓶一つ発見されなかったのでございます。しかも、その唯一の物的証拠たる遺骨の砒素検出が、かくの如く歴然たる経路をもって付着したと証明された以上、被告の無罪であることは勿論であり、これ以上本弁護人より縷々申し述べる必要もないくらいでございます……」

判決は、被告に対して、**証拠不十分につき**無罪であった。

谷尾妙子は、やつれた姿で釈放された。——

第二話　小町鼓

1

谷尾妙子の家は明かるさを取り戻した。——

夫殺しの嫌疑で彼女が一年近くも未決に入っている間、この家は妹の淳子夫婦と前からいる女中とで守られていた。その間、家の内からはこそとも音がしなかった。以前には道の遠くまで聞こえていた謡や鼓の音が全く絶え消えていた。能の師匠たちも公判中には証人として呼ばれていたので、ついぞ、この家に来ることがない。彼らは厄介な事件の巻添えになったことを後悔しているのかもしれなかった。市兵衛町の坂道を肥った身体で上がって来る観世和聖も、気取った足取りで歩む観世友吉も、それから、とうてい遊芸の師匠とは思えないほど筋骨逞しい大蔵伍平の姿も、見ることはなかった。

もちろん、近所では当初からこの事件の噂でもちきりであった。近所の人たちは、妙子の夫の忠夫が寂しげな姿で付近を徘徊していたのを知っている。噂は尾鰭が付いてふくらんだが、妙子が未決にいる間、この家は戸を固く閉ざして、誰をも拒絶していた。淳子夫婦も、女中も、こっそりと裏口から出入りした。

それが一年ぶりで門も開き、密閉された雨戸の代りに、明るい灯が座敷の障子に映りはじめたのであった。

妙子が無罪となったとき、彼女が犯人であることを確信していた近所の者は奇異な思いをした。

妙子は釈放されると、すぐには家に帰らず、湯河原の宿に一年間の苦難の痕を養っていた。それも四、五日ぐらいで、あとはまっすぐに市兵衛町に帰った。もっとも、湯河原の宿にいる間、早速、彼女の師匠たち三人が見舞に訪れている。

「ほんとにつまらない目に遭いましたよ」

と、彼女は一年間の拘禁生活に窶れた顔を見せて言った。

「わたくしが夫を殺すなんて、とんでもありませんわ。よくもそんな罪を警察がでっち上げたもんですわね。幸い、弁護士の北山先生が綿密な調査をして下すったので助かりました。北山先生がいなかったら、わたくしは無実の罪で死刑になったかも分かりません。やっぱり神様はちゃんとこの世にいらっしゃいますのね」

その言葉は、市兵衛町に戻ってから続々とやって来る友人や知人の前でも繰り返された。

弁護士の北山先生というのは、刑事専門のベテランとして聞こえている。四十二、三歳だが、低い背ながら、その小柄な全身に精力が固まったという感じだった。その北山睦雄は、妙子が市兵衛町の家に帰ると、よくそこに姿を見せた。噂では妙子は相当な弁護料を彼に取られたということだが、その風評は北山弁護士が被告人から収奪する弁護料が高価過ぎるという定評に結びついたものである。

妙子にとって北山弁護士は恩人であった。絶対的な物的証拠を検察側から突き付けられて、誰の眼にも有罪は間違いないと思われた事件を完全にひっくり返したのである。ことに、殺害の毒薬に使用されたという砒素を、忠夫の棺の中に入れた土俗人形の塗料に求めての証明などは見事と言わなければならない。弁護士仲間では、彼の弁護論理よりも、その着想の素晴しさに驚嘆したのであった。

妙子は、北山弁護士を誰の前でも絶讃した。彼がいかに優秀であり、いかに熱心であるかを吹聴してやまない。聴く者は、彼女が拘禁の窶れからようやく立直り、かえって臈たけた美しささえ加わった顔を眺めながら、その意見に同調するのであった。

もっとも、彼女の賞讃をあまり喜ばない者もいた。観世の二人と、鼓の師匠であった。事件以来、北山弁護士はしばしば妙子のところに通ってくるが、これが三人ともあまり嬉しくないのであった。

妙子からみると北山は命の恩人だから、彼が来ると嬉々として迎えてもてなした。弁護士のほうも日が昏れてからの訪問があったりした。

事件は終わったのだから、一応、弁護士の職務は済んだことになる。二人の間は、事件の起こらなかった以前にかえるのが至当だった。それなのに未だに弁護士の訪問があるのが、三人の師匠たちの不愉快の理由のようであった。

しかし、北山弁護士は三人の思惑など意に介しないふうだった。たまたま、それが謡や鼓の日だと、彼自身も妙子の横に坐って、愉しそうに稽古ぶりを眺めているのだった。

このころになると、谷尾家も完全に以前にかえった。妹の淳子夫婦も追い出し、古い女中も新しいのに替えた。やはり何も知っていない傭人のほうが使いやすいのである。

妙子が無罪となった喜びを記念する謡の会が、三人の師匠たちによって計画された。当日は門下の女性四、五人も呼び寄せ、妙子の雪冤の祝い会を盛大に催そうというのだった。

せっかく謡をするからには妙子の現在の心境を表わす由緒ある曲趣を択びたい。三人の師匠たちが寄り合って知恵を搾った末に決められたのが「草子洗小町」であった。

この話が、折から遊びに来ていた北山弁護士の耳に入った。弁護士は謡のことは分からぬ。彼はいつぞや妙子の稽古風景を見ていて、自分も師匠たちに弟子入りをしようか、などと洩らしていた。この気持の裏には妙子の勧めが働いていたのである。

「『草子洗小町』というのは、そんなにめでたいものですか？」

と北山は訊いた。

観世和聖がちょいと対手の無知を軽蔑するような眼つきで、言葉だけは丁寧に教えた。

「左様でございます。この曲趣は、今度の奥さんの場合にぴたりでございます。シテは小野小町で、ワキはご存じの大伴黒主です」

弁護士はおとなしく聞いている。

「この二人は歌合せの競争者として選ばれたのでございますが、黒主は小町に対して勝つ自信がないので、歌合せの前夜、小町の屋敷に忍び込んで、小町の詠吟を偸み聞くのでございます。彼はそれを万葉の草子に書き入れて、小町を剽窃者として非難しようと考え、事実、歌合せの席上で一度は小町に恥を掻かせたのですが、小町の自信は黒主の奸計を見破り、草子を洗ってみたいと訴えたのでございます」

曲趣の解説は馴れているとみえて、観世和聖はすらすらと言った。

「さて、帝はそれをお許しになったので、草子を洗ってみると、もとよりそれは入筆ですから、墨は小町の汚名と共に流れ落ちたのでございます。ここで局面は一転しまして、黒主のトリックが証明され、彼は慚愧のあまり自決しようとするのを、かえって小町のとりなしで救われ、双方遺恨なく納まって、小町は歓びの舞をまうということになるのでございます」

「ははあ」

弁護士は感に堪えたような顔でうなずいた。

「今のお話を伺うと、なるほど、こちらの奥さんにぴたりの謡ですな。わたしも是非それを拝聴したいものですね。なにしろ、わたしだって奥さんの雪冤に一臂の力はあったと思いますからね、他人ごとではありませんよ」

鼓の大蔵伍平も、仕舞の観世友吉も傍で厭な顔をしていた。

2

当日の謡会は谷尾家の広い座敷で行なわれた。妙子は、朝からその準備にかかりきりであった。女中のほか、臨時に頼んだ手伝婦を指揮して、座敷に取っておきの絨緞を敷くやら、会のあとに出す料理の支度などにかからせていた。

妙子は、その時刻、白っぽい地に大柄の花模様のついた訪問着に着替えていた。二年ばかり前に作ったものだが、濃い臙脂の花模様には金糸や銀糸がふき取りに使われている。帯も、錆朱を主調とした古代紋様で、これが着物と双方をひき立たせた。

彼女は、一度は「松風」の鼓を打った。床の間を背負ってぴたりと坐り、鼓を肩の先に支えたその姿は美事に極って、艶かとも、毅然とも評しようがなかった。

実際、妙子の顔は、以前よりきれいに見えた。一年間の拘置所生活で、いったん窶れはしたが、そのあと、抑えられていた美の進行が一時に溢れ出たかのようだった。

それが済むと、来会者の客が三番ほど舞い、そのあとに妙子が「草子洗小町」をつとめた。その仕舞は、観世友吉が彼女に手をとって毎日のように教えたものであった。

〽入筆なれば浮草の、文字は一字も、残らで消えにけり。ありがたやありがたや。出雲住吉玉津島。人丸赤人の御恵みかと伏し拝み。喜びて竜顔にさし上げたりや。

この〝出雲住吉玉津島〟という型になると、妙子は顔を心持ち前に伏せる。ちょうど、そこに坐っている北山弁護士の努力や、その他の同情に対して感謝を捧げているような具合に見えた。また、それにつづく〝喜びて竜顔にさし上げたりや〟の型がまことにいい。腰を落して、謹んで草子を帝に差し出す身体の線が何ともいえない。

観世和聖の美声、大蔵伍平の鼓の冴えに乗って、妙子の妙技は見る者にわれを忘れさせた。

北山弁護士は、彼女の姿にじっと眼を注いで身体も揺すらない。妙子の指先には、先ほどの鼓のときもそうだったが、大きな粒のダイヤがきらきらと光っている。彼女の動作につれて、それが極限に輝いたり、微光になったりする。

北山弁護士の視線は、妙子を見ているのか、指のダイヤを見ているのか、ちょっと判断が出来なかった。それに気づいたのは、和聖の謡に付き合っている友吉の眼だった。

仕舞が終わると、やんやの喝采であった。ことに北山弁護士の拍手は大きく響いた。

「お美事、お美事」

と、彼は座に戻った妙子に煽るような格好で言った。その身ぶりがいかにも下品である。あれではまるでお座敷芸者の踊りを見たと変わりはないではないかと、友吉などは横を向いていた。

「やっぱり謡は上品でいいですな」

と、北山が師匠三人の浮かぬ顔に向かって言った。

「長唄もいいが、こっちのほうがやっぱり幽玄ですわい」

弁護士はそんなことを言い、妙子の膝の上にある手に眼を注いだ。

「奥さん、さっきからぼくは感心していたんですが、素晴しいダイヤをお持ちですね」

一同は、はっとした。そこには今日観世が伴れてきた女性の弟子も居並んでいる。その人たちの前で臆面もなく妙子の指先をみつめて賞讃するのだから、礼儀のない男であった。師匠三人は互いに嘲りの眼を交している。

「ええ」

さすがに妙子もたじろいでいた。

「どれ、ちょっと拝見できませんでしょうか。……いや、わたしは宝石のほうにはちょっと趣味がありましてね、わけの分からないながら、立派なダイヤを見ると、つい拝見したくなるんですよ」

北山にこう言われると、妙子も断わりかねて指からリングを抜いた。

「ほほう」

北山弁護士は掌にそれを載せ、自分の眼の水平に持って来て、ダイヤの光り具合をさまざまな角度から眺めている。

「奥さん、失礼ですが、これはよほど前にお求めになったんですか?」

「はあ」

妙子もちょっと困っていたが、

「父がわたくしに買ってくれたんですの。今から十年くらい前になりますわ」

「なるほど。お父さまも立派なものを下さいましたね。これは素晴しいですよ」

と、大きさを目測して、

「これだと、三カラット以上はありますね」

「はあ。ちょうど、それくらいでございます」

「石はとても上質ですよ。普通、素人には分からないが、たいてい色がついてるものです。これは全くの純白です。こんなのは、銀座の一流の宝石店に行っても、そうザラにはありませんよ。いや、このプラチナ台にしても、デザインがなかなか結構です。十年前のものとは思われぬくらいですな」

こう言いながら、彼は掌の上から指輪をつまみあげて、

「どうもありがとう。今日は奥さんのお鼓やお仕舞を見せていただいた上、こういう宝石にお目にかかって、眼の保養になりました」

と、そこに人がいなければ、その指輪を妙子の指に自ら差しかねない風情だった。妙子は眼を伏せ、頰のあたりを少し赧(あか)らめていた。

三人の師匠はそれぞれの思いでこの場をみつめていた。不快な色がありありと顔に出ている。そのためかどうか、運び込まれた食膳の前にも三人は長く坐らず、弟子たちを促して早々に切りあげた。

「やあ、これでやっとぼくだけになりましたな」

と、北山は満足そうに妙子に言った。

「お師匠さんの前だから、ぼくも口に出さなかったのですが、正直のところ、謡とか鼓といったものは肩が張りますな。やっぱりわれわれには三味線のほうが合っています」

「長唄をおやりになっていらっしゃいますの？」

妙子が訊くと、

「いや、自分ではやりませんがね、聞くのは好きです。それで、新橋なんかに因縁が出来ると、やれ何々の会だとか言って、よく芸者どもの長唄の発表会などに引き出されますよ」

と、彼は多少それを自慢めかして答えた。

「先生は芸者衆にずいぶんおもてになるんでしょ？」

妙子が訊くと、

「いいえ、あれはみんな営業用ですからね、真実というものは籠っていません。もっとも、旦那になれば別ですが、ぼくにはそれほどの甲斐性もありませんしね」

「でも、好きな方が一人や二人はいらっしゃるんでしょ？」

妙子は眄し眼で見た。

「いや、そんなのもいませんよ」

「先生は御職掌がらお口が巧いから、つい女性が騙されますわ」

「とんでもない」

と、弁護士は彼女の前に手を大きく振った。

「そりゃ法廷の技術では自信がありますがね。まあ、今度の事件にしても、そう言っちゃ自慢に聞こえて恥ずかしいですが、ぼくでないと、ああいう着想は出なかったと思いますよ。なにしろ、検察側はご主人の遺骨に砒素の反応があると強力な物証を持ち出したんですからね」

弁護士は明らかに酔っていた。

「こいつは困ったと思いましたな。何んとかいい工夫がないものかと、五、六日ばかり毎日それを考えつづけました。すると、奥さんから聞いた土俗人形がふいと泛びましてね、これで何かひっかけられないかと思って、塗料の専門家に訊いたのがよかったんですよ。それが当たりましたな……」

こういうふうに話されると、あたかも妙子が真犯人であるかのように聞こえる。それを北山の法廷技術が救ったと自慢しているように取れるのだ。

「ほんとにありがとうございました」

妙子は眉の間に少し迷惑そうな色を見せたが、唇は美しく綻びていた。

「いやいや、お蔭でわたしも手柄になりましたからね。お礼を言いたいのはこちらのほうかも分かりません。……なアに、奥さん、もうくよくよすることはありません。裁判所は、あとでどんなことが出ようと、一事不再理と言って、判決の確定した事件には裁判のやり直しということは絶対ありませんからね」

北山は酔った上体をぐらぐらさせていた。

3

北山弁護士はぐずぐず言っていたが、いつの間にか身体を崩し、畳の上に手枕で横たわった。

「あらあら、北山先生」

と、妙子はその場から言った。

「そんなところでお寝いになってはお風邪を召しますわ。お車をお呼びいたしましょうか」

「いやいや」

と、北山は手枕でないほうの手を振った。

「すぐ起きます。大丈夫です。ぼくは睡くなると、五分ほど熟睡すれば、あとは頭も気分もよくなるほうでしてね。……お願いします。あと五分」

その声の下に寝息が大きく洩れはじめた。

妙子は、そこから少し髪のうすくなっている弁護士の頭を見ていた。

座敷の会席膳は女中や手伝いに傭った女たちできれいに引かれ、台所で水音がしきりとしていた。それも先ほどまでで、今は静かになっていた。広い座敷に弁護士と二人きりだった。

妙子は起(た)って、次の間の隅にたたんで置いてある弁護士のオーバーを抱え、彼の背中を回って、それを上からふわりと掛けようとした。このとき、弁護士の手が下から起って彼女の手を捉えにかかった。

妙子がはっとして手を引くと、弁護士の手は微かに妙子の指先をかすめただけで終わった。見ると、北山は眼を閉じたまま、う、う、と小さく呻(うめ)いて寝返りをした。

妙子は、彼から離れたところに立って見下ろしていた。それから、そっと彼の横を過ぎようとすると、再び弁護士の手が素早く伸び、妙子の足首を捉えにかかった。その拍子に彼女の臙脂色の花模様のついた一越(ひとこし)の裾が乱れた。妙子が、はっとして避けたとき、弁護士は再び寝返りを打った。

このとき、妙子の耳が外の物音を聞いた。

妙子は反射的に弁護士の顔を見たが、彼は赧い顔をしてやはり眼を閉じたままであった。

妙子は廊下に出た。それから南の端に行き、閉まっている戸を音がしないように僅かに開けた。外は空が明かるい。今夜は月があった。その蒼白い光の中に黒い姿が立っていた。

頭と肩に光が溜っているが、輪郭は観世友吉であった。

友吉はそっと彼女の前に歩いて来た。

「北山はまだいるでしょう？」

「ええ」

妙子は、外の寒い空気に顔が一どきに冷えた。

「どうしていますか？」

「なんだかお酒に酔って……」

「寝てるでしょう？」

この寝てるでしょうと言った語気は強かった。

「ええ。五分だけ睡ったら帰ると言ってらっしゃいます」

「帰るもんですか」

と、友吉は唇を歪めた。

「酔ったふりをして、そのままずるずるとここに泊まるつもりでいるんです」

「まさかそんなことが……」

「奥さん、あなたはぼくの眼まで誤魔化すんですか？」

「………」

「ぼくは、さっきからちゃんと見ていますよ。あなたがあいつのオーバーを掛けようとしたとき、あれがあなたにどんなことをしようとしたか……」

友吉はどこでそれを見ていたのか。——だが、考えると、弁護士がまだ残っているので、玄関も戸締りをしていなかった。その隙から友吉が侵入してどこかでのぞいていたらしかった。

「早くあいつを帰して下さい」

と友吉は妙子に慄え声で催促した。

「でも、そんな……あと十分もしてお帰りにならなかったら、車を呼びますわ」

「奥さん」

と、友吉は衝動的に妙子の指を摑んだが、たまたま左手だったので、三カラットのダイヤも包みこむことになった。

「あの男はあなたに野心を持っている。それはぼくに分かるんです。ぼくだけではない。和聖も、伍平も同じようにそう睨んでいます」

「でも、そんなことが……」

「誤魔化さないで下さいよ。奥さん、あいつを早く帰しなさい」

友吉の声は低かったが、呼吸は乱れていた。

「なんだったら、ぼくがずっとここにいて、夜通し番をしていますよ」

「そんなつまらないことは言わないで下さい」

「だったらあいつをすぐに帰しますね？」

「ええ、きっと帰します」

「奥さん」

友吉は握った手に力を入れた。ダイヤが彼女の指の間に食いこんだ。

「痛いわ」

「奥さんはぼくとのことを憶えていますね。忘れていないでしょう」

「………」

「奥さんはどんな気持か知らないが、ぼくは真剣です。まさかあれは気紛れにぼくを騙したんじゃないでしょうね。あれは本気でしょうね？」

友吉はたまりかねたように握った妙子の手を自分のほうに引いた。縁に膝をついた彼女の身体は彼の胸に倒れかかった。

「いけないわ」

と、妙子は低いが鋭い声で遮った。

「誰か来ていますわ」

ぎょっとなったのが友吉だった。手は放したが、うしろを振り向かないでそのまま突っ立っている。背後に誰が来たかを探り当てるように背中に全神経を集めていた。妙子も、生垣の傍にある藤棚の陰に、たしかに黒い影が動いたのをうす明かるい月光の中に見たのだった。

「畜生。伍平でしょう？」

と、友吉は細い身体を力ませて立ったまま言った。

「誰だか知りませんわ」

「伍平にきまっている。あいつは奥さんと近づきになってから、ぼくに対する態度が違ってきたんです。……奥さん、ぼくはあいつに見られても逃げも隠れもしませんよ。それに、奥さんに訊きたいことがある。奥さんは、あいつと一度ぐらい何かあったんじゃないですか？」

「そんなばかな……」

友吉は、月光に濡れた妙子の表情を見つめていたが、

「ぼくはカンが当たるほうです。奥さんは違うと言うけれど、ぼくはたしかにあいつが一、二度は奥さんを抱いたと思うんです。……ぼくはそれを考えると、腸（はらわた）が煮えくり返るようです」

うしろの葉の茂みが鳴った。

「ふむ、卑怯者が」

と、友吉は低く罵（ののし）った。

「ここに出てこいと言いたいが、出てくる勇気もないでしょう。帰りますよ。弁護士も早く帰しなさい」

友吉は門のほうに向かってさっと走ったが、見送った妙子には、友吉が本当にそのまま帰ったかどうか疑わしく思われた。

藤棚の陰ではそれきりこそとも音がしなかった。葉も動かなかった。

「奥さん」

と、突然、座敷から北山が呼んだ。

「今のは誰ですか。妙なことを言っていましたね？」

酔った声ではなかった。

4

そういうことがあって二カ月ぐらいのちだった。ある生暖かい春の晩だった。弁護士の北山睦雄が谷尾妙子の家で殺された。——

その出来事は、夜の八時ごろであった。谷尾妙子は隣家の立石という家に行って、三十分ばかりそこの奥さんと話していた。

話の内容は、妙子がその奥さんに、謡の会を自分のところで作るから、それに加入してくれないかという勧めだった。これは妙子が一週間ぐらい前からしきりと奥さんに勧めていたものだ。

隣の奥さんは、その話にははじめは渋っていたが、妙子がしばしば足を運んで来るのでむげにも断わりかねて、出来るかどうか分からないが、第一回の会合にはとにかく顔だけ出させてもらう、と返事していた。

当夜八時ごろに妙子が来たのもその用件である。このとき妙子は白っぽい着物をきていたので、隣の奥さんはひどく季節感を感じたという。あとでその着物は塩沢の色のうすい飛白模様だと分かった。妙子が立石さんの家を出たのは八時三十五分ぐらいで、この時間を奥さんが憶えていたのは、そのときの会話に、

「七時からはじめますと、八時ぐらいには終わります。ですから、今ごろは済んでいますわ」

と妙子が言ったからである。それで奥さんは思わず腕時計をめくったのだった。それから十五分ぐらい経って、いったん帰った妙子が再び駈け込むようにして立石さんの家に来た。

「大変です」

妙子は奥さんの顔を見るなり言った。暗がりだったが、彼女の顔が硬直し、眼が飛び出るように大きくなっていた。荒い呼吸（いき）づかいであった。

「どうしたんですか？」

奥さんも、ごくりと唾（つば）を呑んだ。

「いま、わたくしのうちで北山弁護士さんが殺されています」

「えっ」

隣の奥さんのほうが腰を抜かしたのだった。

この時間のことは、あとでかなり重要になっている。また、妙子が二度目に来たときは同じ着物だったという奥さんの証言は重大な意味をもっている。八時といえば、淋しいこの辺では、賑かな商店街よりも夜更けの感じがする。谷尾家には田舎から来て最近勤めたばかりの女中が一人いた。これは女中部屋に引っ込んでラジオの歌謡曲を聴いていたので、凶行のことは全く知らないでいた。

この女中の証言によると、

「奥さまがこの部屋の障子をがらりと開けられたときが、ちょうど、ラジオで徳山璉が唄いはじめたときでしたわ」

ということになる。調べてみると、徳山璉が唄いはじめたのは、九時三分であった。この時間のことも、あとで警察がちょっと問題としたところだった。

さて、所轄警察署が変事を受け取ったのが九時五分であった。これは妙子が女中に変事を知らせてから電話した時間である。

警察では、すぐに刑事を派遣し、五分後には谷尾家に到着している。九時十分であった。

刑事を迎えに玄関に出たのが妙子で、このときも白っぽい塩沢の着物だった。妙子はかなり取り乱していて、奥のほうで人が殺されていると告げ、刑事を案内している。二人の刑事は一しょに現場に行ったが、そこはこの家の離れのような具合になっている。六畳ばかりの間だが、血の海となった蒲団の上に寝巻のままの中年男が横たわっていた。これだけの血が蒲団の上にこぼれているのは、かなり正確に心臓を突いたと思われた。

凶器はそこに落ちていた。刃渡り二十センチ、柄の長さ十五センチの匕首である。が、異様に見えたのは、その凶器の匕首の柄に鼓の調べ（紐）が括りつけられていて、鼓自体も解けた調べから三十センチばかり離れたところに転がっていたことである。むろん、鼓にも噴出した血が付いている。妙子は恐怖から死体の傍には寄りつかず、はるかに血の海から離れて立っていた。これは現場保存の上からは期せずして都合がよかった。検視その他が済んで死体を解剖に回してからの所見だが、北山弁護士は切先が心臓に達する刺傷を受けていた。ほとんど即死であった。この状態なら現場に血が夥しく流れていたのも無理はない。死後推定時間も妙子の申立てとほぼ一致していた。八時から八時五十分の間である。妙子の申立てというのは次のようなことだった。

「わたくしは、八時ごろ、隣の立石さんの奥さんにお謡のお勧めをして四十分ごろに帰り、六畳の間を開けましたら、北山先生が真赤な血の中で転がっておられました。わたくしはびっくりしてどうしていいか分からず、すぐにいま伺って来たばかりの立石さんのお宅へ走りこんだのでございます。それから家に戻って女中に知らせ、警察に電話をいたしました。……北山先生はうちに六時ごろお見えになってお酒を召し上がっていましたが、そのまま横におなりになったので、あすこに蒲団を敷いて差し上げたのです。それが七時半ごろでした」

　この陳述について、係官は二つに分けて質問している。

「奥さんは北山さんの変事を発見されたとき、どうして、すぐに警察に電話するなり、女中さんに知らせるなりしなかったのですか？　隣に真直ぐに行ったのは、どういうお気持からですか？」

　これに対して妙子は答えた。

「女中は最近来たばかりなので、つい頼りにならないと思い、今お話をしてきたお隣の奥さんにお知らせする気になったんです。そのほうがずっとお力になっていただけるような気がしたからです。警察のことは考えないでもなかったのですが、とにかく、すぐに電話するよりも、親しい方に知らせてからという気持がありました」

「なるほど。……で、北山さんは酒を呑んで七時半ごろ眠ったと言われましたが、現場を見るとちゃんと蒲団も敷いてあるし、それに、北山さんはたしか寝巻に着替えていましたね」

これは苛烈な指摘であった。

妙子は見る見るうちに赧くなり、さしうつ向いた。

「奥さん、こういうふうな事件が起こると、何もかもおっしゃっていただかないと捜査上困るのです。第三者には誰にも洩らしませんから、われわれにだけはすっかり打ち明けていただきたいのですが」

係官が説得すると、妙子はようやく恥ずかしげに答えた。

「まことにお恥ずかしい次第ですが、わたくしと北山先生とは特別な関係になっていました。それは、この前わたくしが夫殺しの嫌疑を受けたとき、北山先生に弁護をお願いして以来です。幸い、あのときは先生のお力で無罪となりましたが、それ以来、わたくしも先生を信頼するようになり、つい、そういう仲になったのでございます。……今晩も六時ごろからうちにお見えになり、お酒など呑んでいらっしゃるうち、いつものようにお床を敷いて寝(やす)んでいただいたのです。寝巻は亡夫のものをお着せしました。……わたくしはお隣に謡の用件で行っておりました。出かけるときは何んの異状もなく、先生はすやすやと眠っておられました。お隣で三十分ほど奥さんと話し合い、戻って来ますと、あのような状態だったのです」

係官は妙子の告白でうなずいた。

「凶器の匕首に見憶えがありますか」

「いいえ、存じません」

「では、お宅のものではありませんね？」

「はい」

「匕首の柄に鼓の紐が結ばれてありますね。あの鼓はあなたのものですか？」

「はい。……稽古用にいつも違い棚に置いてあります。誰がそれを取って匕首の柄に結びつけたか、さっぱり分かりません。犯人はわたくしに罪を被せようとしたのではないでしょうか」

係官はそれには黙っていたが、

「もう一度伺います。あの匕首は本当にあなたのものではありませんか？」

「いいえ」

と言ったが、この二度目の、いいえ、はかなり弱い答であった。

5

係官は、ここで調子を変えて訊いている。

「あなたは大蔵伍平という人を知っていますか？」

「はい、知っています。わたくしの鼓の師匠です」

妙子はうつむいて答えた。

「その大蔵伍平が、当夜、あなたの家に来ていませんでしたか？」

「わたくしの家に？」

「それも、八時半から九時ごろまでの間です」

「いいえ。わたくしは存じません」

「大蔵伍平はここに捕まっていますよ」

「え、大蔵さんが。どうしてですか？」

妙子はびっくりして顔をあげた。

「大蔵伍平が九時過ぎにお宅の近所を歩いていたのを巡邏中の警官が職務訊問したのです。というのは彼の着物の裾に血が付いていましたからね」

大蔵伍平はいつも和服で来る。それに白足袋だった。警官もそれを説明した。

「伍平は足袋を穿いていたのだが、それも血塗れのものが、その近所のゴミ箱の中に棄ててあるのが発見されたんです。この血液型は北山さんと同一です。……大蔵伍平は、その晩、九時前にあなたの家に来たと言っていますよ」

「存じませんわ。わたくしは大蔵さんをお呼びしたことはありません」

「いや、それはですね、当人も忍び込んだとは言っています。つまり、彼は裏庭から入って離れの戸をこじ開け、座敷の中に侵入したところ、北山さんが血だらけになって倒れていたので、びっくりして遁げ出したと言っています。そのとき足袋に血が付いたので、それを処分したと自供しています。……奥さんに伺いたいのですが、大蔵伍平は奥さんと北山弁護士とが妙な仲になっているのを疑い、現場を押さえるために忍び込んだと言っていますが、彼の言う通りでしょうか？」

「大蔵さんは、いつもそんなふうに気を回しています」

「ほほう。気を回すというのは、つまり、大蔵伍平が嫉妬に駆られたというわけですね。そうすると、奥さんは伍平とも前に何か深い交渉でもあったのですか？」

妙子はまた顔をうつむけていたが、

「それは二、三度ございました」

と細い声で言った。蒼白い顔になっていた。

「なるほど。つまり、そういう関係だから嫉妬に狂ったわけですね。伍平もそう供述しています。ところで、大蔵伍平は、その晩忍び込んだのは、奥さんが北山を呼ぶと言っていたから様子を見に行ったと述べていますが、そんなことを、あなたは伍平に言ったのですか？」

「べつにわざわざ言ったわけではないのですが、あの人は始終わたくしのところに来ては、北山さんとのことを根掘り葉掘り訊くので、わたくしがそう答えたかも分かりません」

「大蔵伍平は、自分が北山さんを殺したのではないと否認しています。匕首も自分のものではないと言っていますが、奥さんは、あの匕首について何か考えはありませんか？」

「そうですね……こうなれば、何もかも申しますわ」

と妙子は決然と言った。

「大蔵伍平さんは、わたくしが北山さんと仲よくなったと知って、たびたび脅迫めいたことをわたくしに言っていました。それで、このまま北山と関係をつづけているなら、あなたを殺して自分も死ぬかもしれない、などと言ったこともあり、実際、白鞘の短刀らしいものをちらつかせたこともあります。それが北山さんを殺した匕首かどうかは分かりませんが」

「その匕首に鼓の紐が括りつけられてありますね。あれはどう思われますか？」

「どういう意味か、わたくしにはさっぱり分かりません」

「大蔵伍平が憎い相手を殺して、それで鼓によって自分の復讐を象徴させたのではないでしょうか？」

「さあ、わたくしには分かりません」

「あなたのところには、謡や仕舞のお師匠さんとして、ほかに観世和聖さんと観世友吉さんが来ていましたね？」

「はい」

「この人たちも今度の事件であなたの参考人として呼んでいるんですよ」

妙子は、このときも顔を伏せた。

「その中で、観世友吉さんはひどく興奮し、その申立てによると、奥さんを恋人のように言っていますよ」

「………」

「この点はどうですか？」

係官は、妙子の答に友吉との関係を聴き取った。

「この事件に観世友吉さんが関係しているとは思いませんか？」

「分かりません」

「しかしですね、友吉さんには、当夜、はっきりとしたアリバイがないんですよ。すなわち、彼は午後五時ごろに家を出て、十時ごろ戻っていますが、その間、行先の裏づけが取れていないのですよ。当人は映画を見たり、街をぶらついたりしたと言っていますがね。だが、この人の姿を、その晩、この付近で見た人があるのです。……奥さんは、その晩、観世友吉もお宅に呼んでいたのですか？」

「とんでもありませんわ。あの人は警察にどんなことを言ったか分かりませんが、性格は普通の人よりも激しやすいほうで、すぐに赫っとなるんです」

「ははあ。すると、奥さんは友吉にも北山さんのことで脅迫めいたことを言われたことがあるんですね？」

「いま申し上げました通り、激情型ですから、本当の脅迫とはいかないまでも、言葉で嚇かされたことはたびたびでございます」

こうして捜査本部では次のような人間関係を組み立てた。

谷尾妙子は北山睦雄弁護士と特殊な関係にあった。北山が夫殺しで被告となっていた妙子を弁護し、証拠不十分で無罪にさせたことから交際がはじまり、妙子としては同弁護士に感謝の念を持っていたため、そういう仲になったと思われる。

妙子は夫殺し容疑の事件が起きる以前から能を習い、謡は観世和聖に、仕舞は友吉に、鼓は大蔵伍平に教わっていたが、彼ら三人とも妙子のところに出稽古に来ていた。まず、妙子は観世友吉と関係を結び、つづいて大蔵伍平とも同じことがあった。観世和聖も妙子と交渉があった。

こう考えると、谷尾妙子は相当多情な女と思われる。

前の夫忠夫の死も、この三人の師匠たちが絶えず妙子のところに来ていたころに起こった事件であり、証拠不十分として無罪にはなったものの、彼女の夫の死にまだ疑惑が残っている現在、この三人の絡み合いは相当重要に考えてよい。

裁判を契機として三人のあとから北山睦雄弁護士が登場し、妙子と特殊な関係に陥った。なお、観世友吉、観世和聖、大蔵伍平の自供では、妙子との肉体関係は彼女の夫の生存中からであり、彼女が出所後も何度かつづいている。したがって、彼らは観世和聖を含めて北山睦雄弁護士に対し、不快というよりも憎悪の念を持っている。こう考えると、三人には北山睦雄を殺害する動機は十分にある。

妙子については、当日夕刻六時ごろから北山睦雄を呼び、酒を呑ませている。北山は酒好きで、酔うとすぐ寝る癖がある。妙子が彼のために蒲団を敷いてやり、夫のものであった寝巻に着替えさせたのが七時半ごろで、両人の交情から考えて不自然ではない。しかし、そのときはまだ彼女は白っぽい塩沢の着物を着ており、八時には、謡の勧誘に隣家の立石方の妻女を訪れている。約三十分妻女と話し、八時三十五分に同家を辞している。(立石夫人の証言)

それから帰宅して北山の死体を発見しているが、もし、このとき彼女が北山を殺したとすれば、現場に夥しい血液が噴出している状態からみて、当然、彼女の着物には返り血が付かなければならない。しかし、それは少しもない。匕首は刃渡り二十センチ、柄十五センチというものであり、これを持って心臓を突き刺せば、返り血を浴びるのを避けることはできないのだ。

彼女は同じ着物で十五分後に再び立石宅に来て変事を知らせている。もし、返り血が着物に付いていれば、立石の妻女は気づかなければならないが、そのことはなかった。また、女中も同じ着物を着た妙子に呼ばれているが、このときも血は付いていなかったと言っている。

さらに、妙子の塩沢の着物を鑑識で精密検査したところ、血痕の付着も、それを消した跡もなかったし、帯、下着、その他彼女がつけていた服装にもルミノール反応は見られなかった。つまり、妙子の凶行とするには返り血の問題があり、また心臓部をひと突きに狙った傷口を精査すると、かなり強い力が加えられたように思えるので、妙子の力では少し無理のようである。

また、妙子が第一回目に立石宅を出た八時三十五分から、二度目に同家を訪れた八時五十分の間、つまり約十五分間の凶行とすれば、彼女が衣類まで着替える暇はなく（和服の支度は手間がかかる）、それを始末する余裕もないとみなければならぬ。なお、妙子の家宅捜索では、凶行に関係のありそうなものは一物も出てこなかった。

6

谷尾妙子は犯行を否認している。

大蔵伍平も自分がやったのではないと言っている。観世友吉も無関係だと主張している。観世和聖だけが犯人でないことは、当夜のその時間、彼にははっきりしたアリバイがあったからである。

だが、谷尾妙子には不審なところがないでもない。それは、隣の立石家から戻って北山の死体を発見したとき、なぜ、女中をすぐに呼ばなかったか、警察をその場で呼ばなかったかである。

これについては前に彼女の弁解があるが、それにしても自分の家の女中に知らせずに隣家まで走ったのは、不自然といえば不自然である。警察へ、立石家から戻って届けたのも少し妙ではないか。

考えてみると、この二つは妙子が時間稼ぎをしていたのではないかという疑いを起こさせる。

しかし、妙子が立石家を出たのが八時三十五分、二度目に変事を知らせに来たのが八時五十分で、その間、わずか十五分間しかない。また、隣家から帰宅以後に女中を呼んだり、警察に電話したりしているから、彼女が隣家に八時五十分に姿を見せている以上、これは問題にならなくなる。時間稼ぎということはここでは考えられないのだ。したがって、十五分の間に彼女がその凶行を出来るかどうかということにかかるわけだが、この前に分析されたように、着物に返り血がなかったことで大体不可能になっている。

ことに、凶器の匕首には鼓の調べが丁寧に捲きつけられている。この操作も時間の中に入れなければならないから、よけいに不可能説を強める。また、彼女が弁護士を殺さなければならない動機となると、両人の間に紛争が起こった結果だとも言えなくはない。現に彼女は他の三人の能師匠と関係があるので、北山がそれを知ってトラブルが起こったとは想像ができる。また、大蔵伍平についても、ちょうど、犯行後の時間に付近をうろついていたし、現に彼が脱ぎ棄てた足袋も近所のゴミ箱から発見され、彼自身の着物の裾も血で汚れている。

　これについて伍平は、六畳の間に忍び込んだとき、うっかり血を踏んで汚したのだと主張している。これはかなり信憑性があり、彼の着物についた血は返り血というよりも、流れていた血にふれたという感じである。ことに白足袋が真赤になったところなど、彼の言い分と符合する。だが、捜査会議の席上で、その意見に反対する者は、用心をしていれば噴出する血を正面から浴びなくても済むので、着物の裾から下が血痕で汚れていたからといって彼の言い分を鵜呑みにすることはできないと、述べる。伍平には恋仇としての北山を殺害する動機があり、当夜忍び込んだのも、妙子と北山との間の確証を得ようとして侵入したというが、このとき殺害の意志がなかったとはいえない。妙子の証言にも、いつか彼女を嚇かして白鞘の短刀など見せびらかしたというから、さらに彼への嫌疑は濃いわけである。

　また、刺した匕首がかなり力の強い人間によって行なわれたことは大蔵伍平に不利であった。伍平は痩せてはいるが、筋骨逞しく、膂力も秀れている。少なくとも女の妙子よりは強力である。また、凶器の匕首に鼓の調べを結びつけたことも、彼の北山に対する怨恨を現わしているようにも思われる。もっとも、わざわざそうすることで彼自身が他から疑惑を持たれる危険は考えられるが、犯行当時の心理状態として復讐感が強かったとも解釈できるのだ。

　このことは同時に観世友吉にも言える。友吉は、妙子の供述によると、弁護士との間を疑って、深夜、しばしば妙子の家の周囲を徘徊していた事実がある。当夜もその目的で彼女の家をうかがい、さらに確証を取るため六畳の間に忍び込んだとも推測できる。ただし、この場合、大蔵伍平の侵入と時間的な喰違いがあるが、まず最初に友吉が来て、妙子が隣家に行った留守に凶行を行ない逃走する。そのあとに大蔵伍平が来て、現場の様子に仰天して遁げ出す。さらに、その直後、妙子がこの凶行を発見するという、僅かながらの時間のズレが順序立てて説明できそうである。このとき、刑事の一人がこういう意見を出した。

「凶行は観世友吉によって行なわれたが、そのときはまだ匕首が被害者の胸に刺さっていたのではなかろうか。その直後に来た大蔵伍平が現場を見てびっくりしたが、彼は憎い相手が殺されたと知ってむらむらと復讐心を起こし、座敷の違い棚に飾ってある妙子の稽古用の鼓を持って来て、匕首を被害者の胸から取り、鼓の紐に結びつけたのではないか」

　この意見も否定できない理論を持っていた。要するに、三人とも被害者を殺す動機があるので、その限りではいろいろな設定ができるのであった。

　なぜ、凶器の匕首の柄に鼓の紐を結ばねばならなかったか。現場を踏んだ者は、その情景を見たとき、一種異様な感じに打たれたはずである。血糊が夥しく流れている中に、匕首と結んだ朱紐が垂れ、その先に鼓が転がっている。妖しくも幽玄な殺人現場であった。

すると、一人の刑事が、なぜ、匕首の柄に鼓の紐が結ばれていなければならないかということを懸命に考えた。これについては、ほかの刑事たちにさまざまな意見があったが、前に出た考え以上に新しいものがない。その刑事は、いま嫌疑の対象になっている仕舞の観世友吉と鼓の大蔵伍平を除外して、もし、谷尾妙子の単独犯行とすれば、どのような必然性があるかを追ってみた。

匕首の柄に結ばれた鼓の紐は、明らかに凶行後に括りつけられたものだ。それは柄に巻きついた鼓の紐を解いてみて、その下の柄にも血が付着していたことで分かるし、重い鼓を匕首に括りつけて凶行を行なったとは考えられないのだ。だから凶行後に、伍平が来て紐を柄に結びつけたという推定がこのへんからも出てきている。

もし、これを妙子の仕業としたら、どういう気持からであろうかと、その刑事は考える。嫌疑を他者に転嫁する作為か、それとももっと必然的なものがあったのか。

その刑事は、妙子の着ていた白っぽい塩沢の着物に何の血痕も付いていなかった事実を同時に考えていた。次に、妙子が一週間前から隣家の立石家の妻女に謡の稽古を勧めに行き、それからしばしば訪問していることも考慮の中に入れた。

すると、凶行当夜、妙子が八時ごろ隣の家を訪問したのは、そのことが目的のために、一週間前から謡の稽古の勧めにかこつけて立石家をしばしば訪問していたのではなかろうか、という考えが起こる。つまり、凶行当夜だけ隣を訪ねて行ったのでは唐突すぎて怪しまれるので、前から度々隣家を訪ねていたという設定を用意したのではないか。妙子が、その晩、白っぽい着物をわざわざ着ていたのも、考えれば、何か作為ありげである。春とはいえ、まだ夏には遠い。着物の色合いを白っぽいものに選んだのは、血痕が付いていないことをわざと他人の眼に見せびらかそうとした工夫ではなかろうか。心臓に刺さった匕首にはかなり力が籠っていた、というのが解剖所見で、これも彼の頭の中に強く入っていた。

刑事は、それから四、五日、こっそりと谷尾家のぐるりを歩き回った。彼は庭の片隅に何かを燃した跡を発見した。しかし、何を焼いたかは跡がきれいに片づけられているので判断がつかない。刑事は、微かに残っている黒い灰を掻いて紙に包んだ。それは木を燃した炭のようでもあった。刑事は、それを鑑識に回した。返事はすぐ来た。

「竹を燃したんですよ」

というのがその結果であった。

竹。――その刑事は勇躍して谷尾家に赴き、新米の女中にこっそりと訊いた。物干竿が一本不足していた。女中も、訊ねられてはじめて気づいたのだった。

「北山弁護士はわたくしの証拠不十分を弁護して無罪にしてくれましたが、それ以来、あの人は執拗にわたくしに付きまといました」

と谷尾妙子は自供をはじめた。

「ある晩、わたくしはとうとう彼の言う通りになってしまいました。わたくしにも彼の言う通りにならなければならない弱みもあったのです。つまり、彼はわたくしが夫を砒素で殺した犯罪を知っていて、法廷技術で無罪にしたのです。わたくしの犯罪が彼に握られていることが、わたくしの弱みでありました。そのほか、前から交渉のあった大蔵伍平や観世友吉も相変わらずまつわりついて、この三人の間にわたくしをめぐって暗闘がありました。

伍平はたびたびわたくしを嚇かします。友吉のほうはかっとするだけでたいしたことはありませんが、あの大蔵伍平だけは何をするか分からなかったのです。わたくしは北山も大蔵伍平も憎みました。この両方から逃れたいという気持が一ぱいでした。しかし、逃れるには同時に二人を抹消しなければいけません。ですから、一人は肉体的な消滅に、一人は社会生活からの抹消に向けたのです。

洗濯の物干竿を半分に切り、その先に匕首を括りつけて北山の寝ているところを刺す計画は、わたくしが返り血を浴びないために工夫したのです。そのためわざと白っぽい着物を着たのです。竹竿で突き刺したとき、これは重心の関係で思いがけなくわたくしの実際の力以上のものが出て、北山の心臓まで達することができました。酔って寝ている人間を狙うのですから、まず心臓の上に刃先をゆっくりつけ、力をこめて押しましたのでひと突きで成功しました。彼には、そのためにこそ、前にビールをうんと飲ませておきました。ただ、竹竿に括った紐のこすり跡が匕首の柄にできます。紐を解いたとき、わたくしはそれに初めて気がつき、このままだと柄のこすり跡から工作を推察されると思い、急に鼓を持ってきて紐をほどき、匕首の柄にしっかりと巻いたのです。こうすると、この紐のスレた跡のように誤魔化せると考えたからです。……その時間に、伍平がわたくしの家にくるよう、前の晩に北山との逢引きを彼にほのめかしておきました。果して、嫉妬に煽られた伍平は、九時近くにやってきて、現場の離れに踏みこんで来ました。この辺は、思う通りの時間でゆきました。友吉には知らせていませんが、やはりわたくしと北山のことが気になって、同じ時刻に様子を見に来ていたのでしょう。

　女中を呼ぶことや、警察に電話したのが遅れたのは、やっぱり、すぐでは気後れがしたことと、手落ちはないかともう一度入念に現場を見たかったためです。使用した物干竿は、そのまま、血痕の着いたほうを土中に、植込みの間に突き立てておきました。樹と樹のせまい間だから、家宅捜索の刑事さんたちにも気づかれませんでした。一段落ついたあと、その竹は鋸でひいて短くし、火に燃しました。女中を使いに出したあとです。

　これで、わたくしも、かえって、せいせいしました。この上は、夫を砒素で殺した罪も一しょに背負います。やっぱり、夫は善良な人だったと思います。ほかの男たちを知って、それがよく分かりました……」

　谷尾妙子は哭いた。

第三話　百済の草

三カラット純白無疵　ファイネスト・ホワイト。丸ダイヤ。プラチナ一匁台リング。

昭和十×年二月二十三日、東京都麻布市兵衛町××番地谷尾妙子ノ妹淳子ヨリ買取ル。

谷尾妙子ハ喜右衛門氏ノ長女デ、彼女ノ不慮ノ死ヲ新聞記事デ読ミ、直チニ同家ニ赴キ、先年喜右衛門氏ニ売リタル右ダイヤノ譲渡如何ノ意志ヲ尋ネル。妙子ノ妹淳子夫妻ハ売却ヲ了承シ、九千八百円ニテ買取ル。淳子ハ少々安イト云ウ。

一カ月後、東京青山高樹町××番地大野木保道氏ニ之ヲ売ル（一万三千二百円）。

大野木氏ハ鈴井物産株式会社重役ニテ、コノ度、愛娘寿子ノ結婚ノ記念ニ与エルト云ウ。

寿子ノ夫、伊原雄一ハ同社ノ技術課員ニテ、東京帝国大学工学部卒。近ク同社経営ノ朝鮮全羅北道金邑ニアル鈴井物産鉱業所ノ技師トシテ赴任スル由。
（宝石商鵜飼忠兵衛ノ手帳ヨリ）

1

伊原雄一は昭和十×年の春に、新妻寿子を伴って朝鮮全羅北道金邑の鈴井物産鉱業所に赴任した。

金邑は南朝鮮の西側で群山の南に当たっている。この辺は南朝鮮の穀倉地帯といわれるほど平野が開けている。汽車は木浦から群山の近くに至る湖南線を走っている。金邑は人口三万の小都市だった。

広い平野でも東側は山になっていて、そこに母岳山と呼ばれる丘陵がある。この西麓地方は有名な産金地で、付近の金溝里、院坪里間の段階地と広い平地は多量の砂金を含んで、近年鈴井物産が砂金の浚渫機を使用して採集しつつあった。伊原雄一はその技師として転任したのである。

伊原夫婦は金邑の社宅に入った。社宅は市街地から少し離れて、ポプラの並木の続く田圃を見はらす場所にあった。鵠の群がよく田圃に降りる。

鈴井物産では外地勤務手当をくれたので、伊原夫婦はかなり裕福な生活ができた。それに、ときどき妻の寿子の実家から送金がある。雄一は岳父が同社の重役であるため、将来を嘱望されているのみならず、ここに来ても所長などの幹部から特別な扱いを受けていた。いうなれば、伊原雄一の将来は透明な薔薇色に包まれていた。

伊原雄一は休みの日には妻の寿子を伴れて近郷を歩いた。母岳山麓には金山寺という百済時代の古い寺がある。後百済朝には堂塔数百を数えて、金羅第一の巨刹として知られていたという。今では、わずかな建物が残っているだけだが、それでも褪めた朱色の柱に古色が錆びついている。雑草の生えた崩れかけた石段を登ると、あたりは林に包まれ、その後ろに突兀とした峻岳が見られる。

夫婦は時には群山、光州、木浦に行って見た。長い休暇があると京城に遊んだりした。だが、このころから、米国と戦争を始めていた日本の情勢が険悪となっていた。それでも内地の緊迫感は、海峡一つ隔てているだけで、じかには来なかった。朝鮮総督府の統治政策が、なるべく日本の窮乏を朝鮮人に覚らせまいとして、物資の抑制をできるだけ寛大にしていたからである。

しかし、物資の面では誤魔化されても、在鮮日本人の召集が多くなった。すでに米軍はサイパンに上陸していた。

「あなたにも召集令が来るかもしれませんね」

寿子は、この金邑の町からかなり年配の男が補充兵として取られてゆくのを見ているし、社宅からも兵隊に出てゆく社員がふえていた。

「分からないな」

と、伊原雄一は憂鬱な顔で煙草を吹かしていた。

「困るわ。もし、あなたに召集令が来たら、わたしは内地のお父さまのところに帰っていようかしら」

「そうだな」

と、雄一は考えていたが、

「内地も大分物資が苦しいらしいし、それに空襲がふえてだんだん危くなっている。むしろ、この朝鮮にいたほうがいいんじゃないか。それに、社宅は知った人も多いし……」

「でも、あなたに行かれると心細いわ」

雄一は、二十三歳の妻の顔を煙の間から眺めていた。彼女は、この社宅の中でも一ばんきれいだと騒がれている。面長で、眼が大きかった。

「戦局が悪くなれば、日本のお金も朝鮮で信用されなくなるんじゃないかしら」

と彼女は言った。近ごろ、朝鮮人の態度が少しずつ変わりかけている。明らかに日本の敗戦を予想した微妙な表情である。日本円が信用されなくなるときが来るかもしれない。寿子はそんな不安を抱えていた。

「まさか」

と言ったが、雄一は真向から否定はしなかった。

「まあ、そうなれば、何か物を売って食いつなぐさ。そのうち、おれも帰されて来るだろう」

帰されるというのは、戦争が済まないと実現することではなかった。戦争が終わるのは、勝つか敗けるか、どちらかの果てである。

「そうそう」

と雄一は言った。

「ガラクタを売っても仕方がないから、万一のときは、君がお父さんから貰ったダイヤの指輪でも出すんだな。あれだったら、二、三年は君一人で食いつなげるだろう」

父親は三カラットのダイヤを結婚の記念に呉れた。ダイヤも奢侈品として、近ごろこんな大きなものを店では見かけなくなったが、宝石商が出物だと言って父親に見せたのを買い取ったのである。

「そうね」

指輪は鍵のかかるタンスの引出しに仕舞ってある。

「あなたの言う通りにするわ。でも、なるべく兵隊に行かないようにしてね。あなたは技術屋さんだから召集されることはないと、この前も旭会の会長さんが言っていたわ」

旭会は、この金邑の町にいる一万人ばかりの日本人会である。

「いや、おれは技術者といっても金掘りだから、戦時体制の重要任務とはいえないよ」

その予想が的中して、雄一は一カ月後に召集された。赤紙を見ると、京城竜山部隊に入隊が指定してある。

「君、どうする？」

と雄一は悲壮な顔で言った。内地に帰るかどうするか、という問いだった。

「こちらに残るわ。……実は、先日、東京のお父さまに手紙を出して万一のときの処置を訊いたの。そしたら、やっぱり朝鮮に残ったほうが安全なんですって。内地から満州に疎開する人があるくらいだそうです」

「そうだな。アメリカも朝鮮はそのままにして置くだろう。本土はやっつけても、朝鮮は独立させて将来の味方として取って置きたいだろうから、爆撃することはあるまいね」

空襲の危険がないというのは何よりだった。寿子は一人で社宅に残ることにした。この社宅も会社側で雄一を優遇してくれて、ほかの部課長よりむしろ広いくらいの家であった。

雄一は竜山に入隊すると、そこで、三カ月の教育を受けた。その兵舎には次々と内地から兵隊が送られて来て、すぐに野戦編制になって外地に出てゆく。つまり、竜山の兵舎はこのごろ外地要員の溜り場になっていた。

雄一は、自分も一期の訓練が終わったら、そういう運命になるだろうと思っていた。実際、兵隊の間では、教育が終わり次第にフィリピンに持って行かれそうだ、と噂し合っていた。兵隊の噂は不思議と確実に当たる。

歩兵の教育が終わると、雄一は衛生兵に移された。衛生兵は、はじめからその要員として取る場合と、兵科の中から移される者とがある。彼は京城陸軍病院に他の兵隊と一しょに二カ月ばかり通い、改めて衛生兵教育を受けた。

こうして五カ月経つ間も、戦争はいよいよ苛烈になって行った。内地がひどい爆撃を受けていることは、投下機雷のおびただしい朝鮮海峡を命からがら渡って来た内地の召集兵の口から聞いた。彼らはいちように死んだように暗い顔をしていた。

寿子からは手紙がよく来た。検閲されるのを考えて勇ましい言葉ばかりだったが、雄一は、その行間に妻の寂しさを拾い出した。

彼のいる中隊は、野戦部隊に編入された。しかし、フィリピン行きではなく、朝鮮の沿岸防備だった。すでに輸送船が次々と撃沈されて、フィリピンに渡る見込みも失われていたのである。

朝鮮軍司令官は、アメリカ兵が朝鮮の西海岸から上陸すると考えたらしい。新しい野戦二個師団は半島を南北に分け、敵軍上陸に備えて置かれたが、雄一の入っている師団は南朝鮮であった。この主力は、内地から来て南方へ行くはずの編制がそのまま主体となっている。

雄一は、南朝鮮の軍司令部が全羅北道金邑に置かれると聞いて生気を取り返した。金邑なら妻の顔を見られる。もっとも、面会はすでに京城にいる頃から禁止されていたが、それでも同じ土地にいるとなれば、外出のたびに会えるのだ。彼のそのときの胸は喜びにふくらんでいた。

しかし、通信は当分禁止されているので、行先きを妻に告げるわけにはいかない。彼は京城から住み馴れた金邑に戻ったが、軍司令部となっている土地の農学校の建物から一歩も外へは出られなかった。彼は軍司令部の軍医部付になっていた。

ほかの実戦部隊が沿岸の最前線に洞窟を築いたり、タコ壺を掘ったりして働いているのに、軍司令部付というだけで雄一は金邑の町の真ん中に居られた。

だが、外出の自由はなかった。

2

高級将校は、ここでも「営外居住」で、金邑の日本人宅に部屋借りしていた。師団長の中将は予備役から召集された老人だったが、町の日本料理屋の一室に起伏していた。高級参謀の柳原少佐、軍医部長の石川少佐なども日本人家屋を借りていたが、兵隊には詳しいことは分からない。その他の尉官クラスは、農学校付属の寄宿舎がそのまま将校宿舎になっていた。

通信は禁止されていたので、伊原雄一は自分の土地に戻っていながら、彼がここにいることを妻に知らせることができなかった。農学校の校庭に立つと、社宅のあたりはすぐそこにみえる。彼が、妻を伴ってよく散歩に行っていた母岳山の金山寺はいやでも毎日眼に入った。

外出を愉しみにしてきたが、ここでは一切の望みが絶たれて、休日は営内休養だった。内地から来た兵隊だったら諦めもつくが、妻が二キロとはなれていないところに住んでいるのだから、雄一は苦しかった。

校庭の垣根はひと跨（また）ぎだが、戦時下の軍律違反の罪を思うとそれを乗り越える勇気はなかった。彼は、夕方になると、馬で町に帰って行く師団長以下の営外居住将校の特権が羨（うらや）ましくてならなかった。

誰か知合いの者がこの建物の傍を通りかかると、妻にことづけを頼むところだったが、生憎（あいにく）とそんな人も見かけないし、上官に咎（とが）められそうでもあった。第一、軍医部の雑用に追われている身は、通行人を待って外を眺めてばかりもいられなかった。

或る日、雄一は思いがけない兵隊に出遇った。この司令部では毎朝、校庭で柳原高級参謀の指揮で、将校、兵卒全員の「朝礼」があるが、その解散のとき、

「伊原技師さん」

と小さく声をかけられた。

それは軍曹の襟章をつけていたが、鉱業所で部下に使っていた採掘係の高杉卯三郎（たかすぎうさぶろう）だった。

「やあ、君か」

と伊原は思わず言って眼を瞠（みは）ったが、対手（あいて）の階級に気がついて、

「少しも気がつきませんでした」

と、あわてて言葉を改めた。雄一はこの男の出征祝いの酒の席に出ていただけに、ここで遇ったのが夢のようだった。

「どうも、前からあなたらしいと朝礼のたびに思っていましたが」

と高杉軍曹は、何気なくならんで建物のほうに歩きながら、

「全く偶然でしたね。ぼくは残留部隊からこっちに入れられたので、分からなかったのですよ」

と低い声でつづけた。

「ぼくは、いま、被服係をしていますから、暇のときは遊びに来て下さい。甘味品や煙草ぐらいは自由になりますから」

雄一は、他の兵隊の手前、高杉軍曹の後ろ姿に敬礼した。

雄一は、大げさに言うと、地獄の中で仏に遇ったような気がした。もと会社の部下が軍曹でいるのは心強い。二等兵からみると、下士官は神さまのような存在だ。直接の庇護はないが、それでも高杉軍曹のもとに行けば好きな煙草もよけいに貰える。実際、被服係とか炊事係といった下士官は、そんな自由が利くのだ。

雄一が被服庫のある建物の端に行くと、高杉は兵隊のいない所に連れて行き、配給品をよぶんに呉れた。二人が軍隊的な階級を忘れて、元の会社の地位に逆転して話すのはそこだけだった。臨時の倉庫内は兵隊の服や靴が積み上げられている。また、前線に行っている兵隊の痛んだ被服もここに返されて修理されていた。その出し入れが高杉軍曹

の責任だった。

「君は外出をよくするかい？」

と雄一は訊いた。二人だけだと、やはり言葉が以前のままになる。

「はあ、下士官ですからね、公用証を貰って出かけますよ」

と高杉は素直に答えた。

「社宅のほうに行くことがあるかい？」

雄一は眼を輝かした。

「ぼくは独身寮にいたので、あんまりそっちのほうには行きません。もっぱら別の方面です」

と高杉は笑っていた。

「やっぱり下士官はいいね。どうだろう、悪いけど、今度君が公用外出するときにぼくの家に寄ってもらえないか。実は、ぼくがここに居ることを家内にも報らせられないんだ」

「あ、そうですか」

と高杉はおどろいて、

「それは気がつきませんでした。奥さんは心配されてるでしょう。それが眼と鼻の先におられると分かれば、どんなに安心されるか分かりませんね。いいです。ぼくは明日の晩公用で外出しますから、ついでに寄りましょう。ぼくはまだお遇いしたことはありませんが、ときどき、奥さんにこの近くに来てもらってはどうですか。話は出来ないかもしれないが、お互い元気な顔は見合わせられますよ」

「君、頼むよ」

雄一はほっとした。

高杉軍曹が雄一の依頼を聞いて社宅に行ったのは翌晩だった。

軍曹は暗い玄関の外に立って声をかけた。返事がないので格子戸に手をかけると、それはひとりでに開いた。かなり大きな家で、玄関も広い。しかし、灯火管制がしてあるので玄関は暗かった。

高杉は、そこで、二、三度大きな声を出した。

すると、家の内側からでなく、庭の横合いから一人の女が出て来た。高杉は一目見て雄一の妻だと知ったが、彼女のほうではびっくりして高杉をみつめている。

なぜ、こんなにおどろくのか、高杉は一度も彼女に遇っていないだけに不思議だった。そのおどろき方は、いかにもよく知った人がふいと訪ねて来たときのそれに似ていた。

彼女は不意に、立っている高杉を、

「あなた」

と呼んだ。

高杉は仰天した。細君は彼を雄一と間違えているのだ。玄関がうす暗いので顔が分からず、同じ兵隊姿が勘違いさせたのだ。それに、あとで考えてみると、高杉も雄一も同じように厚い鉄縁の眼鏡をかけている。

高杉はあわてて、

「奥さんですか？」

と先に声をかけた。そうしないと、夫と間違えた雄一の妻に今にも抱きつかれそうだった。

その声を聞いて、寿子ははっと息を呑んだようだった。彼女はあわてて高杉の顔を穴のあくほどのぞき、

「失礼しました」

ときまり悪げに言った。

高杉は笑いたいところを抑えて、

「自分は伊原技師のところで働いていた採掘係の高杉という者ですが……」

と事情を告げた。

寿子はそれを聞くと、またびっくりしていたが、しまいには泣き出しそうな顔で、よく報らせに来て下さいました、と丁寧な礼を述べた。

高杉は、仄暗い玄関で見た伊原の妻が予期以上にきれいなのに感心して帰った。なるほど、あんな美しい奥さんが眼と鼻の先に住んでいるとなれば、伊原雄一の気持がそぞろになるのも無理はないと思った。

彼が伊原の家から千メートルも歩かないころ、暗がりから蹄の音が聞こえた。立ち停

まると、現われた馬の上には、いつも朝礼の指揮をとっている柳原高級参謀の顔があった。高杉は直立不動で、敬礼した。馬のあとから、背中の曲がった当番兵がてくてくと従っていた。

高杉は「兵舎」に戻ると、すぐ伊原雄一を兵隊に呼びにやらせた。消灯前十分だった。軍司令部といっても建物が狭いから、兵隊は区分されたそれぞれの事務室に毛布を敷いて寝る。その雄一が来ると、高杉は小さな声で、

「奥さんは喜んでおられましたよ。これからは、この兵舎の周りにそれとなく来てみる、と言っておられました」

と言い、別れるときは大きな声で、

「伊原、早く帰って寝ろよ」

と肩を叩いた。

雄一は、翌日心を躍らして外の道ばかりを眺めていた。しかし、いつもそちらばかり見ているわけにもいかず、まだ妻の姿は発見出来なかった。しかし、妻に連絡が取れたことですっかり気持が落ち着いた。いずれは寿子の顔が見られると思うと生き返ったようになった。

すると、昼食後だった。頭のうすい、背の曲がった兵隊が、

「こっちに伊原二等兵はいるかい？」

と入口からのぞいた。

「はあ、伊原は自分であります」

と、彼はその老上等兵の前に立った。

「おう、おまえが伊原か」

と、眼の縁に皺を寄せた上等兵は、

「柳原高級参謀殿からのお言葉だが、高級参謀殿はおまえの家に世話になっている。それが昨夜分かったので、参謀殿はそう言ってくれと自分に言われたのだ」

と取り次いだ。

「つまり、娑婆で言えば、いろいろお世話になってありがとう、というわけだな」

と、老上等兵は黄色い歯を出して笑った。彼は、柳原高級参謀の当番兵だと言い、中田という者だとも名乗った。

昨夜、分かったというのは、高杉が社宅に寄ってくれたので妻に雄一がここにいることが知れ、部屋を貸している柳原高級参謀にそのことを話したのだろう。

それで、高級参謀が、当番兵を雄一のもとに使いに寄越して、好意を伝えさせたに違いない。——雄一は、一時は明かるい気持になった。

だが、間もなく、或る事実を考えると、一挙に暗い不安に落ちこんだ。

3

しかし、柳原高級参謀が、自分の社宅に部屋借りしているとは、伊原雄一に意外だった。彼は、朝礼のとき威風颯爽として司令部の将兵に号令をかけている高級参謀の姿をしばらくは呆然と泛べていた。柳原参謀は三十五歳、姫路の出身で、言葉に関西訛りがある。

もちろん、陸士出身の現役のぱりぱりで、小肥りの顔はいつも艶やかな赭味を漲らせ、戦闘的な眼がけいけいとして輝いていた。彼は他の召集将校たちに畏怖されていた。

伊原は、被服庫に行き、高杉軍曹に遇い、このことを告げた。

「へえ、そうですか」

と、高杉も目をまるくしていたが、思い当たるところがあるらしく、ひとりでうなずいた。

「それで、お宅には奥さんおひとりですか？」

と高杉は訊いた。

「いや、家内が内地から連れてきたばあやが一人いるが。……高級参謀殿の食事の世話などはこの二人でやっているんだろうね」

雄一は答えたが、高杉の質問の意味が分かると、はっとした眼になり、暗い顔に変わった。

彼は、柳原高級参謀の戦闘的な顔と、その内側にひそんでいる禁欲的な生活を頭の中に奔らせていた。

「それなら大丈夫でしょう。高級参謀殿には当番兵もいることですから。……いや、お世話のことですよ」

高杉は、あとの言葉を誤解のないようにあわててつけ加えたのだが、彼も雄一と同じことを思っていたに違いなかった。

雄一は、自分の社宅の間取りを泛べる。

玄関が二畳、その次が六畳と八畳、それにならんで四畳半と洋風の応接間とがある。自分たち夫婦は、その奥の八畳に寝ていたが、高級参謀はどの間を占領しているのだろうか。

おそらく、妻はその八畳を明け渡して、四畳半にばあやと一しょに床をならべていることであろう。四畳半と八畳の間には六畳がはさまっている。――

雄一は、かすかに安心を覚える。耳の遠いばあやが、ときには夫婦には邪魔なこともあったが、こうなると、ばあやが唯一のたよりであった。

彼は、夕方、馬で帰って行く柳原高級参謀の姿に、いつも羨望と不安と憎悪を感じるようになった。参謀が帰って行く先は、ほかならぬ雄一自身の家であった。参謀に夕食の世話をするのも、茶をすすめるのも、自分の妻であった。同じ家の中で、参謀と自分の妻とは寝息をたてている。

参謀は、わが家の客用蒲団にぬくぬくとくるまっている。雄一は、事務室（それは農学校の教室だったが）の板の間に、うすい毛布を敷いてひとりで寝るのだ。夜中に頻繁に寝返りしないと、背中が痛くなる。

雄一は、高杉軍曹の言葉を……信じて、妻がこの建物の近くに来るものと思って、気をつけて見たが、まだ眼にふれなかった。通りかかるのは白衣の朝鮮人ばかりだった。もっとも、彼自身がこき使われているので、絶えず外を凝視しているわけにはゆかない。高杉軍曹が嘘をついているとは思えない。寿子は、毎日、来ているのだが、忙しい雄一が外に出て来ないので、しびれを切らして帰っているのかもしれない。そう思うと、雄一は気持があせって雑用の仕事が手につかなかった。

雄一は、空想的な希望ももつ。それは、柳原高級参謀が彼に休暇を一日与えてくれて、家に帰し、妻に遇わせてくれそうなことだった。彼の家の世話になっていれば、少なくともそれくらいの好意ある取計いはしてくれてもよさそうだ。いや、休暇が困難だったら、公用外出にして、数時間の帰宅を許してくれてもよさそうだった。

軍医部は、参謀部とは別だが、高級参謀なら軍医部長に話して、それくらいのことはできるのだ。いや、柳原高級参謀は権力者だから、軍医部長は一も二もなく承諾するはずだ。野戦に出れば、参謀部が絶対に幅を利かせる。

しかし、それが雄一の儚い希望だったことは、いつまで経ってもそんな命令が彼にこないことだった。すでに、この金邑に来てから二カ月近くになっている。妻の寿子が知ってからでも半月は経っていた。

雄一は柳原高級参謀は冷酷な人間だと思った。それとも、わざとそんな好意的な取計いを拒絶する何かが参謀の胸の中にあるのだろうか。雄一は、毎朝将兵に号令を掛けては、皇居のほうを遥拝させる柳原高級参謀の姿が憎くなった。朝陽を浴びている参謀は、雄一自身の家から出勤してきたばかりなのだ。妻は参謀のために温かい飯と、葱(ねぎ)の香の立つ味噌汁を出し、参謀はそれをたらふく食ってきたに相違なかった。

雄一はそんな朝礼の際に、中田当番兵の姿を探すようになった。行事が終わって解散となれば、兵舎に帰るまで数分間は話し合う機会がある。

「中田上等兵殿」

と雄一は、ある朝、ようやく彼の傍に行った。

「申し訳ないことをお訊ねしますが、家内は元気にしておりますでしょうか」

中田は戦闘帽の下から、それ故に彼の禿(は)げた頭は隠されているのだが、顔中の皺を波立たせて微笑し、

「心配はいらぬ」

と、ゆっくりした語調で答えた。

「お前が元気にしていることは、奥さんにも伝えてあるよ。安心しろ」

「はあ、ありがとうあります」

「伊原。奥さんはこの近くに来られないか？」

と、今度は彼のほうが低い声で訊いた。

「まだ来ないようであります。自分は仕事が忙しいので、始終外を見ているわけにはゆきませんが」

「そうだな。お前も可哀想だな。まあ、そのうち、それとなくお互いに元気な顔を合わせられるだろうよ」

「はい、ありがとうあります」

中田上等兵は雄一から離れると、背を丸めて足を曳きずるようにして歩き去った。彼は召集の老兵で、正直そうであった。硝子（ガラス）屋の職人ということであったが、禿げた頭と、皺の多い顔は、当番兵というよりも、高級参謀の爺やという感じであった。

しかし、柳原高級参謀は、いつも司令部に居るわけではなかった。彼には前線視察の任務があるので、よく沿岸地方の陣地を見て回る。沿岸の防備範囲は、北部は群山から南部は木浦に至るまでの長い線だった。高級参謀は出張すると、五日ぐらい戻ってこないのである。

そんなとき、雄一はひどく心の安らぎを覚えた。夜もゆっくりと睡れる。しかし、その一方で、なんとか妻の家に帰りたかった。走って行けば往復三十分で済む。彼は何度本気に脱柵（だっさく）を考えたか分からなかった。しかし、その都度、衛兵の巡回に咎められそうで、決行する勇気がなかった。

高級参謀が出張した間、中田当番兵はぶらぶらしていた。雄一は意識して中田に近づいたが、彼が底抜けの好人物であることが分かった。中田も高級参謀の当番兵として、多少でも寿子の世話になっているので、雄一に好意を見せている。雄一は、中田がいつも「公用」腕章を持っていることを知った。高級参謀の当番兵だから、一々中隊事務室に返却することはないようであった。その点、残留部隊と違って、一種の野戦気分があってのんびりとしている。

「中田上等兵殿」

と、雄一は思い切って言った。

「一度、公用腕章を自分に貸していただけませんでしょうか？　ほんの一時間くらいでよくありますが」

「ふむ、奥さんに逢いに行くのか？」

と、中田は笑った。

「いいだろう、高級参謀殿が出張中は自分も外に出る用事はないからな……しかし、衛兵所は気をつけて出ろよ」

「はい、ありがとうあります」

雄一は、その夕方、中田から借りた「公用証」を腕に捲いて衛兵所の前を通過した。校門脇に作られたテントの中に数人の衛兵がいたが、雄一が通っても少しも咎めなかった。雄一は腕章の神通力に感嘆した。

暗い玄関で、軍服の雄一が初めて寿子を見たとき、彼女は仰天した。妻は雄一の胸にしがみつき、声を放って泣いた。中田上等兵との契約で一時間が腕章の借りられる期限だったが、往復の徒歩を除いてわずか二、三十分の妻との話合いではもちろんもの足りなかった。

彼は、寿子に、なぜ兵舎の近くに顔を見せにこないかと訊いた。妻は、あなたのことは高杉軍曹から聞き、何度もあの辺をうろついたが、あなたが一向に姿を出さないし、あまり長くいるので巡察の衛兵が妙な眼つきをしはじめたから、それ以上にはいられなかったのだと話した。やはり、雄一が考えていた通りだった。

雄一は、一ばん気になっている柳原高級参謀のことを寿子に訊いた。彼女は、それに参謀には奥の八畳の間を与えている、自分はばあやと二人で四畳半に退って寝ている、と説明した。これも雄一の想像通りだった。雄一はためらいながら本当に知りたいことを訊いた。

「高級参謀殿は、お前に、特別な関心を持っていないかい？」

それを耳にすると、妻は、はっとしたように眼を伏せたが、すぐに彼を熱っぽく見上げて、

「そんなことはありませんわ。どうか、そんな詰まらないことは考えないで下さい。わたしは、どんな場合も、あなたのことを想って身を守っていますから」

と、激して言った。しかし、伊原雄一が中田上等兵の好意で家に戻れるのは柳原高級参謀の前線視察の出張中に限られていた。雄一は外出したくとも、もとより真昼間は自分の自由にならない。外に出るとすれば、やっと雑用の終わった午後七時ごろだった。

高級参謀が視察から戻ってくると、腕章は再び中田当番兵の専用になった。それに、たとえ腕章を借りても、高級参謀が彼の家に居る限り、彼が妻に遇いに戻れる道理はなかった。もともと、この公用外出は、人の好い中田の好意からで、事実が分かれば重営倉ものだった。

だが、雄一が実際に家に戻って覗きたいのは、柳原参謀が軍服を着物にきかえて、あの八畳の間にくつろいでいる場面であった。

4

伊原雄一は、被服庫に行って高杉軍曹に会った。高杉はいつも、教室を半分仕切った事務室のような所にいる。雄一はここに来ると、

「高杉班長殿はおられますか？」

とドアの外から声をかける。すると、高杉は帳簿から顔をあげて、

「おう、入れ」

と大きな声で答えるが、誰も居ない二人きりの倉庫に行くと、二人の言葉は鈴井鉱業所時代に戻るのだった。

雄一は、ここで高杉に一つの頼みごとをした。

「そうですか。いいでしょう」

高杉は簡単に引き受けてくれ、実際、その場で雄一の頼んだ或ることを実行してくれ

た。しかし、高杉は雄一の意図を底から読んだわけではなく、単純な依頼だと解釈して、気軽に承諾したのであった。

それからのちも、高杉のところに雄一はよくやって来る。しかし、高杉は、最近の雄一の顔色がひどくすぐれないのに気がつきはじめた。話をしていても、雄一は、瞬間、ふっと気がかりなことに引き戻されているふうに、眼があらぬ所に止まったりしている。そんな場合、雄一の返事は途切れたり、ちぐはぐだったりする。

高杉は、これは何かあると思い、ある日、雄一を問い詰めた。

雄一は容易にその返事をしなかったが、遂に憂鬱そうな顔で、

「もしかすると、ぼくは転属になるかもしれない」

と洩らした。

「転属？」

高杉がおどろいて、その理由(わけ)を訊くと、

「何となく、そんな気がするだけでね」

と雄一は多くを言わなかった。

転属というと、普通にはあまり無いことだ。中隊で好ましくない兵隊がいた場合、中隊長が命令して他の中隊に転属させることはあるが、この司令部ではそんなケースは考えられなかった。また、そんな個人的な問題でなく、軍編制の立場からの転属はあるが、それはかなりの人数にまとまって行なわれる。

だが、雄一の言い分は、自分一人で転属になるような口吻だった。

「そんなことはないでしょう」

と高杉は言い、

「何か、そういう心当りがあるんですか？　あったら打ち明けて下さい」

と言った。

「いや、別にないよ。予感としてそう思うだけで、そりゃないほうが一ばんいいからね。ぼくだって死地に追いやられるのはいやだよ」

死地？　高杉は、雄一のこの言葉にまた気持がひっかかったが、兵隊になって間もない雄一は少し神経衰弱になっているのではないかと思った。たった一人を戦地に転属させることは、どう考えてもあり得ないからだった。日本はいたるところで敗北していた。

最近の雄一は、妻の寿子のことを高杉の前ではあまり言わなくなった。前はそれが気がかりとみえて、高杉に公用外出のとき家に寄ってくれるようにしきりと頼んでいたが、最近はなくなっている。

美人の奥さんを貰うと気がかりで仕方があるまい、と高杉は前から思っていた。だから、雄一の家に柳原高級参謀が部屋を借りていると知って、雄一のためによろこんだ。高級参謀も彼の家に世話になっているなら何かと雄一を大事にするに違いなかった。たとえ直接の上官でなくとも、高級参謀ともなれば他の将校にも睨みが利くから、間接的に雄一は有利な立場に立てる。昇進も早いに違いない。

そう考えていた高杉は、雄一の暗い顔が案外だった。しかし、高杉にはその原因が分からなかった。

伊原雄一は、なぜ、転属などという言葉を口にしたのだろうか。――

朝鮮の春は短い。三寒四温の冬が過ぎて気候が良くなったかと思うと、忽ち太陽が強く燃えてくる。

その短い春の或る日のことであった。

母岳山麓の金山寺の境内で、柳原高級参謀が死体となって発見されたので大騒ぎとなった。見つけたのは付近の朝鮮人農民だったが、高級参謀は短刀様のもので滅多斬りにされていた。致命傷は心臓に達した刺傷である。

検視には土地の警察官を介入させず、駐留憲兵隊と軍医部長とが立ち会った。柳原高級参謀は軍服のまま仆(たお)れていたが、死体の右手は一群(むれ)の草をしっかりと握っていた。場所は崩れかけた寺の石段を登った所で、そのうしろには、瓦の割れた反(そ)りのある屋根と、黒ずんだ朱色が錆びついた百済(くだら)の古寺が陰鬱に沈んでいた。血は草を染めて黒褐色に変わっていた。

検視の結果、高級参謀が殺されたのは、昨夜の八時から十時の間と推定された。いかなる次第で参謀がその時刻にこの場所に来たか理由が分からない。夜は人の気配のない淋しい山麓だ。高級参謀が部屋借りをしている鈴井物産の社宅からは二キロ離れている。

司令部となっている農学校からはさらに遠かった。

高級参謀の遺体は毛布にくるまれて、一旦、司令部の一室に安置された。がらくたを入れた倉庫を開放し、とりあえずそこを屍室として、着剣した銃を持つ屍衛兵が立った。

容易ならぬ事件だった。司令部の高級参謀が原因不明で殺されたのだ。高級参謀はその場所に誘拐(ゆうかい)されたのだろうか。

まず、高級参謀が部屋借りをしていた伊原家について訊くと、寿子は、それにこう答えた。

「高級参謀さんは、昨夜六時ごろ、馬でお帰りになり、食事を召し上がってくつろいでおられました。すると、八時ごろ、司令部から兵隊さんが迎えにみえましたので、高級参謀さんはまた軍服に着替え、その兵隊さんを連れてこの家を出てゆかれました。支度や、その他の時間を入れて、八時半ごろだったと思います。それきりお帰りがないので、あのまま司令部にお泊まりだったと考えていました」

同家の女中の、耳の遠いばあやも寿子の言う通りに証言した。

では、どんな兵隊が迎えに来たか、と訊くと、それには寿子はこう答えた。

「その兵隊さんは玄関に立って、高級参謀殿をお迎えに参りました、と言われました。なにしろ、玄関は灯火管制のために暗くしてあるので、お顔も階級章も分かりませんでした。けれど、いつもみえる中田当番兵ではありません。また、これまでここにみえたお使いの兵隊さんでもありません。……わたくしが奥に行ってそのことを取り次ぐと、高級参謀さんは、ああ、そうか、と言ってすぐに軍服に着替えられました。それで、多分、高級参謀さんは迎えの来ることを予期しておられたと思います。……玄関で、高級参謀さんと、その兵隊さんは、話をなさいませんでした。高級参謀さんはわたくしに、今夜は少し遅くなるから、と言って、その兵隊さんを従え、そのまま出てゆかれたのです」

中田当番兵はその日の午後六時に高級参謀を馬で送ってきている。しかし、彼はその馬を連れて帰営しているので、柳原高級参謀は徒歩で闇の中に消えたのである。

駐留憲兵隊は、早速、この証言にもとづいて、夜の十時ごろ、高級参謀の姿を目撃した者はなかったかと、聞き込みに当たった。この頃、戦局の悪化で朝鮮人の感情が隠微のうちに反日的となっていた。

「不逞朝鮮人」が高級参謀に危害を加えたのではないかと、一応、憲兵隊は疑ってみたが、捜査してもそのほうの線は出なかった。かえって、伊原寿子の言ったことが二、三の通行人によって立証された。

通行者は、午後八時半から九時までの間に、一人の将校と一人の兵隊とが、金山寺のほうに向かって田舎道を歩いていたのを見たと言った。暗いので人相まではさだかに分からないが、先頭に立っているのが小肥りの将校で、うしろに従っていたのが兵隊であることは間違いない、と言った。ただし、兵隊の体格、人相は、やはり闇のために分かっていない。目撃した人間によっては、将校のあとから歩いている兵隊は非常に背が高かったとも言い、肥えていたとも言い、痩せていたとも言って、証言はまちまちだった。

憲兵隊は司令部の幹部と協力して、その時刻に外出した兵隊を調査したが、公用証を持って営門を出た者は一人もいなかった。みんな六時ごろに帰っている。しかし、ここでは厳重な点呼を取っていないので、もし、その時刻だけ脱柵したあとで戻ってきた兵隊がいても、確認は困難だった。要するに、原隊と戦線との中間的な野線司令部のルーズさが、捜査の障害となっていた。しかし、調査の限りでは、被疑者と考えられる怪しい兵隊はいなかった。

遂に事件は未解決のままに捜査が終わった。一つは、柳原高級参謀の死は急死と発表され、司令部の営庭（元校庭）で将兵参列による告別式が行なわれた手前、殺人事件は起こっていなかったし、殺人犯人の存在しなかったことにもよった。

5

柳原高級参謀の後任が京城から赴任してきた。予備役少佐で年齢も柳原少佐より十二も多かった。柳原少佐が現役のぱりぱりだっただけに、今度の高級参謀は年齢以上に老(ふ)けてみえた。

柳原少佐の死が兵隊の噂からうすれかけたころだった。被服係の高杉軍曹は、中田上等兵と伊原雄一二等兵が突然、転属して司令部から去ったことを知った。

突然というのは、高杉も知らない間にそのことが行なわれたからで、あれほど頻繁に来ていた伊原が別れの挨拶もしないで消えたのだ。しかも、彼らの行き先が沖縄の部隊だという風聞があった。

伊原が転属になるのも不思議だが、同時に中田上等兵が彼といっしょになっているのも奇妙だった。中田は柳原高級参謀の死後、当番兵を解除されている。高杉にはこの両人の転属が柳原少佐の死に関係がありそうだとはすぐに閃(ひらめ)いてきた。しかし、それが具体的にはどうなのかさっぱり解けなかった。

高杉は人事係の助手の下士官をしている男ならその事情が分かるかも知れないと思い、彼にそっと訊いてみた。

「いや、実は、おれにも分からないよ」

と人事係の助手の伍長は答えた。

「行き先が沖縄というのは本当かい？」

「どうもそうらしい。一応京城の原隊に帰って、そこから新しい編制に入って出発したらしいよ」

「准尉(じゅんい)さんならその事情が分かるかい？」

「さあ。准尉さんでも分かるまいな。あの転属命令は、もっと上のほうからきていると思うよ。誰にも理由が分からないのはそこだ……何か、そのことで気がかりなのかい？」

「いや、なんでもない。ありがとう」

高杉は自分の部屋に戻った。山と積み上げられた軍服、外被、軍靴、帯革の中に高杉は坐る。ここだけが彼の小さな自由の天地だった。

なぜ、伊原雄一が転属になったか。その疑問だけが高杉の頭の中に揺れ動いていた。前にも、伊原は転属になるような口吻を洩らしていた。あのとき高杉はそんな馬鹿なことはないと思っていたが、それが実際に実現したのだ。もっとも、伊原がそう洩らしたのは、まだ柳原高級参謀が生きていたころで、転属の実現は高級参謀が殺されたあとになった。だが、その時期にかかわりなく、伊原の転属は柳原の死に関係があることは間違いない。

高杉はずっと前に、伊原が軍服を一着分くれないかと頼んだことを思い出した。

(この通り雑用に追われて、軍服がひどく汚れているんでね、こんな格好では女房のいるわが家に帰りたくないんだ。今度、外出があるかもしれないが、そのときの用意に新しい奴を一揃えくれないか)

被服係の軍曹だから、兵隊服一着くらいどうにでも自由になる。彼はすぐに承諾した。伊原の頼みはもっともだったし、事実、彼の服は、飯上げや食器洗いや洗濯などでうす黒くよごれていた。

すると、高杉はせっかく自分が与えた新しい軍服(それには巻脚絆や軍靴、帯革まで一式添えてある)を伊原が一度も被ていなかったことを思い出した。そのことでいつか彼は伊原を咎めたことがある。そのとき、伊原は、

（なんだか、真新しくて体裁が悪いからね。そのうちきせてもらうよ）
と言い訳していた。それも理由のあることだと思って、高杉は聞き流していたのだが。もし、あの新調の軍服を伊原がきていなかったら……いや、最初から自分がきる目的でなく、高杉からそれを出させたとしたら？……

ここで高杉は、いつぞや伊原の社宅を訪ねたとき、うす暗い玄関で、伊原の妻が彼を夫と間違えて、あやうく抱きつきそうになったことに思い当たった！

伊原と自分とは顔の形が違う。伊原の妻がうす暗い玄関で咄嗟に間違えたのは、高杉が軍服で立っていたからではないか。

その錯覚は太い鉄縁の眼鏡だ。伊原も高杉も似たような眼鏡をかけている。兵隊服が同じ姿に見せた。

兵隊服。――

高杉は、伊原から前に自分はある人から公用腕章を借りて度々家に帰っていると聞かされたことがある。その公用証を貸したのが、中田当番兵だったことは今度の二人の転属で察しはついたが、一体、伊原はその公用証を使って家に帰っていたのだろうか。

社宅は近接した建物だけに他人の眼が多い。伊原が公用証で度々家に帰ればすぐに気づかれる。それが、いつかは高級参謀の耳に入りそうな危惧が伊原になかったとはいえない。それに、耳は遠いが家にはばあやも起きていることだ。伊原は、限られた時間に、わが家の中で妻との愛情を交わすことはできない。

すると——

妻のほうが或る場所まで伊原に逢いに来るということになる。その場合、妻は女の着物のままで来るだろうか。むろん、夜のことだが、どこにどんな人の眼があるか分からない。兵隊が女と媾曳（あいびき）しているところを見られたら、すぐに密告されるだろう。伊原雄一は、その危険を感じたのだろう。すると、高杉から借り出した兵隊服がどんな用事に使われたか解けてくる。高杉は、ここまで考えて、あっと思った。

兵隊が女を伴れて歩けば目立つ。だが、同じ兵隊の服で二人連れだったら、この金邑の町は師団司令部の新設で兵隊姿はいたる所で見馴れられている。これは普通に見のがすのではなかろうか。

その新しい服は、伊原が中田から借りた公用証で外出するとき荷物にして持ち出したか、あるいは、前もって柵外に抛り投げて置き、衛兵所を通って迂回（うかい）し、そこに取りに行ったかであろう。すべては暗い夜が行動を隠してくれる。では、夫婦の媾曳の場所はどこか。

夜、誰もこない百済（くだら）の古寺こそ彼らの択んだ愉しい世界ではなかっただろうか。

柳原高級参謀は、伊原の美しい妻に想いを寄せていたと考えてよい。当然なことだ。同じ家に起居していれば、禁欲状態の壮年参謀がいやでも彼女に欲望を抱かないわけにはいかない。その異常な関心から、彼が伊原とその妻との媾曳を気づいたとしても不思議ではない。

それは前にも高杉が気づいて、伊原の前につい口走ったことがある。そのときは伊原も同じ考えだったらしく、ひどく暗い顔になっていたことをおぼえている。いや、高杉に言われるまでもなく、伊原自身はそのことが気になって仕方がなかったのだ。

伊原が「ぼくは近いうちに転属になるかもしれないよ。しかも、それは死地だ」と高杉に洩らしたのは、高級参謀に万事を気づかれたことを知り、伊原のほうが高級参謀によって遠くに飛ばされることを予感したからではあるまいか。しかも、高級参謀の憎しみが彼をわざと死地に追いやることまで想像できたのだろう。

あのとき、いくら問い詰めても伊原は答えなかったが、答えられる道理はなかったのだ。

高級参謀が殺されてから、伊原の妻寿子が捜査側の問いに、高級参謀は迎えに来た兵隊と一しょに出て行ったと証言したのは、もとより虚偽だが、しかし、それは、彼女自身が夫から渡された兵隊服を着て、高級参謀のうしろから歩いてゆく場面を誰かに目撃されると、予想しての答えだったのだ。事実、予想通り、第三者の目撃があり、その証言によって彼女の証言の信憑性（しんぴょうせい）が確立された。同時に彼女自身が嫌疑（けんぎ）から外されるという一石二鳥となっている。

では、柳原高級参謀は、なぜ、夜間淋しい百済の古寺に兵隊服を着た、伊原の妻を伴れて行ったのだろうか。もし、柳原高級参謀がすすんでそこに行ったなら、彼の心は怖ろしい妬心（としん）と復讐心に燃えていたといえる。なぜなら、彼は伊原の妻が兵隊に変装して夫と媾曳していることをそのまま自分の上に再現しようとしたのだ。

（おまえの亭主は脱走犯人だ。しかも、夫婦共謀で戦時下の軍律を犯している。さあ、おまえの亭主が愉しいことをした通りにおれにもさせろ。場所も、格好もそっくり同じにするのだ……。もし、おれの言うことを聞かなかったら、おまえの亭主は沖縄に転属させる。おれは、そんなことぐらい造作なく出来る地位にあるのだ。沖縄に行ったら、絶対に二度と帰れない。沖縄はもうすぐ米軍が上陸してくるからな）

柳原高級参謀の死体は、寺の境内の草を摑んで殺されていた。立っているところを刺され、仆れるときに草を摑んだというのが今までの解釈だったが、高級参謀ははじめから草の上に横たわっていた姿勢で刺されたのではなかろうか。だから、伊原の妻の隠し持っていた短刀が彼の心臓部に刺さったとき、彼は苦しまぎれにそこにある草を摑んだのではないか。――

高杉は、埃っぽい被服庫の中から、僅かに開いている窓を眺める。朝鮮の空は水蒸気が稀少で拭ったように澄明である。

伊原と中田は、文字通り死地に転属となった。命令者は誰だろうか。伊原の転属を考えていた柳原高級参謀の死んだあとなのだ。

この司令部の幹部の誰かが事件の真相を知っていたに違いない。そして高級参謀の葬式の済んだあと、つまり、事件の噂がうすれたとき、急に二人を沖縄に追いやった。おそらく、高杉が寝ている深夜、二人はこの司令部になっている農学校の建物から出て行ったことであろう。伊原は転属兵だが、実際は囚人であった。囚人なら京城までは護衛兵が付いていただろう。高杉は、伊原が停車場に向かって歩きながら、妻のいる社宅を何度も振り返って歩いている姿が眼に泛ぶのであった。

第四話　走路

1

　京城の部隊から新しく篠原憲作（しのはらけんさく）という主計大尉が、南朝鮮の沿岸防備師団司令部に赴任して来た。大尉はまだ三十三歳で、南方の激戦地を歩いているうちにマラリヤに罹（かか）り、送還されて京城の陸軍病院に入っていたのである。それが快癒（かいゆ）してこの野戦師団に転属となった。

　篠原主計大尉は、鈴井物産の社宅に間借りしたが、それは死んだ柳原高級参謀が借りていた伊原寿子の家ではなく、山田勝平（やまだしょうへい）という採金所の技師長の家だった。山田技師長はもうここに六年間も居すわっていて、夫婦の間に男の子が二人いる。

　篠原主計大尉はこの社宅から徒歩でてくてくと師団司令部に通う。この司令部は、農学校の校舎を接収しているので、教室がそのまま師団長室や、参謀室や、軍医部などに分かれていた。

篠原主計大尉は技師長の家から通っているうち、社宅の奥さんたちの顔を見憶えるようになった。婦人たちだけの防空演習があるので、大尉が出勤の途上でも、司令部から帰って来る際も、そういう演習に出くわすことが多い。彼は気さくな性質だったから、防空頭巾にモンペ姿でバケツを操作している社宅の奥さんたちに、ご苦労さん、などと声をかけたりした。

また、篠原大尉は頼まれると、そういう奥さんたちの常会に出ては、一席戦争の話など述べたりした。南方の戦地がいかに苛烈であるかということを聞くのが、そのまま士気の鼓舞になると組長は考えたらしい。しかし、大尉は、わざとそういう刺激的な話題を避けて、南方の風物や、珍しい風俗などをのんびりとした顔で話した。組長になっている社宅の支所次長夫人は、はなはだ不満げであった。

そういう集まりの中で、篠原主計大尉は肩のほっそりした、面長の、きれいな奥さんに眼が止まるようになった。彼女はいつも物静かに眼を伏せて彼の話を聞いていた。防空演習のときも、彼女だけはほかの婦人たちよりも目立っておとなしいようであった。

「ああ、あの奥さんですか」

と、篠原主計大尉の話を家主の山田技師長は受けて言った。

「ご主人がわたしの会社の技師でしたがね。兵隊に行って京城の部隊に入隊したのですが、その部隊がこちらに移ってから、ご主人もあなたの勤めていらっしゃる司令部にしばらくおられたんですよ」

「ほう、それは自分の土地で好都合だったですな」

と、何も知らない篠原主計大尉は言った。

「いや、それも束の間です。間もなく、そのご主人というのが京城のほうに転属になりましてね、それからなんでも沖縄に持って行かれたという話を聞きますが、音信はそれきり不通になっています」

「沖縄？」

篠原主計大尉は、それは大変なことだと思った。いま、沖縄はアメリカ軍の熾烈な攻撃にさらされ、米艦隊の猛烈な砲撃も受けている。間もなく沖縄は全滅するだろうというのが司令部でもささやかれている秘かな噂だった。ああ、それであの女はあんな憂い顔をしているのだな、と篠原主計大尉は思った。おそらく、彼女も主人が生きて帰るとは思っていないのであろう。

「あそこには前に高級参謀が下宿されていましてね」

と、技師長は言ったが、ちらちらと篠原大尉を上眼使いに見て、

「惜しいことに、その高級参謀は病死をなさいましたよ」

と話した。

篠原主計大尉も、柳原というその高級参謀が病死したことは聞いている。だが、あの

奥さんの家に下宿していたとは意外だった。

「奥さんには子供さんはいないのですか？」

「はあ、奥さんはおひとりきりです。内地から連れてこられたばあやさんとふたりきりですがね」

篠原主計大尉が、宿舎の割当を決める人事係の将校に文句を言いに行ったのは、その翌日だった。なぜ、高級参謀が借りていたあの伊原家に自分を置かせないのだ、と難詰したのだ。第一に、伊原家は子供がいない。いま居る山田技師長はいい人だが、小さい男の子が二人もいて煩いのだ。

「おれは明日からでも伊原さんの家に移りたいよ」

と、彼は申し込んだ。

「いや、それは困りますよ」

と、人事係の将校は拒絶した。

「はてね、前任のあとに来られた高級参謀殿がそのあとに入られているのだったら、おれは何も言わないが、どの将校も入っていないのだから構わんだろう？」

「いや、ちょっと事情がありまして、あの家は困るんです」

人事係中尉は、篠原主計大尉がいくらその理由を訊いても、ただ拒絶だけを主張した。

「大尉殿、これは師団長閣下からの意向です」

主計大尉の強情に手を焼いた人事係は、遂に司令官の名前を出した。これには篠原主計大尉も屈服したが、なぜ、あの伊原寿子の家に自分だけが入れないのか、と訝しく思った。

考えてみると、前の高級参謀は自分より少し年齢が上だった。ああいう婦人だけの所に若い将校を寄宿させるのを師団長は具合が悪いと考えたのかもしれない。もし、それならほかの年寄りの将校が、なぜ、あの家を借りないのかと不思議だった。ことに現高級参謀は五十歳に近い老軍人だが、わざわざ狭い別の家を借りている。

南方や沖縄のような激戦地と違って、この南朝鮮西沿岸地方はいたってのんびりとしていた。敵機一つ飛来してこないのだ。内地は空襲につぐ空襲だというのに、ここでは春風駘蕩とした防空演習が繰り返されている。

防空演習といえば、司令部の近くにある朝鮮人部落にも貧弱な物見櫓のようなものが立っていた。そこでは、白い胴衣をきた朝鮮人が手づくりのメガホンで、

「隣組の班長さん、隣組の班長さん、警戒警報です。警戒警報です」

と、のんびりとした声で連呼しているのだった。歴戦の大尉にはこれもはなはだ珍しい。

この篠原憲作は、学生の頃から考古学に興味を持ち、古いものが好きだった。南方を歩いていたときも、まだアメリカ軍の反攻がなかった頃は、暇にまかせてそういう場所を歩いた。それで、京城の陸軍病院に入って外出が許された頃も、有名な総督府の博物館や、李王家の博物館を倦かずに見て回ったものだった。彼はその下宿している技師長

の山田に、この辺の旧蹟地を訊ねてみたが、その心得のない山田は、

「自分らは金掘りですからな、そんなことには少しも知識がありませんよ」

と首を振っていた。

「この辺の金は、どれくらい採れるんですか？」

「今はもう駄目になりました。ひと頃はそれでも砂金がかなり出ていたんですがね。こう内地から来る資材が絶えてしまっては、採掘そのものが駄目になっていますよ」

と寂しそうに笑っていた。

それでも篠原主計大尉は、この地方が古代の百済国の勢力範囲だったと思うと、ふと、往きずりに古墳めいた小さな丘を見れば、思わずそこに脚を停めてみるのだった。ここから遠くない扶余地方は考古学上の宝庫になっている。

篠原主計大尉は、その任務の上から、月に一回は光州の朝鮮銀行支店に現金の受領に行く。これは、師団司令部が全員に支払う給料のほか、買い込んでいる食糧その他の支払いに当てるためだった。彼は兵二名を連れて光州への往復の車窓から見える風景をこよなく愉しんだ。そして何も分からぬ兵隊たちに百済の歴史を講釈してやるのだった。

2

篠原主計大尉の散歩姿が、母岳山麓の金山寺の境内に見られるようになった。篠原は週に一回の休みに一度ここに来てみて、この古色蒼然とした寺が気に入ったのである。

寺の堂宇はほとんど廃寺に等しく、屋根瓦の上には草が生え、錆(さ)びた朱柱は黒くなっている。軒を支える斗栱(ますぐみ)も白蟻に食われ、床も傾いている。しかし、こういう趣のある古寺が篠原には気に入る。ことにこの丘に立つと、南鮮の穀倉地帯といわれる田圃(たんぼ)が眼の下に展(ひろ)がり、朝鮮人部落の屋根が茸(きのこ)の群生のように見えるのだった。

こういう静寂な所に立つと、大尉はいま日本が戦争していることなど遠い昔のようにしか思えない。のんびりとした防空演習の声は聞こえるが、敵機の影は澄み切った空のどこにも見えず、ポプラの並木のある平和な風景だけがおさまっていた。夏めいてきた陽が青田の上に降り灑(そそ)ぎ、その中を白い着物を着た朝鮮人の老婆が頭に甕(かめ)を載せて、畔(あぜ)道(みち)を悠々と歩いている。——

大尉は週一回だけでなく、軍務の時間から解かれると、日没前の散歩をここに試みるのだった。それがほとんど一日おきくらいになる。

そんな或る日だった。大尉は、いつも人影のないこの境内にモンペ姿の婦人が佇(たたず)んでいるのを発見した。朝鮮人ではなく、明らかに日本の女だったが、何と、それがかねて彼の印象に残っている伊原寿子であった。篠原主計大尉は、すぐに彼女の所に行くのもどうかと思われ、しばらく様子を見ていた。しかし、寿子は、ただそこにじっと立っているだけで、何をするのでもない。やがて、彼女は境内から雑草の生えた石段のほうへ降りにかかった。

大尉は思い切って声をかけた。

「やあ、今日は」

彼はどう言っていいか分からないので、とにかく、そんな挨拶をした。

伊原寿子はおどろいて篠原を見たが、それが篠原大尉だと分かると、あの寂しそうな顔に静かな微笑をひろげてお辞儀をした。

「あなたも散歩ですか？」

と、篠原主計大尉はきいた。

「ええ……景色がいいので、ときどき来てますの」

彼女は含みのあるきれいな声で答えた。

「実際、いい所ですな。……失礼ですが、あなたもこういう古めかしい寺がお好きなんですか？」

「別にそうではありませんけれど、ただ何となく来て見ています」

篠原がそれからなおも話しかけようとする前に伊原寿子は、失礼します、と軽く頭を下げて石段を降りて行った。篠原は、その撫で肩の細い身体が夏草の茂っている間に消えるまで、上からじっと見ていた。篠原主計大尉が下宿に帰って、そのことを技師長の山田勝平に言うと、

「そんなことがあったんですか」

と山田は、はじめて聞いたような顔をし、

「やっぱりご主人が沖縄に行っているので、今の戦局を心配されて祈願でもしているの

でしょうな」

と言った。

そう聞かされると篠原も、伊原寿子があの古い寺に夫の武運長久を祈りに行ったのかもしれないと思い返した。しかし、あの寺は朝鮮の寺だ。祈願にしてはちょっと見当が違うが、宗教に変わりはないだろうと、大ざっぱなことを考えた。沖縄の戦局の悪化は、この辺にも配られているうすい『京城日報』にも控え目に報道されていた。

篠原主計大尉の雑用は案外に多い。金の支払いに、師団司令部に出入りしている商人と会うのもその一つだが、その中に、師団司令部の兵隊たちが入浴する町の銭湯への一括支払いもあった。

農学校を司令部としているので、司令部内に兵隊専用の風呂場がない。そのため司令部は町にある日本人経営の「富士湯」と契約を結んでいた。兵隊は一般の市民に迷惑をかけないように、時間を決めて各班ごとにここまで入浴に来るのだが、一班が三十人ぐらいで、上等兵に引率されている。

営内居住の将校たちも、この銭湯の厄介になっていた。むろん、将校たちは団体ではなく、ひとりひとりだが、そんなとき、風呂場の隣になっている経営者の座敷で、よく話し込んで来たりした。経営者は三十二、三歳くらいの倉田八重子(くらたやえこ)という女で、表向きは独身ということになっているが、実は、この町に雑貨屋を開いている大石哲次(おおいしてつじ)という男の二号だった。大石哲次は、二十年も前にこの金邑(きんゆう)に来て、今では日本人の中で一番の財産を持っている成功者だった。彼はこの土地の内地人会長みたいなことをしている。営内居住将校は、入浴に行くたびに、その大石の妾(めかけ)倉田八重子と雑談をするのを愉(たの)しみにしている。それで篠原主計大尉も好奇心に駆られて、わざわざ「富士湯」に入ったことがあった。軍医部の中山薬剤中尉が一しょだったので、入浴後、彼の引合せで母屋(おもや)で倉田八重子と初めて会った。営内居住将校たちは、この中年女に相当憧憬(あこがれ)を持っているらしいが、伊原寿子の印象が胸に強い篠原主計大尉は、とんと倉田八重子には魅力を感じなかった。

　妾といっても、それは公然のものらしく、旦那の雑貨屋の大石哲次もそこにきていた。大石は五十近い男で、でっぷりと肥えている。

「師団司令部がここに出来て、町の者は喜んどりますたい」

　と、大石は九州弁で言った。

「司令部にいろんな物を納めとるんで思わぬ景気になっとりますが、主計大尉さん、わしらのところも納入できる物があったら、取ってつかアさいや」

　彼は抜け目なく篠原に頼み込んだ。

　篠原はそれきり「富士湯」に行く気がしなくなったが、中山薬剤中尉は何かというと入浴を彼に誘いかける。思うに、中尉は倉田八重子に秘かな恋慕を持っているようだった。他人の二号とはっきり分かっていながら彼女の顔を見たいのは、やはり女気のない、野戦同様の生活の結果だと思われる。いや、そういう意味ではここは野戦よりもひどかった。いわゆるピー屋は一軒もなかったのである。

師団長をはじめ高級将校たちは、土地の日本人料理屋で適当にやっているらしい。そういう噂がちらほらと営内居住の下級将校に洩れるので、彼らはせめて八重子の愛想のいい顔だけでも見たくなるのだろう。もっと可哀想なのは一般の兵隊だった。彼らは師団司令部から号令で「富士湯」の前に歩いて到着し、時間決めの風呂から上がると、タオルを片手にして号令で帰って行く。彼らの唯一の慰安といえば、往復の途上で出遇う日本人の女性の顔を一瞥することだった。

篠原主計大尉は中山薬剤中尉の「富士湯」への誘いに三度に一度くらいはつき合った。倉田八重子は元水商売の女らしく如才がない。名前のように、笑うと八重歯がちらりとこぼれるから、気に入った者は魅力を感じるのであろう。いうなれば、何の娯楽も持たない若い将校たちが気楽に口が利ける女性ということで、彼女は一種の人気者になっていた。だが、そんなとき、大石哲次も倉田八重子と並んで将校たちの前に顔を出した。その点はまことに彼は平気のようだった。彼は話に如才がなかった。やはりこの土地に根を下ろして今の商売を繁盛させたくらいだから、たしかに他の内地人と変わっていた。彼は筑前の人間であった。

3

篠原主計大尉が、大石哲次の姿を思いがけない場所で発見したのは、例によって司令部からの帰り、母岳山の金山寺に立ち寄ったときだった。高い石段を篠原が上がってゆくと、上から降りてくる大きな男がいた。それが、「富士湯」の旦那の大石だった。

「やあ」

と、大石のほうから篠原に笑いかけた。

「大尉殿。珍しい所においでですな？」

珍しいのはこっちのほうだった。篠原は、まさかこんな場所に俗人の大石が来るとは思っていなかった。

「ぼくはね、ここにはときどきやって来るんですよ。景色がいいのでね。それに、この寺が気に入っているんですよ」

篠原は言った。

「そうですか。お若いのに渋か趣味ばお持ちですな。実は私もこの寺が大好きですたい。偶然に趣味が同じちゅうことになりますな」

大石はひとりで笑って石段を降りかけたが、思い出したように足をとめて、

「大尉殿。どうも沖縄がはかばかしくなかごとありますが、こっちのほうにもアメリカ兵が来るとでしょかね？」

と、太い眉をあげて訊いた。

「いや、上陸して来ないとも限りませんよ。そのためにこそ、われわれがこうして警備しているのですから」

篠原は、大石が彼の財産保存のためにのみアメリカ軍の進攻を恐怖しているように思われたので、わざと意地悪くそう言った。

だが、大石は案外平気に、

「そうですか。まあ、師団司令部がここにこさっしゃったので、われわれもどげん心強かか分かりませんたい」

と愛想らしいことを言って、すたすたと降りて行った。

篠原主計大尉がここに来るのは、また伊原寿子に遇えるかもしれないという希望みたいなものがあったからだ。それで、高い石段を登っても苦にならなかった。あれ以来、彼女の姿は一度も見ない。

ことに、今日は嫌な大石に遇ったので、篠原はよけいに癪にさわった。しかし、もう少し待てば伊原寿子が来るような気もして、すぐにそこを立ち去るのも惜しかった。大尉は、斜面に沿って幾個所かに分かれている堂宇の、いっとう丘の上にある廃寺へ登ってみた。今まではあまりそこまで行かなかったが、この日は寿子が来るような予感がするので、時間潰しのつもりで足を伸ばしてみたのだ。堂宇は小さなもので、やはり荒れ果てている。堂守の朝鮮人の坊さんは、この境内には居なくて、どこかの寺の兼任だということだったが、それにしても、その荒廃はひどかった。日本と違って檀家もないらしい。もっとも、荒れ放題のほうが篠原には気に入る。

このとき、下のほうにちらりと人影が射した。篠原はそれが眼に入ると、胸を轟かせ短い石段を駆け降りた。松林の端を回ってのぞくと、それは伊原寿子ではなく、彼が間借りをしている山田勝平だった。勝平は採金所からの帰りらしく、作業服に巻脚絆を巻き、手にくたびれた黒革の手提鞄を持っていた。

「やあ」

と、山田技師長は国民帽の庇にちょいと手を当てた。

「珍しい所でお目にかかりますな」

と、山田も大石と同じようなことを篠原に言った。

「いや、ぼくはときどきここにやって来るんですよ」

「ああ、いつか、この寺がお気に入ったということを聞きましたね」

山田はうなずき、今度は自分の立場を説明した。

「採金所のほうも、いよいよ資材が内地からこなくなってお手あげですよ。それに、あなたの前ですけれど、内地人の馴れた採鉱夫が次から次に召集されて、完全に行詰りです。ここに来るのも、あんまり閑散なので、憂さ晴らしをしているんです。好きな俳句でも作ったりしましてね」

篠原は、山田技師長が俳句を作ることを初めて知った。

その翌朝、篠原は山田が出勤したあと、彼の細君に何気なく俳句のことを訊いてみた。すると、細君も夫が俳句を作るというのは初耳らしかった。

「どこで、そんなことを言いましたの？」

と、細君は訊いた。この細君は顔が扁平で、眼が細く、鼻の低い不美人だった。

「そこの母岳山という丘にあるお寺ですよ」

「まあ、あんな所に？」

と、細君は、その細い眼を少しばかり篠原に向かって開いた。なぜ、彼女がそんなにおどろいたのか篠原には分からなかった。

その晩、篠原が司令部から帰って、自分の部屋に寝ていると、ずっと離れた所で山田夫婦の声がしていた。その調子がいつもよりは高く、何やら争っているように聞こえた。こんなことはあまりないので、篠原はちょっと聞き耳を立てたが、高い声だけで、言葉はよく分からなかった。しかし、細君が何やら夫を責めているらしいことは分かる。そのうち、ふたりの声もぴたりと止んだので、篠原も寝返りをうって眼を閉じた。もともと、山田夫婦のことなどは興味はなかった。

その翌る日だった。山田の細君は夫を職場に出すと、篠原の傍に来てそっと言った。

「篠原さん、あなたは一昨日金山寺で主人を見たと言いましたが、そのほか誰か見かけませんでしたか？」

見かけたといえば雑貨屋の大石だが、あんな奴の名前を出すこともないので、篠原はわざと知らないと答えた。

「そうですか」

細君はまだ釈然としない顔でいる。どうしたのかと思っていると、細君はまた寄って

来て、

「篠原さん、匿さないで言って下さい。主人はあそこにひとりで居たのではないと思いますが」

「え？」

「ほら、あなたもご存じと思いますが、伊原の奥さんは居ませんでしたか？　あのきれいな顔をした奥さんですよ」

と、彼の顔に嘘はないかと試すようにじっと細い眼でみつめた。

伊原寿子のことを細君に訊かれたのは意外だった。もっとも、彼女の姿は一度だけ以前に見ているが、むろん、あのときは彼女ひとりだった。その伊原寿子と山田勝平とは、この細君の考えの中にどう組み合わされているのだろうか。細君は深刻そうな顔になって考えていた。

「奥さん、一体、どうしたんですか？」

篠原も実は気がかりになってきたのだ。

「いいえね、伊原さんの主人はうちの技師で、いわば主人の部下だったんです。その方が兵隊に取られて、しばらくここの司令部に来ていました」

「ああ、それは聞いたことがありますよ」

「ところが、その伊原さんが京城に戻されて、沖縄に行ったんです。主人は、女ひとりでは可哀想だ、何かと不便なこともあろう、そのときは力になってあげなければいけない、と言い、よく伊原さんの奥さんの家に行くのです。わたしもはじめは、出征軍人の留守宅の面倒をみるのは当り前だと思っていましたが、実はそうではなく、主人と伊原の奥さんとの間が少しおかしいのですよ」

びっくりしたのは篠原のほうだった。まさか、そんな事情があろうとは想像もしていなかった。では、いつぞや伊原寿子がひとりであの場所に佇んでいたのは、ただの散歩ではなく、山田勝平の来るのを待っていたのか。あの金山寺はふたりの媾曳場所になっていたのか。

だが、それにしては少し解せないことがある。一昨日見たのは、山田のほかにもうひとりいた。町一番の雑貨商で、同時に「富士湯」の倉田八重子を二号にしている大石哲次である。山田が伊原寿子と媾曳しているのが事実なら、大石があそこに姿を見せた理由が分からない。ただ偶然に大石がそこに来たというのなら話は別だが、大石の俗物的な人柄からしてただの散歩とも思えないのだ。

しかし、この疑問は篠原が自分の胸にたたんだことで、嫉妬深い山田の女房には話さなかった。

4

朝鮮の夏は急速にやって来る。しかし、湿気がないので、内地より遥かに凌ぎやすかった。六月の半ばになると太陽が真夏と同じに燃えてくるが、それも日中のことで、夜は急速に冷える。その点は大陸的気候だった。

篠原主計大尉は、月に一回は光州に現金受領のため出張した。光州は金邑の南四十キロの地点にある。彼は往復の列車の中でスシ詰めの朝鮮人の乗客とは別な車両に乗っていた。朝鮮にはまだ馴れてない彼も、最近沖縄の戦局が悪化してから、朝鮮人の態度が微妙な変化を起こしつつあるのに気づいていた。べつに露骨な敵意はみえないが、日本の軍人に対して何となく眼を背けているのだ。以前は、そんなことはなかったと聞く。こちらの僻みかもしれないが、戦局の劣勢が鋭敏に彼らの感情に伝わっているようだった。

篠原主計大尉は、もし、日本が敗けた場合のことを考える。おそらく、その場合、朝鮮人は一斉に各地に蜂起するだろう。彼らは、永い間、日本の統治に虐げられてきたため、日本人に対して陰湿な敵愾心を持っている。日本の政府がどのように「内鮮一体」だとか、「国語の統一」だとか宣伝しても、また、物資の方面で内地よりは潤沢になるよう気を配っていても、永年の差別感による彼らの反抗心は消え失せてはいない。そう考えると篠原は、ことさらに近くで朝鮮語をしゃべっている彼らが、自分の悪口を言っているようでならなかった。

もし、彼らが日本人を襲撃する事態になったら軍隊はどうなるだろう。主力がとうに南方に出動したあとの朝鮮軍は老兵と虚弱兵との集団になっている。装備も十分とはいえない。おそらく、朝鮮人はアメリカ軍の応援を得て日本人を攻撃してくるに違いなかった。

篠原は月一回の光州出張だが、回を重ねるにつれて眼に見えない朝鮮人の悪化を次第に感じ取るのだった。

彼は、そんなとき、思わず伊原寿子のことを考える。寿子は、果たして山田の女房が言うように山田勝平と関係があるのだろうか。山田もなかなか狡いところがあるから、女房の言ったことはまんざら嫉妬だけの当て推量とも思えない。篠原は、あの憂わしげな寿子の容貌を泛べると、できることなら、朝鮮人の蜂起の前に、彼女を伴れて安全な内地に逃走したかった。いや、実際、そういう情景を何度か空想した。

しかし、山田が果たして寿子とそんな関係にあるかどうかは確証がない。山田技師長は、採金作業が行き詰まったと言いながら、相変わらず会社には出てゆく。そのうしろ姿を女房が見ると、亭主が伊原寿子との待合せ場所に急いでいるような気がするのだろう。

このことを確かめるいちばんいい方法は、篠原が寿子の家を訪問することだが、これは、その理由がないことで思い切って実行ができなかった。あとは、山田の女房の言うような事実を、あの金山寺で確かめることである。篠原主計大尉は、その日の夜八時ごろ、懐中電灯を用意して金山寺に行った。司令部にぐずぐずして、社宅には帰らずに直行したのである。

夏になっていたが、まだそれほど寝苦しい季節ではなかった。途中の朝鮮人部落は戸を閉めて寝静まっている。彼は石段を登るときにはわざと灯を点けないで、境内まで忍び込んだ。

人影は見えなかった。篠原は、もし、山田の女房の言うことが事実だったら、ここでの両人の密会はこんな時間に行なわれるだろうと想像したのだ。が、広い境内のどこに彼らが潜んでいるかは、そこに入って来ただけでは分からなかった。篠原は草むらの陰に腰を下ろして、眼を光らしながら何ものかを待ち受けた。南の空から上がったサソリ座が次第に中空へせり上がってきていた。一時間ぐらい経ったころ、篠原は、男の影が彼の居る位置よりもっと上から降りて来るのを見た。その石段の正面に寺の小堂があることを彼は知っている。人影は大股で彼の前を過ぎ、下のほうへ下って行った。篠原は、その男が眼の前を過ぎるときに山田技師長の輪郭であることをたしかめた。

彼は、つづいて誰かが上から降りて来るものと期待した。しかし、彼の思っていたような女の影はつづかなかった。考えてみると、このような淋しい場所に男が女を残して先に帰るはずはない。

それでも、篠原は二十分ぐらいとどまっていた。彼が腰を上げたのは、もはや、誰もあとに残っていないと確信したからで、彼は山田が降りて来た狭い石段を気をつけて登りはじめた。まだ懐中電灯を点けなかったのは、その灯をどこで見られるか分からないからだ。

小さな堂に出た。彼は、そこで初めて地面に懐中電灯の光を当てた。今朝、雨が降って地面が柔らかくなっている。足跡が小堂の扉の前に印されているのを見つけるのに、それほど手間はいらなかった。

彼は戸に手をかけた。壊れかかった扉なので、すぐに開いた。彼は、自分の足下を照らした。というよりも、その光の輪の中にある外の土がついた足跡を克明に追ったのだった。どういう場所か分からないが、とにかく、須弥壇の前が磚の石だたみになっている。その磚も壊れたり、ヒビが入ったりして、隙間からは雑草が伸びていた。

篠原は、靴についた土が足跡になって、隅の磚の上におびただしく乱れているのを見た。彼は、そこに屈んで磚の一枚に手をかけた。思った通り、それは抵抗もなく剝がれた。すぐ下が土になっている。が、その土は僅かに上からばら撒かれているのを知った。指先には別な硬いものがふれた。

うすくかけた土の下から、大きな甕の縁が出て来た。それにはうすい板で蓋がしてあった。篠原は、それを取って甕の中に光を射し入れた。すると、その先に光ったのは、かなり大きな四角い金属性の函だった。篠原は、それをしばらく見ていたが、再びうすい板を上に置くと、前通りに土を振りかけた。磚も元のまま上に並べた。

5

篠原主計大尉は技師長の社宅に帰ったが、玄関に彼の妻が顔を出した。篠原が長靴を脱いでいると、

「篠原さん、主人のことはどう思いますか？」

と意見を聞くように問うた。いうまでもなく寿子との間をである。

「今晩もたった今帰ったばかりですよ。今ごろまでどこほっつき歩いていたか分かりませんが、わたしにはいい加減なことを言って、本当のことを匿しているんです」

篠原はうなずいて、

「夜遅くなるのが、そうたびたびあるのですか？」

と訊いた。

「ええ、近ごろは、三日に一晩は必ず出て行くようです。いつも戻って来るのが九時を過ぎます」

と細君は憎々しそうに答えた。

「そうですか。まあ、しかし、奥さんがご心配になるほどのこともないでしょう。ご主人も分別のあるお方ですから」

と慰めておいて、彼はさっさと部屋に引き取った。

彼は床に入ってからいろいろ考えた。山田勝平は、あの場所に単独で行っているのだろうか。それとも、いつぞやあそこでちらりと影を見た大石哲次もそのことに関係しているのだろうか。大石は単に散歩だと言ったが、それは彼の口実だけのようである。篠原のそういう空想の中には、また伊原寿子が泛んで来ていた。

翌日、篠原大尉は司令部への出勤の途中、金邑の町を一巡した。大石雑貨店は二階建だが、かなり広い敷地をもち、店舗も立派であった。噂に聞いた通り、どの日本人経営の商店よりも繁栄しているようにみえる。その晩、篠原は「富士湯」に独りで行った。珍しく単独だった。風呂屋に行くまでに畑がある。その柵の前に中隊の兵隊が三十人ばかり暗いところで順番を待って並んでいた。

「上官！」

と、兵隊の中で叫び声が起こると、引率者が、敬礼、と号令をかけた。篠原は照れ臭そうに答礼したが、畑には高粱が葉をひろげて長々と伸びていた。そのうしろに満月が出ている。今夜は新暦で八月の二日だった。

母屋に入ると、倉田八重子が出て来て愛想を振り撒いた。

「今日は大石さんは来ていないんですか？」

篠原が何気なく訊くと、

「ええ……あいにくと来ていませんが、何かご用でしょうか？」

と、八重子は細い眉を上げげた。

「いや、大石さんと話していると、話題は豊富だし、座談は巧いし、なかなか愉しいですからな。われわれのように一日埃っぽい軍務に追われていると、そういう世間の風に当たりたいですよ」

と、篠原は言った。

「そうですか。でも、大石は、あの通り口が巧すぎるので、ほうぼうに用事があって、ここにはあんまりこられないのでしょうね」

と、意外にも表情を変えて言った。篠原は、その言葉に彼女の感情的なものをうけとった。彼は、知らぬ顔で訊ねた。

「大石さんは、夜、用事があってどこかに出かけることがあるんですか？　ここばかり来るんじゃないんですか？」

「用事の多い人ですから、ここばかりとは言えませんね。近ごろは、採金所の社宅のほうに話し込みに行ってるようです」

「社宅というと、山田技師長さんのとこですね？」

「わたしにはそう言ってるんですけど、どこだか分かりません。……あ、そう言えば、あなたは山田さんとこに下宿なすってるんですね。大石が夜あそこに来ていませんか？」

と、逆に訊かれた。

「さあ、ぼくは帰るとすぐに自分の部屋に引っ込むもんだから、どなたが見えているか、あっちのほうはあまりよく分かりません」

と、篠原は逃げたが、ここで大石と山田との関係が密接だということを感じた。しかし、その次に言った倉田八重子の言葉は、篠原の早合点をくつがえした。

「そうでしょう。大石は山田さんとこなんか行っていませんわ」

「へえ。じゃ、どこですか？」

おや、この女は金山寺のことを知っているのか、と思っていると、

「社宅は社宅でも、きれいな女(ひと)のとこじゃないですか」

と、唇を歪めて言った。

篠原は、あ、なるほど、大石も伊原寿子に気があって、それをこの倉田が嫉妬しているのだと知った。しかし、そんな合点は表情にも出さず、

「そんなことはないでしょう。あんたという女(ひと)がいるからね」

と、冗談めかして笑った。が、倉田八重子の硬張(こわば)った表情は崩れなかった。

「なんだか知りませんが、この前も、ダイヤの指輪をあの女(ひと)のとこから借りて来ましてね。こんな珍しいダイヤを見たことがないだろう、と言って、わたしに見せびらかすんです。面白くもないですわ。他人(ひと)の持ってるものを、自分が自慢そうにほかの人に見せびらかすんですからね。そんなダイヤを貸す人も貸す人ですわ。なんでも、大石は、そのダイヤの値打ちをよく知ってる人に目利きさせるのだと言って、無理に借りて来たそうですけど、本当はどうだか分かったもんじゃありませんわ」

篠原は眼をまるくして、

「へえ、そんなに大きなダイヤですか。どのくらいあるんです？　二カラットくらいですか？」

「いいえ、三カラットくらいはあるようですよ」

と、彼女はくやしそうに答えた。

篠原は、大石哲次が伊原寿子に接近しているのは、まさか、そのダイヤに眼を奪われたわけでもあるまいと思った。倉田八重子が嫉妬する通り、やはり伊原寿子に惹かれているのだと思える。——

司令部には憲兵司令官がやってきていた。頭の禿げた予備役中佐だったが、師団がここに造られてから急設された憲兵駐屯部に現役復帰となって赴任してきたのだ。

憲兵司令官は大きな男で、篠原大尉も彼が師団長室に出入りするのをよく見かける。しかし、主計大尉と憲兵司令官とは職務上関係がないので、篠原はこれまで彼と話し合ったことはない。

いま、篠原はこの憲兵司令官に用事をつくればできるのだ。彼があのことを知ってからは、大入道の憲兵司令官の姿を見る眼が違ってきたからふしぎだった。

憲兵司令官が師団長を訪れるのが最近頻繁になってきた。しかし、兵隊の軍紀は厳正で、憲兵の手を藉りるような事件は何一つ起こっていなかった。だから大入道が来るのは兵隊の関係以外ということになる。それは、沖縄が六月下旬に玉砕して以来戦局が日々悪化していく状態と無関係ではないようだ。つまり、日本軍の不利が、朝鮮人の暴動に波及していくのを憲兵司令官は心配しているように見えた。国外には、朝鮮の「臨時政府」がつくられているし、朝鮮内には「不逞鮮人」がひそんでいる。

事実、この司令部の中にも雑役夫として朝鮮人をかなり多く使っていて、ここに駐屯してきた当時は、彼らは忠実に働いているようにみえた。ところが、最近の彼らの表情はそうではない。どこかで司令部内の波立つ空気を窺(うかが)っているような眼つきさえあるのだった。

6

そうした或る晩のこと、篠原は金山寺に潜んでいた。八時ごろ、彼は予期したように足音が石段を登って来るのを聞いた。

一ばん上の狭い堂内に、その足音は忍び込んで行った。小さな懐中電灯が須弥壇(しゅみだん)の前で動いている。やがて塼(せん)が取り除かれ、土が払われ、甕(かめ)の蓋が取られた。男は両手を甕の中に差し入れて、何かを取り出した。小さな懐中電灯の光が、絶えず金属性の小函の上に当たっていた。男はそこにしゃがみ込んで、何やら操作しはじめた。

男が跳び上がったのは、彼の背後から篠原の大きな懐中電灯が照射されたからである。その光の先に山田技師長の動転した顔が映った。彼は眼を大きく見開き、口を開けて喘(あえ)いでいた。

「山田さん」

篠原大尉はおとなしい声で言った。

「何をしてるんですか？」

山田技師長はあわてて両手で小函を隠そうとしたが、無駄な動作だった。小函からは微かにピーピーと金属性の音が鳴っていた。

「超短波の受信機ですな？」

篠原は懐中電灯を突きつけたまま言った。

「山田さん、ぼくは知っていますよ」

「………」

「あなたはここにこういうものを隠して、夜、重慶放送を聞いていたんですね？」

「違う」

と、山田は言ったが、篠原はせせら嗤った。

「匿さなくてもいいですよ。あなたの意図はぼくには分かっていますからね。……あなたは、日本の戦局の実際の様子を知りたいのでしょう？」

「………」

「新聞には、本土決戦で最後は日本が勝つと言っている。しかし、それが明らかに嘘だということは、もう誰もが分かっていますからね。あなたは重慶放送で実際の戦争の姿を聞きたかったのだ。なぜか。山田さん、あなたは、この鈴井物産鉱業所の採金所技師長として、ずっと金を掘って来た人です。日本危うしとみて、あなたが今まで誤魔化して溜め込んだ金をいかに無事に内地に持って帰るか、その時期を知りたかったのでしょう？」

山田は答えずに口を魚のように動かしていた。

「日本が敗戦になれば、朝鮮人は蜂起する。永い間、日本の統治政策に苦しめられていますからね。朝鮮人は日本人全部を襲撃して虐殺するでしょう。つまり、敗戦の日から、この朝鮮は連合軍の陣営になるのです。あなたは、そのとき、せっかく溜め込んだ、というよりもクスネて溜めた金(きん)を、彼らに奪われるのが怕(こわ)いのだ。だから、いま連合国が提示しているポツダム宣言を日本が受諾するかどうかをあなたは知りたかったのだ。ね、山田さん、そうでしょう?」

山田は頭を抱えてうずくまった。それに篠原は笑いかけて言った。

「山田さん、ぼくをそう怕がることはありません。ぼくだってあなたと同じ気持を持っているひとりです」

山田が顔を上げたが、その眼は猜疑(さいぎ)に満ちていた。

「ははあ、ぼくを信用しないんですな。じゃ、あなたと取引をしよう。あなたがくすねた金を、ぼくに分け前として寄越しなさい。日本がポツダム宣言を受諾したという放送が、その超短波から流れたとき、ぼくはあんたと一しょに真直ぐ木浦(もっぽ)まで急行しましょう。おそらく、日本が受諾したとしても、そのことが一般国民に告知されるまでには数日の準備期間があると思います。それまでは、まだ日本軍の威令はこの朝鮮で行なわれる。あなたを木浦に連れてゆくのは、ぼくの軍服で安全に出来ますよ。朝鮮人のなかにも、おそらく、真相が分かっている人間はいるでしょう。だから、あんたが独りで遁(に)げようと思っても、それは危険なのだ。やはりぼくの軍服が必要だ」

「………」

「木浦からは、朝鮮人の漁船で内地に渡ろう。相当な金を渡せば、言うことを聞きます。どうでしょう、この話で妥協しませんか？」

山田技師長は口の中で呻いたが、まだ決心はつけないでいた。一つは、篠原の真意を汲み取りかねて、罠にかかるのではないかと用心していた。

篠原は、そんな山田を見て、恫喝した。

「ぼくもここであんたに打ち明けたのだ。そして、現にあんたがこうして超短波を聞いていることも見ている。憲兵司令官に言えば、あんたは造作なく逮捕されるよ。いや、ぼくはここにピストルを持っている。非国民として、あんたをこの場で射殺したとしても、ぼくは何の咎めも受けないからね、ぼくが現場に踏み込んで、あんたに抵抗されたので殺したと言えば、済むわけだ」

篠原は腰に手を当てて、金具の音を微かに鳴らした。

「篠原さん」

と、山田勝平がかすれた声を出した。

「君は、まさか、わたしを騙してるんじゃないだろうな？」

すでに、その声は妥協的であった。

「ぼくを信じて下さい。ぼくだって、こんな危険な朝鮮よりも、早く内地に帰りたいですからね。ポツダム宣言を受けたとなれば、もう内地のほうが安全です。いかに朝鮮軍が兵器を持っていても、朝鮮人全体に包囲されてはどうにもなりませんよ。それに、連合国が加勢するでしょうからね。……ぼくは軍部の出先機関というのは危険だと思っています。もし、本国政府のほうでポツダム宣言の条件をのんだとしても、朝鮮軍や関東軍は単独で最後まで戦うなどというような非常識な行動をしかねないですからな」

「分かった。わたしの考えた通りをあんたも言っている」

と、山田技師長は言った。

「よろしい。では、内地に渡るまで、あんたにわたしの身体を任そう。金は少しは上げられる。なに、大したものではない。戦局が危うくなってから、わたしは本社への採金量を誤魔化している。最後の頼みの綱は、やっぱりすぐ金に換えられるこういうものだからな。本社だって最後になれば、どこまでわたしの面倒をみてくれるか分かったものじゃない。いわば、この処置はわたしの自衛手段だ」

「お気持はよく分かりますよ。……で、どうですか、重慶放送の様子は？」

篠原は気がかりそうに訊いた。

「日本は連日御前会議を開いている、と重慶放送は言っている。鈴木首相は新聞記者の問いに、日本はポツダム宣言を無視すると答えているが、拒絶するとは言っていない。無視するという言い方に含みがある、と重慶放送は述べているよ」

「なるほどね」

「重慶の観測は、あと二、三日で日本は無条件降伏の連合国要求を呑むだろうと報じている」

「今日は何日ですかね？」

「八月十日だ」

「あと、二、三日か。やれやれ日本もこれでお仕舞ですな。軍隊も何もなくなるわけだ。山田さん、ぼくの軍服の威力があるのもその僅かの間だけですよ。それをフルに利用して安全に内地へ渡りましょう」

「そうしよう。わたしはこれから毎晩ここにやって来て放送を聞く。こうなったら、いつ、日本降伏のニュースが流れて来るか分からないからね」

「山田さん、もう一つ訊きたいが、雑貨屋の大石さんもこのことを知っていますな？」

技師長は否定しなかった。

「やっぱりそうですか。いや、ぼくは大石さんが二十年間もここで商売をして、しこたま儲けたことを知っていますからね。あの人も全財産を朝鮮人に渡すということは出来ない性格だと思っている。きっと、あんたのこの超短波放送に気づいて、一しょに逃げる計画だと思いましたよ」

山田勝平は違うとは言わなかった。

7

篠原大尉は司令部の空気を気をつけてみていた。しかし、司令官以下高級参謀も他の将校もひどくのんびりしたものだった。どこにも日本の敗戦を予知する雰囲気（ふんいき）はなかった。司令官は毎晩日本人経営の料亭に行っているし、年老った高級参謀は宿舎で謡曲をうなっていた。ただ大入道の憲兵司令官だけが何かを予感しているように暗い顔をしていた。篠原大尉が夕方技師長の家に帰ると、女房の眼をぬすむように山田勝平が来てささやいた。

「篠原さん、どうも今夜あたりがおかしいですよ。八時に例のところに来て下さい。大石君も来ることになっている」

篠原は黙ってうなずいた。

八時前になると、篠原はわざと山田を映画館に誘った。女房は、夫が篠原と一しょだから、安心して送り出した。暗い金山寺の境内に来てみると、雑貨屋の大石がすでに到着して彼らを待っていた。三人は辺りを警戒したが、夏の夜の山中は人影もなかった。

「話は山田さんから聞きましたばい」

肥った影の大石は篠原を見て低く笑った。

「あんたも、案外、話せる軍人さんたいなア」

山田技師長によって甕の中の受信機が取り出されて、器械がいじられた。篠原と大石とは、その小型ラジオの近くに耳を集めた。受信機は山田が前から手造りでこっそり組み立てたものである。

山田は外に声が洩れるのを警戒して、レシーバーを耳の穴に詰めて聞いていたが、その表情が俄かに緊張した。彼は自分の耳からレシーバーを外すと、それを篠原、大石の耳に順に回した。重慶放送は、遂に日本の鈴木内閣がポツダム宣言を受諾したと大声で喚いていた。しかし、日本政府はこの重大な報告を国民にするには内乱を惹起する惧れがあるので、天皇自らの声で告知することに決めた、と述べた。期日は八月十五日正午、ラジオを通じて全国民に聞かせるというのである。

三人はすぐに協議に入った。

「十五日というと、あと三日間だ」

と技師長は言った。

「明日が十三日だ。篠原さん、逃げるなら明日だ。頼むよ」

「引き受けました」

「この放送は、われわれだけでなく、朝鮮人も聞いとるらしかよ」

と大石が言った。

「わたしの知合いの朝鮮人の素振りがおかしかと思うとったら、朝鮮人同士で旗ば造っとるとばい」

「旗？」

「日の丸ばってん、その日の丸に色を塗っとるとです。つまり、紅いところの半分ば巴型に青く塗っとるとです」

「なんですか、それは？」

と篠原が訊いた。

「あんたは知るまいばってん、太極旗というてね、朝鮮の最後の国旗ですばい。日韓統合になる前の李王朝時代の国旗ばな。独立の準備にかかっとるとよ」

「そんなら、いよいよ、われわれの身辺は危ない」

山田が急に心細そうな声を出した。

「では、明日の朝十一時二十分に、金邑駅から汽車に乗ろう」

「あんたが単独(ひとり)でそげんこつができるとか？」

と大石が気遣わしげに訊いた。

「安心して下さい。明日は、ぼくは公用で光州まで行くんです。ぼくらにとっては天佑(てんゆう)ですよ。光州の朝鮮銀行支店から師団の給与その他の現金を受け取ることになっています。大したことはないが、まあ、一人で持つ分には大金ですからね。まだ、日本政府の兌換(だかん)銀行券は効力があります。これをうんと朝鮮人の漁夫にやって、船で内地へ渡航するんです。朝鮮人がいやだといえば、ぼくの腰のピストルがモノをいいます。あと二、三日までの威力ですよ」

「渡航費は、わたしが受け持つばな」

と大石雑貨店主は言った。

「篠原大尉、頼むけんなア」

「分かりました。しかし、奥さんたちはどうします？」

「女を伴れては目立つだろう」

と、すかさず技師長が言った。

「女房は置いて行く。仕方がないよ。こうなれば、わが身は可愛いからね。大石さんもそうだろう？」

「そげんこつですたい」

と大石も低く笑った。

「しかし、あんたは奥さんだけでなくて、可愛い女がいるだろうよ」

「倉田八重子か。あんな婆アはどっちでもよか。暴徒にくれてやってもよかたい。この辺で、わしも一人になってさばさばしたか」

篠原大尉は伊原寿子の顔が浮かんだが、それはわざと口には出さなかった。また山田技師長も、大石哲次も、寿子のことは沈黙していた。両人とも、伊原寿子への愛情はこの朝鮮にいる限りだ、といいたげな冷たい表情であった。

翌る朝十一時二十分発の木浦行の列車が金邑駅から出た。この中に篠原大尉と、山田勝平と、大石哲次が乗っていた。篠原大尉は、今日に限り兵隊を連れて来ていなかった。だが、山田と大石のほかに、ひとり日本人の女がいた。彼女は黒っぽい着物にモンペを穿き、目立たないように顔の化粧を落とし、引詰め髪をしていた。リュックサックを持っていたが、当時の食糧事情として別に不思議ではない。絶えず技師長のうしろに隠れるようにしていたが、これが憂い顔な伊原寿子であった。篠原大尉は、彼女の顔を見ても別におどろかなかった。

「奥さんはご主人も居なくてひとりですからね。気の毒だから、ご一しょにぼくが内地に送ることにしましたよ」

と、山田が寿子のことを篠原にささやいた。篠原は笑ってうなずいたが、彼もこの処置に満足そうであった。

夫の居ない日本人の主婦は、なにも伊原寿子に限ったことではない。いや、むしろ彼らが女房を残したことが理屈に合わないのだ。しかし、その不合理は、極めて円滑に篠原に呑み込まれた。一しょに来ている大石も不思議そうな顔は見せていなかった。

大尉は光州駅で降りた。ほかの三人も同行した。朝鮮銀行光州支店で、師団司令部の金を大尉は現金で受け取った。篠原もまた、軍用行李（こうり）一つをみずからかついでいた。彼は、現金受領の際に持参する小さなバッグの中にそれを収めて、支店を出た。どこに行っても朝鮮人だらけだ。しかし、不穏な空気はなかった。次の列車で木浦に向かったが、車内は、国民服紛（まが）いの粗末な服と、白い胴衣（ツルマキ）の朝鮮人で充満していた。彼らはじろじろと四人を見たが、別に危険な様子もない。どうやら、篠原大尉は必要以上に「危険」を強調したようであった。

木浦に着くと、ここは警備の日本兵がうろうろしている。こうなると、日本の軍隊が彼らの敵であった。彼らは適当な所で時を過ごし、夜に入るのを待った。四人が歩いて到着したのは、木浦の町から五キロも西に離れた漁村だった。海岸には船が並んでいる。すでに油の配給のない発動機付きの漁船は砂の上に打ち上げられ、櫓（ろ）の付いた船だけが渚に並んでいた。篠原大尉は山田をつれて漁夫の家の前に近づいた。大石と寿子とは船の横に立っていたが、灯火管制の夜は、星以外、何も見えなかった。波の音と、汐風が強かった。

8

船は五馬力の焼玉エンジン付きのものだった。朝鮮人漁夫は、取って置きの油をこれに使ってくれた。夥しい礼金がものをいったのだ。

木浦港を外れてもさまざまな島がある。この辺は、大小の島嶼が石をばら撒いたように入り乱れている。船は沖に出るまではエンジンを使わなかった。発動機の響きで怪しまれることを惧れたのだ。狭い水道を脱け出ると、鳥島の灯台の岬を回る。この辺は、独巨群島や巨次群島などと呼ばれている島がむらがっている。灯一つ無い闇の中では漁夫のカンが暗礁を避けた。ようやく灯台を離れたころからエンジンをかけた。楸子群島を右手に見て進む直線コースは、壱岐に突き当たるのである。

篠原大尉も、山田も、大石も狭い船艙に引込んでいた。伊原寿子は彼らの一ばん奥に坐っていた。この場合、彼女としてはどの男の傍に坐っているというわけにもいかなかった。エンジンの音だけが単調に響く。こまめに舟の上を動き回っているのは漁夫だけだった。波のうねりが高くなったのは、船がようやく沖合いにさしかかったからだ。動揺が激しくなる。

「アメリカの機雷に触れなければいいがな」

不安に耐えかねたように山田が言った。これは五人が持っている共通の危惧だった。朝鮮海峡も今では米軍に制海権を奪われている。絶えず敵潜が横行し、内地から朝鮮に向かう輸送船が爆沈されている。

「こうなったら、運を天に任すほかはないね」

と、篠原大尉は言った。

「日本が降伏してしまえば、朝鮮では命が危ない。どこで死ぬのもおんなじことだ。同じ死ぬなら、せめて内地に渡る途中のほうが本望かもしれないよ」

ともすると、不安に沈みがちな四人を、篠原はそう激励しているかにみえた。大石哲次は、重い溜息を吐いている。夏の夜だったが、彼は胴震いをつづけていた。

篠原は、今ごろ司令部では大騒ぎをしているに違いないと思った。銀行から引き出した金を持って主計大尉が逃亡したことは、もう知れ渡っている。彼は大入道の憲兵司令官の顔を泛べる。しかし、ここまで来れば、もう追手が届かないことは分かっていた。一番心配だったのは、木浦から船が出るまでの間である。

彼の横には、銀行から出した金を詰めた行嚢（こうのう）が置かれていた。

「いま、何時だな？」

と山田が暗い中で言った。

「二十三時三十分だ」

と、主計大尉は夜光時計を見て言った。彼は船の位置がどの辺まで進んでいるかを想像していた。動揺が一段と激しくなったのは、まさに朝鮮海峡の真ん中を渡っているからであろう。

「奥さん」

山田が親切そうに寿子に言った。

「寒くありませんか？」

寿子の返事はエンジンの音に消されて分からなかったが、いいえ、とでも答えたらしい。

「もうすぐ壱岐に着きますからね。そこまでたどり着けば、もう安心ですよ」

すると、暗い中で、ふん、と鼻を鳴らす声がした。大石が山田のちょっかいを嘲（あざけ）ったのだ。

「山田さん、あんたは船のことは何にも分からんくせに、ようそげん大きなことが言えるな」

山田が気色ばんで、

「何を言うのだ。船のことは分からないにしても、およそ、どの辺を走っているかぐらいはおれには見当がつくんだ」

とやり返した。

二人の間は、寿子を挟んで険悪になっていた。いや、それはもう金邑の町を脱出してからずっとつづいている対立だ。

この二人は、どちらも女房を棄てて来ている。大石の場合は、倉田八重子も置いて来ているのである。

篠原大尉は、二人がそれからも口喧嘩をつづけているのを聞いていた。彼らは内地が近づくにつれて、伊原寿子の奪取に懸命となっている。それまでは、互いに相手の動きを見ていたに違いないが、もはや、体裁も外聞もなかった。

二人とも寿子の所有の決定に迫られている。

「大石さん」

篠原が呼んだ。

「いい加減にしなさいよ。そんなことを言い合っているよりも、あんたこそ、筑前の人間だから、大体どの方角を船が走っているか見当がつくだろう。どうやら、東の空が明かるくなったから海の向こうに山の形が見えてきたようだ。この朝鮮人の漁夫だけに任しておれないからな。ちゃんとした正確な方角に走っているかどうか見てくれんか？」

大石は山田との論争を中止した。

「ほう。もう夜明けですな？」

つぶやくと、彼は篠原と一しょに舳先（へさき）へ出た。

「やっぱり、夜が明けんことには心細かですな……どの辺に見えとりますか？」

と、彼は船の上に立った。

篠原は、雲とも山とも知れない東の薄明の方向を指した。

「ほう。ちょっと見当がつきませんが、あれは山でしょうかな？　わしの眼には、どうもはっきりと見えんが」

と眼をこすっている。

篠原と大石が舳先へ行ったので、残っているのは山田と寿子だけになった。寿子は先刻、山田と大石が口争いをしている間、どうしようもないという格好で身を縮めていた。

「失礼しました」

山田は寿子のほうへにじり寄ると、いきなりその手を握った。寿子は身を震わせた。

「奥さん、あんな大石みたいな男の口車に乗ってはいけませんよ。あれは商売人ですからね、口先で人を騙すのは馴れていますよ。あんたもひとりで内地に帰って来たのだから心細いでしょうが、なに、これからはぼくが付いている。それに、敗戦となると、金の値打ちは無くなるかも分かりません。ぼくは、その点は用心して、うんと貴金属を用意しているんです。こういうものは、世の中が乱れれば乱れるほど値打ちが出てくるもんです」

暗い中で、山田はもぞもぞと鞄を引き寄せた。肩から掛ける手製のズックだが、その中に飯盒（はんごう）が入っている。山田は、その飯盒に永年溜め込んだ砂金を一ぱい詰めているのだった。残念なことに、暗いから、それを開けて寿子に見せることができない。

「奥さん、ぼくはここに……」

言葉の途中で舳先から大きな水音がした。山田は、はっとしてそのほうを眺めた。空はやや明かるくなっているが、海の上は暗かった。

舳先からこちらに歩いて戻ってくるのは一つだけの影だった。

「どうしたんです、篠原さん？」

山田が伸び上がったとき、篠原は腰のサックから大きな拳銃を抜いていた。

「大石さんは、足を踏みすべらして海の中に落ちましたよ」

と篠原は告げた。

「……」

「山田さん、申しわけないが、あんた、その持ってる砂金をぼくに渡してくれませんか」

「なに？」

「あんたが永い間くすねて溜めた金だが、それをそこに置いて行ってもらいたいな」

「何を言うんだ篠原さん？」

「暗いが、あんたには見えるだろう。ほれ」

と、篠原は掌の上に載せた黒い拳銃をいじってみせた。

「悪いが、ここで消えてもらいたいな」

山田勝平は信じ切れないといった顔で、眼だけ光らせていた。

「あんたの喧嘩相手は、いま、海の中に飛び込んだからね。あんたもつづけて入ってもらおうか」

「そんな、君……何を言うんだ、君」

「その手許にある鞄の中に、あんたの全財産を詰めた容器が入っているんだね？　それをおとなしく渡して下さいよ」

山田技師長は大声をあげた。拳銃の安全装置を外す音が聞こえたからだった。

「助けてくれ」

「金はおとなしくこちらに出してくれるね？」

「やむを得ない」

「そうか。そうおとなしく出られてはぼくも張合いが無くなるが、とにかく、そこで伊原さんの手なんぞ握っていないで、こっちに出て来なさい」

「勘弁してくれ」

と、山田は坐っている位置にしがみ付いた。

「頼むから、わしを殺さないでくれ。君のことは誰にも言わん。約束する。内地に帰ったら、すぐ君から離れる」

「危ないもんだね」

と、篠原は拳銃の引金に指を柔らかく当てた。

「ぼくは君が信用できないからね。その点は大石もおんなじだった。さあ、こっちへいらっしゃい」

篠原は山田を手招きした。

「あと一分以内にこっちに来てくれないと、ぼくは短気を起こすかもしれないよ」

船のエンジンだけが、正確に波と風の音の間に鳴っていた。朝鮮人の漁夫は、日本人どうしの争いなどには無関心で、エンジンのそばにつくねんと蹲（うずくま）っていた。

「君が欲しければ、この砂金は全部あげるよ。だから、生命だけは助けてくれ」

山田技師長は汗を流して哀願した。

「そうか。では、山田さん。その品物だけはもらって、これをぶっ放すのはやめておくよ」

篠原は言った。

「そうか。有難う、有難う」

山田は砂金の入った鞄を持ち、篠原のそばへ行こうとした。船の動揺で足もとがよろけている。

「あまり、こっちに近づかないでくれ」

と篠原は彼の来るのを遮った。

「それからもう一つ。君は内地に還っても、本当に誰にもこのことは言わないな？」

「それは絶対に言わぬ。篠原さん、それは信用してほしい」

「大丈夫かな」

暗い中で篠原大尉が首を傾（かし）げたので、山田が懸命になって誠意を主張した。

「大丈夫だ。おれは約束したら口が裂けてもそれを破るような男ではない」

篠原は、ぼんやりと海の水平線を眺めていた。黒い雲がまだらに散って、その裂け目には日の出前の青白い光が貼りついていた。それは次第に光の度合いを強めつつある。

篠原は、その空を無心に見ている。彼の黒い影の顔の半分に光が当たっていた。

「ほれ、ここに置くよ」

山田は篠原のご機嫌をとるように、鞄を持って彼の足もとに這った。篠原の眼がふとそれに落ちる。いや、見ているのは鞄でなく、自分の膝の下に這いつくばっている男の背中だった。

篠原は、拳銃を持った手首をやんわりと下に曲げた。伊原寿子が短い叫びをあげた。

第五話　雨の二階

1

終戦時、畑野寛治は軍需省の雇員であった。西部軍司令部管下の仕事をしているため、福岡に駐在していた。

畑野の場合は運転手だった。彼は絶えずトラックを運転して軍需物資の運搬に走り回っていた。管下では、司令部のある福岡をはじめ、小倉、久留米、佐賀などの連隊があり、さらに板付、太刀洗などの航空隊があった。これらの諸隊に補給される物品は、軍用貨車で送られて来るものを軍司令部が軍需部に連絡し、積下し駅で受領して、各隊に回すのである。畑野は、そういう貨車が到着するたびに、福岡市外の軍需省特別倉庫との間をトラックで往復した。

当時、畑野は三十三歳であった。二十二歳から六年間、自動車隊として大陸に転戦したことがあるが、除隊となったとき、二度と兵隊にとられたくないため、いち早く軍需省の雇員となったのである。彼の性質が明朗だった上、小才が利くので、上官から可愛がられていた。

軍需省倉庫の重立った職員は、将校で占められていた。要領のよかった畑野は将校たちのくすねた軍用物品の裾分けにもあずかることになった。もっとも、上官のほうでは、運転手を手なずけておかないと何かにつけて不便だし、自分たちの犯罪が発覚しやすい。おかげで彼の家は、敗戦直前の物資窮迫にもかかわらず、毛皮の付いた外套、ぱりっとした長靴や軍靴、米、砂糖、塩、甘味品、煙草などおよそこと欠かなかった。畑野が直接運搬を取り扱わない物品でも、他の部署の係と交換ができたからである。

おかげで福岡市の外れに小さな家を借りている妻の秋江は、まるで時代が異なって住んでいる人間のように生活が潤沢であった。

「おれの家にいくら物があるからといって、近所の者に裾分けしてやったり、自慢したりしてはならんぞ」

と、畑野は堅く妻を戒めた。秋江は、どちらかというと教養もなく、何でも有頂天になるほうであった。

たった一度だけ、その秋江が福岡市内の遠い親戚に軍隊用の毛布を分けてやったことが分かったときなど、畑野は顔色を変えて秋江を叱った。

「こんなことがほかの者に分かってみろ。おれは憲兵隊に引っぱられ、軍法会議にかけられるんだぞ」

畑野は、無知な秋江に、衛戍監獄の苛酷さがどのように言語を絶したものであるかを言って聞かせた。食事は一日にパンが二片。おかずといえば塩だけ。堅い板の間に正座していないと、すぐに看守に竹刀を持って殴打される。入浴は水風呂だ。そこで虐め殺されても病死ということになって、闇から闇に葬られる。——秋江は身震いし、自分の過失を謝って泣いた。

「もし、あんたがそうなったら、わたしはどうなるの？　いっそ海川へでも身を投げて死んでしまうわ」

しかし、別に海川に投身しなくとも、わずかな偶然さえあれば、彼女はすぐにでも死ねたわけだった。空襲は激しくなり、福岡市の上には、毎日のように敵機が群がり来て遊んだ。これに対して迎撃に立ち向かう日本の戦闘機は一機もなかった。焼夷弾が降るたびに、夥しい人間が黒焦げとなった。

だが、とにかく、ここは福岡の中心から六キロも離れた海岸で、付近は漁村である。一度も爆弾が落ちたことはなかった。そこの住民たちは毎晩、福岡市が焼ける炎の色と、花火のような焼夷弾の華麗さを見物しているだけであった。

秋江は、たまに帰ってくる夫のために、付近の漁師から買い取る新鮮な魚を食膳にのぼせた。油がないので、魚はほとんど沿岸の竿釣りであった。黒鯛が多い。もっとも、これは金を出しても容易に購えないので、秋江は少しずつ砂糖や甘味品を交換用に漁師に与えた。これだけは、それが少量の故と、かけ替えのない魚を得られることとで畑野は黙認した。

サイパンが落ちて東条内閣が辞職した。沖縄が苛烈な戦場になった。鈴木貫太郎内閣はあくまでも抗戦を呼号した。

そうした夏の或る日である。畑野寛治は五日ぶりに自分の家に帰ると、いきなり秋江に言った。

「おまえは、すぐに家をたたんで神奈川の実家に行け」

「どうしてですか？」

不意のことで秋江が呆然としていると、

「日本は近いうちに敗けるんだ」

と、畑野は低く言った。

「いいか、こんなことを誰にも言うんじゃないぞ。うっかり口をすべらすと、非国民だと言われて叩き殺されかねないからな。おれは、あと二、三カ月もしたら、おまえの所に行く。そのときは、今よりはもっとましな身分になってるはずだ」

秋江は、その理由を訊かなかった。訊くだけの能力もなかった。彼女は夫の精力的な働きを盲目的に信頼していたし、むずかしいことは聞いてもよく分からなかった。

秋江が神奈川県の丹沢山塊の麓にある実家に帰ってからすぐに、寛治は憲兵隊に捕えられた。

「貴様、軍の物資を横領しただろ？　何をどれだけ盗ったか、全部吐いてしまえ」

憲兵は彼を責めた。畑野は自供した。

「え、それだけか？　毛布はもっと盗っただろう？　たしかに、貴様は貨車一両分のものをごっそり横領したはずだ。そいつはどこにやった？　え、おい。まだあるぞ。軍靴、飛行服、襦袢、袴下、そういったものも大量になくなっている。伝票と在庫品とが合わんのだ。さあ言え」

畑野は憲兵隊の二階にある撃剣道場に正座させられて、木刀、竹刀で打擲され、指と指の間には鉛筆を挿まれて揉まれ、縛られたまま天井から逆吊りにされた。

「おまえなんざ、非国民だからの。どうせ死刑だ。ここで死んでもかまうまい」

憲兵たちは彼の鼻の穴を煙草の煙でいぶしながら囃し立てた。

結局、彼はしぶしぶ横領の全部を認めたようだったが、それは憲兵隊の摑んでいる量よりもやや少なかった。しかし、事実は憲兵隊の摑んでいる量よりももっと厖大なものだったことを、調べている係官は気がつかなかった。

「これだけの量を、運転手のおまえがひとりで横領できるわけはない。こんなに多量なものがおまえの自由になるはずはない。やい、おまえに命令したのは上官だろう？　誰と誰とがおまえと共謀しとるのか泥を吐け」

しかし、何度拷問にかけられても畑野寛治は、自分一個の犯罪だ、と言い張った。盗んだ多数の物資は福岡市内の空倉庫に入れておいたが、それは二度の空襲で完全に焼かれてしまった、と説明した。

憲兵隊では追及をやめなかった。いくら畑野の自供が巧妙でも、彼ひとりの単独犯行とは何としても考えられなかったからである。しかし、その追及はしばしば中断した。憲兵隊の周りは絶えず敵機の焼夷弾によって火災が起こっていたからであった。

それは、珍しく敵機がこない或る日だった。八月の燃えるような太陽が中天にあった。あまりの暑さに敵の飛行機も休暇を取っているかと思われるくらいで、地上もうだりきっていた。もっとも、地下室の留置場に居る畑野は、この暑い太陽の直射を浴びない代り、むし暑さと臭気とで嘔吐（おうと）を催しつづけていた。

正午ごろ、すぐ上に夥しい足音が集まった。そこが会議室になっていることを畑野は知っていた。彼は緊張した。これだけの人数が集まるのは普通のことではない。何かあると思った。そのうち、ガーガーという雑音が聞こえはじめた。ラジオをかけているなと思った。

彼は初め、軍が戦況を放送しはじめたのかと思った。その放送はものの二十分もつづかなかった。不思議なことに、天井の上の床ではしんと静まり返っている。普段なら勢いのいい足音が散るところだが、そのこともなく、ただひっそりと静かな足音が動いているだけであった。

午後三時ごろ、畑野はまた留置場から取調室に引き出された。

しかし、取調官の憲兵曹長はひどく元気がなかった。彼は居丈高になる型だったが、その赭ら顔も白く褪めて眼が充血していた。その追及の仕方もひどく調子が出なかった。

憲兵曹長は調書を取った上、しばらく、その書類を指の先でいじって見ていた。おやと思ったのは、曹長が突然眼から涙を流しはじめたことだった。畑野は、それで日本が敗戦したことをすぐに知った。さっきのラジオ放送は、総理大臣か陸軍大臣かが、そのことを軍民に告げたのだと推察した。

「よし、戻れ」

曹長は憲兵上等兵に顎で合図をした。子供のように頰が涙で濡れたままだった。

憲兵上等兵も威勢が悪かった。畑野は、今日に限って彼から小突かれることなく、地下室への階段を降りた。

(軍隊は消滅した。すると、おれはどうなるのだろう？　軍隊がない以上、憲兵隊もなければ軍法会議もない)

その晩の当直憲兵の警戒は緩慢だった。すでに憲兵自身がわが身の安危の不安に駆られているようだった。

畑野寛治は夜明け前に留置場を脱走した。

2

半年ののち、畑野寛治は、神奈川県愛甲郡の実家に帰っている女房秋江の所に姿を現わした。

　冬だったが、畑野は、飛行士がつけるような防寒帽に、毛皮の付いた防寒服、将校の長靴をはいて、上から厚い外套を着ていた。それらはことごとく新品であった。秋江は眼をみはって夫を迎えた。

　彼は大きなトランクの中から塩と砂糖の袋を女房の両親に差し出した。

「さあ、これからがおれの本当の戦争だ」

と、その夜、畑野は秋江を抱いて言って聞かせた。

「おまえはまだ当分こっちに居ろ」

「あんたはどうするの？」

「男が戦争をやるのだ。当分、女房などは足手まといになる。あと半年もしたら東京に呼ぶから、それまでここに辛抱しろ。送金は十分にしてやる」

　秋江はうっとりとした眼で言った。

「そんなこと言って、あんた、ほかに女をつくるんじゃあるまいね？」

「バカな。それどころじゃない。おれは今に大金を儲けて実業家になるんだ。それまではがむしゃらに働く。女なんか構っていられないよ」

　彼は鞄の底から指輪を取り出した。

「まあ」

　秋江は呼吸（いき）を呑んで、その大きなダイヤに見惚（みと）れていた。

「どうしたの、これ？　こんな大きなダイヤは見たことがないわ」

「買ったのだ」

と、畑野はこともなげに言った。

「あんた、ずいぶん金持になったのね？」

「なに、これは安く買ったのだ。どこかの将校が売りに来たんでね。なんでも終戦時に朝鮮から逃げ帰った男らしい」

「将校が、どうして、こんな女持のダイヤの指輪など持っているの？」

「あのどさくさだからな。どうせ、朝鮮から連れて来た女のものでもせしめたに違いない。女かい？　それは、その将校が適当に始末したんだろうな」

「怕い話だわ」

「怕いものか。女のひとりやふたりどうかされたって、もう分かりようがないよ。闇から闇だろう。玄界灘の底にでも沈んでいるか分からないな」

「可哀想だわ」

「おれはそんなことを推察できたから、その将校を嚇かして、うんと安く叩いてやった。その男もだいぶ弱っていたようだからな。まあ、タダ同然の値段で取り上げたようなものだ」

　指輪のダイヤは、百姓家のうす暗い納戸の僅かな光線にも贅沢に輝いていた。

　それから半年経ったころ、畑野寛治は、新橋の焼ビルの一室に「興国商事」という看板を掲げて、三、四人の男を使っていた。そこには絶えずヤミ屋の格好をした男が出入りした。昼間から酒を呑んだり、大きな声で話し合ったりしていた。酒は九州のものが多かった。実際、畑野は始終九州と連絡していて、自身でもそこに出張していた。

彼が九州のどこへ行くのか、傭い人でさえ知っていなかった。連絡は向こうの宿から長距離電話で来た。ところで、彼が九州に行くたびに、どこからともなく軍需物資が闇市場に出回るから妙だった。彼は毛皮のチョッキを着、胸に金鎖の時計をちらつかせていた。顔は腫(は)れたように肥え、いつも酒を呑んだように赧(あか)かった。三十四歳の彼は精力の塊りに見えた。彼の太いズボンには米軍の折込みナイフが遊んでいて、腰には拳銃が忍ばせてあった。

彼の事務所の机の上には、いつも百円札の束がごろごろしていた。旧円封鎖のときはちょっと参ったようだったが、それはすぐに挽回できた。物資がひとたび動くと、彼の懐(ふところ)がふくれ上がった。

そんな或る日だった。彼の事務所に訪ねて来た四十歳ばかりの男がいた。その男はまだ戦闘帽をかぶり、兵隊の服を着ていた。足には長靴をはいていたが、これらの品は古くて、くたびれていた。

「やあ、大尉殿」

畑野は、その男を快く迎えた。それからしばらく軍隊の話をしていたが、やがて、彼は客を隣の部屋に連れて入った。密談の際は、いつもその部屋が使われた。

「なんですって？」

と、畑野は対手（あいて）の申し込みを聞いて眼を怒らせた。

「大尉殿、あんたはよくもそんなことをわしのところに言ってこられたもんだね、ええ」

彼はすでに軍需省の一雇員でもなければ、軍用トラックの運転手でもなかった。今や数千万円の物資を絶えず動かしているヤミ屋の親分だった。彼の堂々たる押し出しは、かつて畑野畑野と呼び捨てにしてこき使っていた大尉を完全に圧倒していた。

「わしはね、あんたたちのために憲兵隊に行ってひどい目に遭ったんだ。これを見なさい」

と、彼は五本の指をひろげて見せた。

「今でも、この指の骨が砕けて真直ぐには伸びないんだ。え、わしの身体中にはそのときの痣（あざ）がまだ残っている。それでもわしはあんたたちの名前を出さなかった。どんなに拷問されても口を割らなかったんだ……」

元大尉は眼を伏せた。

「大尉殿、わしは自慢するわけではないが、わしが口を割らなかったからこそ、あんたたちは無事でいられたのだ。それに、わしの何倍も物資を盗（と）ったはずだ。匿（かく）さんでもわしには分かっている。あんたと、あの中尉さんとふたりでね。それに倉庫係の曹長だ。これがあんたのグループだったな。みんなどうしている？　え、分からない？　ふん、あんたと同じように、せっかく握った物資を他人にまんまとだまし取られたんだな」

彼は胸のポケットから日の丸の印のアメリカ煙草を出して、口で一本抜き取った。

「わしの分け前はな、あんた方の三分の一にも足らん。憲兵隊で一ばんひどい目に遭ったわしが、それだけしか貰ってないのだ。あんた方はわしの何倍か取っているはずだ。毛布、兵隊服、パラシュート、靴、外套、帯革、何でもごっそりあんた方は持って行った。それを無くしてしまい、わしのところに泣きついて来てもはじまらんよ。いや、泣きついたんじゃない。あんたはわしを嚇かしに来たんだな」

「いや、決してそんな」

と、元軍用倉庫係の大尉は口ごもった。

「いくら脅迫にきてもわしはあんた方を怖れんから、まあ、どっちでもいいがね。わしはあんた方より少しばかり商売が巧かったから、あれっぽっちの物資でこんなにふくれてきたんだ。こりゃあんた方のおかげでも何でもない。わしだけの腕だ」

畑野は、汚ない窓外を顎でしゃくった。そこの広場には夥しい人の群れが動いて、「米よこせ」「食わせろ」「民主主義万歳」などというプラカードが立てられていた。

「わしはな、命賭けで商売をしているのだ」

畑野寛治はズボンの後ろポケットのふくらみを叩いた。ピストルの形がそこにあった。

「こんな商売をしていると、いつ狙われるか分からんのだ。第三国人もいる。わけの分からんアメリカ人も出入りする。それに、ほら、ああいう共産党の連中も、いつかはわれわれのところに襲(おそ)って来るに違いない。大尉さん、あんたのような甘っちょろい考えでおられては困るね。握った品物をすってしまって、わしのような者のところにめそめそと泣きこんで来たってはじまらんよ。ほれ」

と、畑野は机の上に百円札の束を一つぽんと投げ出した。

「これを持って帰んなさい。それから、もう二度とここに来たって相手にしないからね。うちには若い者もいる。何をされるか分からんと思っていて下さいよ」

元大尉は帰った。が、それからしばらく日を置いて元曹長が潮垂(しおた)れた格好で事務所へやって来た。

「あんたが一件ものでは一ばんうまい汁を吸ったはずだ」

と、畑野は毒づいた。

「なにしろ、上にはゴマをするのが巧かったし、われわれを思う存分こき使っていたからな。わしはあんたが憎かった。それでも、曹長さん、わしは憲兵隊で拷問に遭っても、あんたのことは何一つ言わなかったよ。……どうだね、あんたのことだ、まだ少しは何か持ってるだろう?」

元曹長は力なく首を振った。

「なに、何も無い? そいじゃ話にならん。今の世の中は、物を持っていない人間は人間じゃないからな。ほら、煙草銭だ」

と、畑野は元曹長にも百円札十枚を与えた。――

畑野寛治は、麻布の閑静な一郭に家を持った。そのあたりは戦災に焼け残って、古いが昔のままの邸宅であった。畑野が札束で叩いて前の所有者を追い出したのである。裏には広い庭と泉水があった。もっとも、庭は野菜畑と防空壕で荒れ果てていた。

「まるで夢のようだわ」

と、丹沢山塊から引き取られた妻の秋江は家の中を歩いて喜んだ。

「どうだ、おれの実力が分かったか？」

「ほんとうに女は亭主次第だわね。わたし、あんたのような働き者を亭主に持って仕合わせだわ」

彼女は、村で没落した旧家の話を、それとひき比べていろいろと述べた。

3

畑野寛治に女が出来た。当然のことである。ヤミ物資を動かし、荒稼ぎをやっていれば、そうならないほうが奇異だった。

女は、彼が物資を隠匿している福岡にいた。戦死した将校の妻だとかで、二十七、八くらいである。彼女がヤミ市場をうろうろし、ほしいものを買いかねているのを彼が見つけ、横から買って与えたのが機縁となった。

女は、夜でもその育ちのよさを見せたから、畑野の気に入った。言葉づかいといい、挙措(きょそ)動作といい、丹沢山塊の農家に育った女房の秋江とは比べものにならなかった。彼は女を福岡の近くにある箱崎に置いて、彼が東京から出張したときの家庭にした。名前は礼子といった。

夫は海軍の士官だとかで、すでに三年も独りで暮らしてきていた。このことが畑野を夢中にさせた。彼は礼子が次第に自分の身体に馴れてくるのを興味深く思っていたが、女房には無いそのつつましさが次第に解けてくる中で彼自身が溺れてしまった。

福岡には隠匿物資を保管する腹心を二名置いていた。ふたりとも軍需省時代の運転手だったが、その物資が底をついてくると、彼らに相当な金を与えて手を切った。もはや、そのようなものに頼らなくとも、蓄えた金で自由に他の物資が動かせるようになっていたし、そのコネも商売をしてきたおかげで十分についていた。

福岡に用がなくなると、彼は礼子を東京に移した。ひとりでは不安なので、大森にある他人の家の部屋を借りさせた。彼は礼子の傍に行くと、四、五晩はつづけて自宅に戻らなかった。

そのころが畑野が礼子に打ち込んでいる最盛期だったかもしれない。彼は礼子の指にダイヤの指輪をはめることを思いついた。

「なあ、秋江。おまえにやった指輪、ちょっと、おれに四、五日貸してくれないか」

彼は家に戻って女房に言った。

「どうするの？」

秋江は怪訝な顔をした。

「なに、今度ダイヤを動かそうと思ってな。どうやら当りだけはついたが、相手に信用させなくてはいけない。おまえの持っている三カラットのダイヤを見せ金の代りにすると、向こうにバカにされないからな」

「そんなに世の中にはダイヤがごろごろしているの？」

「戦時中にダイヤの供出があったな。ほら、政府の掛け声で続々と各家庭から献納しただろう？」

「そんなことがあったわね」

「あのダイヤは、一旦政府買上げでデパートあたりで集められたのだが、そいつがどこに隠されていたのか分からないが、終戦になってどっと出回ったんだ。もっとも、なかには工業用で兵器廠あたりから流されてくる粗悪なものもあるらしいがな。とにかく、ダイヤとなればいつでも金になるから、こいつは今のうちに買っておきたい」

「じゃ、相当な資金が要るわね」

「ああ。その代り将来はボロい儲けになる。この混乱期がおさまると、世の中もだんだんせち辛くなってくるだろうからね。その時期に集めたダイヤがものを言うんだ。話に聞いたところでは、何万カラットというダイヤがヤミからヤミに動いているらしい」

「そんなものを誰が動かしているの？」

「貴金属商さ。そのほか地金屋だとか、ブローカーだとかが動いている。おれも、いつまでも旧軍隊の物資だけでもないからな。いずれ、おまえにはこの倍ぐらいのダイヤを買ってやるよ」

彼は秋江から取り上げたダイヤの指輪を礼子の指にはめた。

もっとも、そのくらいのダイヤを買うことは、今の彼にはさして苦痛ではなかった。金さえ出せば、いや、物資さえ交換すれば、簡単に手に入った。だが、畑野は、わざわざ新しく買うよりも女房のものを動かしたほうが得のような気がした。つまり、彼は新しく買うよりも、あるものを右から左に移すのが好きなのだ。言ってみれば、彼は持っているものを最大限に利用する性質で、その点は吝嗇なのかもしれなかった。元の上官で、彼と一しょに軍の物資を横流ししていた連中が泣きついて来ても、それを素気なく追っ払ったのは同じ性根からである。彼にしても、旧上官たちがいなかったら、何一つ物資を自由にできたわけではなかった。

畑野が礼子を囲っていることが秋江に分かってきた。秋江は畑野にむしゃぶりついて喚いた。彼女は畑野の部下にも情婦の在所をしつこく訊いて彼らを困らせた。

「いい加減にしろ」

と、彼は秋江を殴打した。ときには秋江の顔が腫れあがるくらいに打擲したり、階段の上から逆吊りにしたりした。

畑野は秋江のヒステリーには手を焼いたが、それを幸いに彼女と別れる決心になった。だが、それは簡単にはゆかなかった。今まで苦労させといて、少しよくなったからといって追い出すのは人非人だ、と女房は荒れ狂った。

「わたしゃ死んでも動かないからね。さあ、早くその女のところに連れてってちょうだい。話をつけるから」

畑野が秋江と別れ話をつけるのはできないことではないが、簡単でないのは彼女に相当な手切金を渡さねばならないことだった。そのころ畑野の財産は、土地・家屋などの不動産を含めて二千万円ぐらいはたっぷりとあった。

秋江はそれを知っている。だから、彼女を承知させるとすれば、半分以上の金を彼女に与えねばならなかった。これは畑野にとって苦痛である。せっかく危ない目をしながらここまで溜めこんできた金を、単に妻という戸籍上の関係だけで何もしない女にタダで呉れてやるのは不合理でならなかった。

「あのダイヤの指輪だって女にやったんでしょ。そのうち、この家の財産もみんな女にやって、わたしを裸で追い出すつもりなのね」

秋江は暴れた。

「どんなことがあっても、わたしはこの家からのかないからね。そう思ってちょうだい。ああ、殺されても出て行かないよ」

畑野は、秋江を殺す方法を考えはじめた。

こんな女が家に居なくなっただけでも、どんなに爽快かしれない。

そのころ、畑野は礼子だけを守ってはいなかった。ほかにも女が二、三人いた。実に簡単にそれらが彼の手に入った。まだまだ彼がその気になりさえすれば、いくらでも女は出来る見込みがあった。

礼子もそれは知ったが、さすがに女房の秋江のように狂暴な振舞はしなかった。やはり自分の立場を考えて分を心得ているのだ。第一、礼子は女房でないから、仮りに彼女と別れるにしても、法外な手切金を与える必要はなかった。戸籍上の妻というだけで、なぜ、秋江には理不尽な金をやらなければならないのか。――

秋江は逆上する性格で、嫉妬に駆られると台所から庖丁を持ち出したりした。

「あんたを殺してわたしも死ぬからね、殺されないように用心しなさいよ」

事実、秋江なら本気にそれをしかねなかった。危なくておちおち自宅で寝てはいられない。或る晩など、大喧嘩のあと夜中に眼を醒ましたが、暗がりの中で秋江が自分を見下ろしていたのには肝を潰した。このぶんなら、咽喉笛を刺されるか、頸に紐を捲きつけられても、熟睡の最中なら不覚を取りかねなかった。

とうとう、秋江が大森の礼子の家を嗅ぎ当てた。畑野は知らなかったが、彼のあとを秋江が尾行して来ていたのだった。大騒動になった。秋江は眼をつりあげ、居竦んでいる礼子に躍りかかって行った。畑野は秋江を引き倒して殴りつけ、畳に押さえ、髪を摑んで引きずり回した。秋江の前歯が折れて畳は血だらけになった。

畑野はようやく秋江を自動車に乗せて自宅に連れ帰ったが、ここでも手脚を縛っておかないと何をするか分からなかった。

「よくもわたしをこんな目に遭わしたね」

と、秋江は泣き声と一しょにけもののように吠えた。

「さあ、殺せ。おまえの思うように殺してくれ」

言われるまでもなく、畑野にはその決心が次第に固まってきた。

「なんだ、ちっとばかり働きがあるからと思って大きな面をするな。おまえがどんな悪いことをしているか、みんなわたしは知っているんだ。警察に駆け込みさえすれば、おまえはその日からでも監獄にぶち込まれるんだ」

畑野は、口の中を血で真赤にして叫んでいる女房をどう処分するか、煙草を吹かして考えていた。

4

雨の日の夕方であった。

畑野寛治は焼ビルの二階にいた。階下には、このビルの世話や留守番をしている管理人夫婦がいる。畑野が傭った人間だ。

このビルは三階になっていて、階下は何となく畑野の部下の溜り場になっていた。二階が事務所で、三階がちょっとした倉庫になっていた。物資を多量に入れる大きな倉庫は別にあるが、この三階には小出しに売るための品が持ってきて置かれてある。

二階の事務所は、昼間はほとんど畑野の個室のようになっていて、椅子や机が置かれ、書類を入れる戸棚などが並べられてあった。ビルといっても狭いものだ。

あとで階下の管理人の語ったところでは、その日、畑野は居残っていて、二階で仕事をしていた。昼間の傭人は五時限りでほとんど帰ってしまい、管理人夫婦だけがそこにいた。

もっとも、畑野がひとりで仕事をすることは珍しくなく、何か大きな物資を動かす前は、その準備といったものをやっていた。だから、管理人夫婦は夕方茶を出しただけで階下に降りた。畑野はあまり世話を焼かれるのを好んでいなかった。一つは商売上の秘密をのぞかれるのを嫌うかららしい。

暗くなった七時ごろ、畑野の妻の秋江が訪ねて来た。

「まだ二階に居ますか？」

と、秋江は階段を上る前に管理人室をのぞいて訊いている。

秋江は最近よくここに姿を現わした。畑野に女が出来てからは、彼の帰りをのんびりと家で待つということはなくなった。ここに来るのも夫の様子を窺(うかが)うためで、近ごろでは彼女もヒステリーが昂じている。

しかし、窓から管理人夫婦をのぞいたとき、彼女はなんだか気分のよさそうな顔色をしていた。今夜は機嫌がいいらしいと管理人夫婦は思っていたという。

二階はしばらく静かであった。管理人が、畑野は秋江をつれてどこかに遊びに行くつもりで呼びよせたのかもしれないと考えたのは、秋江の顔色があまりに和やかだったからだ。

二十分ばかり過ぎたころ、二階でどたばたと音がした。この焼ビルはコンクリートで床や天井が固められてあるので、あまり上の音は聞こえてこなかった。しかし、二階のその騒動は、聞き耳を立てている管理人にははっきりと伝わった。

管理人は、またぞろ奥さんが嫉妬からヒステリーを起こし、それで夫婦喧嘩がはじまったのだと思った。秋江のヒステリーは相当なもので、自分が分からなくなると、畑野に組みついてゆく。そういうことが今まで三、四回ぐらいあったので、管理人夫婦は互いに顔を見合わせただけで上にはあがらなかった。

すると、その音が静まったころ、畑野が階段を降りて来た。彼は管理人室の戸を開けて、

「おい、おれはちょっと出て行くからな」

と言った。

「奥様は？」

と、管理人が上に顎をしゃくると、

「なに、あれはいいんだ。いま、例のヒスが起こって手がつけられない。それで、それがおさまるまでマージャン屋に行って半荘(チャン)ぐらい打って来るからな。おまえらも、あれがあとで暴れ出しても、あんまりのぞきに行かないほうがいいよ」

と言った。

「分かりました」

　実は、管理人も最初の夫婦喧嘩のときはひどい目に遭っている。秋江のヒスはほとんど狂人に近く、止めに入った管理人も顔をひっ搔かれたり、物を抛りつけられたりした。しかし、そのヒスはかえって仲裁人がいないほうがおさまりやすかった。放って置くと、いつの間にか冷めているのだ。畑野に言われるまでもなく、秋江のそういう性格を知っているから、管理人もうなずいた。

　畑野は雨の降る中を出て行ったが、道は泥だらけになっている。短靴ではズボンの裾が汚れるがな、と管理人はそのうしろ姿を見て思ったことだった。

　畑野が出て行ってから二、三分ばかりすると、二階が急に物騒がしくなってきた。椅子を倒す音がする。あちこちを狂い回って歩く足音がする。声は聞こえなかったが、それだけ聞いても管理人は怖気を振った。うっかりその場に飛び出そうものなら、畑野の身代りになりかねない。そのころ秋江は、夜の女のように爪の先を三角に伸ばして、赤いエナメルを塗っていた。あの爪で所嫌わず顔を掻きむしられたら、とてもかなわない。傭い主の細君だから、そう手荒な真似はできないし、これはやはり畑野が出がけに言ったように、彼女を放って置くほかはないと思っていた。

　二階の荒れ狂う音は、しばらくやまなかった。

　多分、畑野との夫婦喧嘩がはじまり、畑野だけがいい加減にして遁げたので、残された秋江は頭にきたものらしい。そこいらの物を手当り次第に摑んでは投げているらしかった。そのうち、それが急に静かになったのである。

管理人はやれやれと思った。気分がおさまれば、秋江は二階からひとりでことことと降りて来て、けろりとした顔で、さようならを言って帰るかもしれない。そういう女なのだ。そう思ったが、秋江の足音は一向に階段から降りてこなかった。畑野が一時秋江から避難したので、秋江は彼の帰りを待っているものと思われた。

一時間ばかり経って、その畑野が外から戻って来た。ズボンの裾は跳ねが上がって汚れている。短靴は泥だらけになっていた。

「どうだい？」

と、畑野は窓口からのぞいて秋江のことを訊いた。

「さっきまでは、なんだかガタガタと音が聞こえていましたが、今は静かです」

管理人がそう言うと、畑野はうんざりした顔になって階段を上って行った。その足音が消えてから、管理人夫婦は畑野の女の噂などし合っていた。

「大将もあれほどの働きがあるんだから、女のふたりや三人は出来てもおかしくはない。奥さんも野暮だな」

と、管理人は女房に話した。

女房はそれに異論を唱えたが、それが強い調子でなかったのは、かねてから秋江の傲慢さとヒステリーには反感を持っていたからだ。

そんな会話が終わったころだから、ちょうど、畑野が二階に上がって五、六分も経ったころだった。

急に上から管理人を呼ぶ畑野の声がけたたましく聞こえた。

管理人が急いで出口のガラス戸をあけたとき、当の畑野が二階から駆け降りて来ていた。畑野は血相を変えていた。

「秋江が殺されているんだ」

と、畑野は怕い顔で言った。

「おまえはすぐ上にあがって番をしていろ。警察が来るから、現場に手をつけてはならんぞ」

管理人は震えながら畑野の出て行くうしろ姿を見たが、折からどしゃ降りで、畑野は暗い中を駆け出していた。そのとき気がついたのだが、畑野は長靴を穿いていた。さっき泥濘に閉口して、今度はそれに穿き替えたらしい。このビルの三階には、そんな物資が夥しく詰まっていた。それが溢れて、二階にも一部分は置いてある。長靴は、その商品の一つだった。

管理人はおそるおそる二階に上がった。彼は事務所を一目見て立ち竦んだ。

秋江が俯伏せになって倒れていたが、その鼻から口にかけてフランネルの布が強く括りつけられていた。椅子は倒れ、机の上に載った帳簿などは床に崩れ落ちている。そのほか、壁の戸棚の上に載っていたものも乱れている。

秋江は髪を振り乱していた。いま流行の短く切った頭だから、黒人の女の髪のようにぐしゃぐしゃに縮れている。両方の手は、恐怖のときに西洋の女がよくするように、両肘を折り曲げて自分の頭を抱えるような格好になっていた。管理人は、さっき畑野が第一回目に出て行ったのちに聞いた二階の物音を思い出した。あのときは、秋江がヒスを起こして勝手にその辺の物を抛り投げたと思っていたのだが、この様子だと、秋江はあのとき誰かに襲われたらしい。焼ビルのことで、もし、外部から入ろうと思えば、いくらでもその隙はあった。現に外に向かった一つの窓があいている。その外壁は隣の家の低い屋根になっていて、外部から侵入しようと思えば、それが梯子の役目になっている。

半分開かれた窓は、風に煽られてガタガタと音を立てていた。そこには、近くの灯の明りで雨が縞になって光っていた。

二十分ばかりして畑野が警官と一しょに戻って来た。警官は管理人をすぐ階下に追い立てて、す早く入口に縄を張った。それから畑野との問答がはじまっていたらしいが、これは階下に降りた管理人には聞こえない。

聞こえたのは、やがて表にジープの停まる音がし、どやどやと私服の刑事たちが五、六人降りてくる気配だった。

5

その場で検視が行なわれた。

秋江の鼻孔を塞いでいるのは、厚味のあるフランネルの布だった。これが後ろ頸で固く結ばれている。その強さは、容易なことでは解けそうになかった。それは、死体の外形を観察したあと、刑事が結び目を解くのに手間がかかったことでも分かった。

その場の状況からみて、次のような凶行が想像された。

犯人は、畑野夫婦がその事務所にいたころから窓の外で様子を窺っていたらしい。そのうち畑野が部屋から出て行き、あとは秋江が一人になった。犯人はその直後に窓から入って秋江をうしろから抱きすくめ、顔に布片を捲きつけたのであろう。

鼻孔を塞がれた秋江は、苦しくなって犯人を突き放してその辺を逃げ回った。椅子が倒れ、机の上の帳簿などが床に落ちたのもそのときである。それを証明するものとして、秋江の手足には軽い打撲傷や擦過傷などがあった。ただし、その傷は首から上にはなかった。

検視の結果、死因は窒息で、死亡時刻は約一時間前——つまり、管理人が階下で秋江の狂い回る足音を聞いた時間に相当した。

犯人の足跡を調べたが不成功に終わった。外は雨なので、当然、室内には泥の足跡がつくはずだが、犯人はそれも予想して、忍んでいた窓際から靴を脱いで入って来たらしい。窓の外は三階の屋根の長い庇がつき出ているので、十センチばかりは雨に濡れない場所ができている。犯人が内の様子を見ながらうずくまっていたのもそこらしかった。

犯人が侵入したと思われる窓枠は雨に濡れ、指紋の検出は不可能だった。

「何か盗られたものはありませんか？」

警官は畑野に訊いた。

「さあ、ここには、いろいろな物資を置いていますから、いまはちょっと分かりかねます。ただ、家内のハンドバッグには、いつも財布が入っていますが、それが失くなっているところを見ると、盗られたようです」

「奥さんは財布の中にいつもどのくらい持っていらしたですか？」

「今朝、家内に小遣いを渡しましたから、それが財布に入っていれば、二万円はあったと思います」

　犯人は、かねて畑野がヤミ物資を動かして、相当金を持っているものと見当をつけてきたに違いない。二階の窓の外に忍び寄ってきて内の様子をうかがうと、そこに畑野夫婦がいた。そのうち、畑野だけが出て行ったので、犯人は妻の秋江に襲いかかったものと推定された。

　下の管理人は、上のほうで秋江が逃げ回る足音は聞いているが、叫び声を聞いていない。してみると、犯人は秋江に声を立てられるのをおそれて、いきなり、猿轡のつもりで、そこにある厚いフランネルの布を彼女の口に捲きつけたのであろう。ところが、不用意にもその布は鼻孔まで塞いだので、やがて彼女に窒息死が起こった。――

「夕方、家内がここに来たので、一しょに外で飯でも食べて帰るつもりだったのです」

　と、畑野は係官の訊問に答えた。

「ところが、お恥ずかしいことですが、ちょっとしたことで口喧嘩になり、家内がヒステリーを起こしたのです。家内のヒスは相当なもので、相手になっているとひどくなる一方ですから、私は家内の発作が静まるのを待つため、一時この部屋を出て、近所のマージャン屋に行ったのです。それは階下の管理人に断わっております。マージャン屋では一時間くらいいて、もう家内の発作が静かになったと思い、帰ったところこの状態でした」

マージャン屋に刑事が行って調べたところ、畑野の供述通りに間違いはなかった。彼とマージャンを囲んだ三人の男の証言も得られた。

「あなたは、マージャン屋から戻られてここに入ったとき、奥さんが倒れていたのを見られたわけですが、すぐそれを階下の管理人に報らせましたか?」

係官は訊いた。

「そうですね。すぐではなかったようです……何しろ、あまりのことに仰天して、しばらくは呆然と立っていました。初めは、家内の狂言ではないかとさえ疑ったのです。と、申しますのは、家内との喧嘩の原因を申し上げなければなりませんが、家内は、私に女ができたと思い、その嫉妬から私との夫婦喧嘩が絶えませんでした。家内は自殺するとよく言っていました。実際、いつでしたか、進駐軍の睡眠薬をどこからか手に入れてきて、一昼夜睡りつづけたことがあります。致死量でなかったため大したことはなかったのですが、とにかくそんなことをして私をおどかしていました。ですから、ここで家内が俯伏せになって倒れていたのを見たときも、また、例の狂言ではないかと思い、それを確かめるため、すぐには誰にも知らせませんでした。変な話ですが、もし狂言だとすると、うっかり警察に訴えてから、とんだ恥をさらすことになりますからね」

「あなたが、そこに立っていた時間はどのくらいでしたか？」

「そうですね、五、六分くらいだったでしょうか。私は、家内の倒れている横にかがんで、俯伏せになっている顔をのぞいたりしていましたから」

しかし、警察では畑野を疑うわけにはいかなかった。——階下の管理人夫婦は、畑野がマージャン屋に出て行ったあと、二階で奥さんの暴れる音をしばらく聞いている。その物音は時間にして五、六分もつづいたという。畑野が帰って来たのは、それから一時間近くあとだった。もし、畑野が女房を殺した犯人だとすると、彼が出て行ったのちに二階で女房が逃げ回る足音が聞こえるはずはなかった。そのときは、秋江は生きていたのだ。


マージャン屋に行ってからの畑野の行動の裏づけも取れている。そこでの証人は、畑野がマージャン屋に現われた時間をはっきり言ったが、それは彼がビルを出て行ってから真直ぐにマージャン屋に向かったとしか考えられなかった。警察では、管理人が聞いた二階の足音を、マージャン屋に行くと称して途中から引き返した畑野が、わざと音を立てて、あたかも秋江が歩き回ったように見せかけたのではないかと疑ってみたのだ。しかし、マージャン屋の証言は、時間的にそれが不可能であることを証明した。

秋江の鼻を塞いだ厚みのあるフランネルの布片は、畑野の商売用のもので、二階の片隅に積み上げられていた。だから、犯人は咄嗟にそれを取って秋江が声を立てないように鼻と口を押えたのであろう。もちろん、強盗だろう。警察では窓口から侵入したものとみて、隣の家の屋根や、飛び降りたと思われる道路のあたりの足跡を捜したが、ここも雨が降っていて足跡を水で流していた。

管理人は、畑野がマージャン屋に出て行くときは短靴だったのに、秋江が殺されて、それを警察に報らせに行くときは長靴に穿き替えていたことを、警察に言っていた。

「なにしろ、外は泥濘でしたから、警察に報らせに行ったり、ほうぼう駆けずり回らなければならないので、長靴に穿き替えて出て行ったんですよ。つい、手近にそれがありますからね」

畑野は、そのことを刑事から訊かれて答えた。その長靴はゴム長で、二階の事務所の片隅に山になって積まれていた。

結局、これは犯人が挙がらず、迷宮入りとなった。

それから一年が過ぎた。畑野は東京の郊外の淋しい所で射殺された。殺したのは彼の元上官だった曹長で、原因はヤミ物資に絡まる紛争であった。

偶然にもこの事件を担当したのが、一年前、畑野の妻が殺されたのを調べた刑事だった。畑野は射殺された現場で背を曲げて転がっていたが、やはり雨の日で、足にはゴム長の靴を穿いていた。

刑事には、そのゴム長の印象が何となく強かった。一年前、この男が女房の傍に警察官と一しょに立ったときも長靴を穿いていた。その女房はフランネルの布片で鼻腔を塞がれ窒息して死んでいた。両手を自分の顔の両側に当てる格好で死んでいた。畑野の死体を見た刑事はそのこともついでに思い出していた。

雨が降っているので、畑野の死体は最寄の警察署に持ち帰り、その裏のコンクリートの土間に蓆を敷いて、裸にした。このとき、死体の足が穿いていた長靴をまず脱がせた。

「大きな長靴だな」

と、立ち会っているほかの刑事が言った。

「何文だろう？」

「さあ、十一文はたっぷりとあるな」

「すると、この男の足袋は十七ぐらいかな」

脱がせた長靴は死体の傍にきれいに揃えて置いたから、上のまるい穴がぽかりと口をあけていた。

刑事はそれを見た途端、息を呑んだ。正確に言うと、このとき初めて刑事の頭に、この被害者の妻が死んだ真相が分かったのである。

今でも思い出すが、この畑野という男の事務室は、いろいろな物資が片隅に置かれてあった。ヤミ屋をやっていたので、三階にもそういう物資が詰まっていたし、別な倉庫にも夥しい物品が格納されていた。二階にあった品は小出し用として置かれていたのである。現に、秋江の口を塞いだフランネルの布片も、そういうヤミの品の一つだった。

あのときは、こういう厚いフランネルの布片で秋江の鼻腔が塞がれたから窒息死をしたと思った。普通のタオルや手拭だったら、織り方が粗いので空気が入り、窒息死までにはいかない。しかし、厚手のフランネルでは空気を遮断するから、強(きつ)く締めていれば窒息死はありうる。あのとき、解剖医はそう話していた。

実は、そうではなかったのだ。

管理人は、畑野が二階から降りてマージャン屋に行ったあとで二階の暴れる音を聞いているが、あれはやはり秋江のもので、彼女はまだ生きていたのだ。しかし、なぜ、彼女は暴れたのか。

その前にも、畑野と秋江の間に諍(いさか)いが起こったらしくて、やはり物音が聞こえている。このとき、畑野が秋江を押さえつけて、無理に長靴をさかさまに顔にかぶせたのであろう。しかし、いくら十一文の長靴でも人間の顔がすっぽりと入ることはありえない。おそらく、畑野は女房を動けないようにしておいて、力まかせに長靴を顎の下まで無理に引き下げたのであろう。靴はゴム長だった。強い力で足首のところまで頭を押しこむと、彼女の顔は長靴の底近くまではまり込んで抜きも差しもならない状態になる。またそれだから声も出なかった。

こうしておいて、畑野は二階から降り、管理人にマージャン屋に行くことを告げて出て行った。しかも、念のために管理人が二階に上がらないように、女房のことは相手にしないでくれ、と言い残している。だから、管理人は二階へ様子を見に上がることもしなかった。

長靴を無理にはめられた秋江は、さぞ苦しかったにちがいない。それに、眼が見えない状態になっている。彼女は初め、何とか長靴を外そうと思って両手で懸命に顔から抜こうとしただろう。これが畑野が出て行ってから数分間二階が静かになっていた理由だ。しかし、そのことが無理だということを知ると同時に呼吸が次第に困難になってきた。秋江はもう早じっとしていられず、長靴を両手で抜こうと焦りながら部屋中を駆けずり回ったのだ。おそらく、彼女には、早く階段を降りて階下(した)の管理人に顔から長靴を抜いてもらおうという意志があったのかもしれない。だが、盲になっている彼女は到る所で椅子や机にぶつかり、戸棚に突き当たった。部屋の中がおそろしく散乱していたのは、そういう器物と彼女の身体との衝突を物語っている。

彼女の手脚には、そういうときの擦過傷や打撲傷がいくつも出来ていた。しかし、不思議に頸から上は傷がなかった。あれがフランネルの布片で鼻と口とを塞がれているだけだったら、当然、顔もいくらか傷がついているはずだった。それがなかったのは、顔の長靴が保護していたからだ。秋江の鼻は長靴の胴に圧迫されて、鼻の頭が曲がるくらいになっていたのかもしれぬ。遂に彼女は呼吸困難に陥って倒れ、そのまま絶息した。マージャンを半荘(チャン)やる間の時間で十分彼女の死亡は遂行された。そこに畑野が何喰わぬ顔で帰って来る。まず、管理人に帰ったことを確認させるため顔を見せ、階段を上がった。

ここで彼は、秋江の顔が長靴に化けた奇妙な格好の死体を見る。両手はなおも長靴を外そうとして肘(ひじ)を曲げてかかったままだった。長靴の化物だ。

畑野は、力まかせに秋江の顔から長靴を抜き取った。その下から蒼褪(あおざ)めた正真正銘の彼女の顔が現われた。このとき、畑野はその抜きとった長靴に自分の足を入れ、片方の長靴も穿いた。つまり、凶器をそのまま自分の身につけたのである。

幸い外は雨だし、短靴は泥だらけになっている。この短靴も、刑事たちがあの事務所の机の下に揃えて置かれてあるのを見ている。ただ、雨と泥濘(ぬかるみ)に誤魔化されて実際の使用方法に気がつかなかっただけだ。フランネルの布片は、マージャン屋から戻った畑野が偽装してあとから死体の顔に捲きつけたものだ。秋江の顔から長靴を脱がせたり、フランネルの布で縛ったりするために、畑野は四、五分間を要した。それが当時、畑野の自供による「あまりのことに呆然としていた」時間である。

彼の狙いは、自分が二階から降りてマージャン屋に出かけたあとも、まだ数分間は彼女が生きていたことを階下の管理人に思わせた工夫である。

「おい、ちょっと、じっとしていてくれ」

その刑事は、一ばん細い身体つきをしている刑事を呼んで、その長靴を頭からかぶせた。しかし、これは中まですっぽりと入らなかった。刑事は同僚を押さえつけて、力をこめて無理に長靴を顎の下まで引き下げた。その刑事は奇態な格好で狂いはじめた。

「もう少しで窒息するところだったよ」

靴を脱がされた顔の細い刑事は真赤になって、しばらく空気を吸うのに忙(せわ)しない喘(あえ)ぎをつづけていた。

その犯人は死んだ。今になって刑事がそのトリックに気がついても、地団駄を踏むだけだった。

しかし、畑野にとっては秋江殺しが発覚しなかったのが幸福か不幸か分からない。なぜなら、もし、彼が女房殺しを起訴されたとしても、死刑になることはあり得ないからだ。せいぜい二十年ぐらいの懲役であろう。しかるに、その犯罪がバレなかったばっかりに娑婆にいた畑野はピストルで射殺された。刑事は、どちらが畑野にとって得だったかを考えていた。

第六話　夕日の城

三カラット純白無疵　ファイネスト・ホワイト。丸ダイヤ。プラチナ一匁台リング。

昭和二十×年三月十五日　同業光輪堂ヨリ買取ル。シカシテ、コノ宝石ハ昭和十×年麻布市兵衛町谷尾妙子ノ妹淳子ヨリ買取リタルモノヲ、一カ月後、青山高樹町大野木保道氏ニ売リタルモノ。余ノ手帳ヲ見レバ、同氏ハ朝鮮ニ赴ク愛娘ノ結婚記念ニ与エタコトニナッテイル。イカナルメグリアワセカ、コノ同ジ品ヲ同業者光輪堂ヨリ見セラレタトキ、余ハ忽チコレヲ言イ値ニテ買取ル決心ヲシタ。

十一月十八日　コレヲ群馬県××町ノ農業平垣富太郎氏ニ売ル。コノ仲介ハ中央区京橋××番地粟島政治経済研究所所長粟島重介氏ニヨル。

（宝石商鵜飼忠兵衛ノ手帳ヨリ）

1

山辺澄子にその縁談があったのは、秋の半ばだった。

澄子の父親は、本郷の裏町で古物屋をしている。ひと頃は、終戦直後の物資不足で、古道具も品物さえあれば面白いくらい儲かった。それで多少金が出来て、父親のかねての念願だった骨董を扱うようになった。父親は自分では骨董商と言っている。店の横に小さな飾窓を取り付け、薄縁を敷いて、その上に古い皿や壺、刀などを並べ、ひとかどの骨董商の店の構えを造った。

澄子は或る会社の事務員をしているが、二十五歳になっていた。それまで縁談はあったが、どういうものか、まとまらなかった。彼女の過去に恋愛らしいこともないではなかったが、これも結婚までには進まなかった。

その縁談を持ち込んできたのは粟島重介といって、戦後に一度は代議士になった男である。今では京橋に「粟島政治経済研究所」という看板を掲げている。粟島は四十二、三の、小肥りの男で、精力的な体格と、商売がら座談の巧い男だった。いわゆる政財界の裏には「精通」している。この粟島と、澄子の父親との結びつきは、商売物の骨董からだった。或る日、粟島が店の前を車で通りかかって、ウインドーに眼をつけ、車から降りてきた。店に出していたのは刀の鍔だった。彼はおもに古い書画を集めていたが、そのほか鍔も蒐集している。そのとき、澄子の父親が値打ちを知らないでその鍔を安く売ったが、粟島が二度目に来たとき、はじめて、それが珍品であったことを粟島自身から教えられた。

「とても、あの値段では買えないと思っていたよ。掘出し物だった」

父親は逆に粟島から講釈を聞いたが、父親自身もそれを安く手に入れていたので、粟島に売った当時は相当儲けたつもりでいた。しかし、実際は、その五倍ぐらいの儲けにもなった品物だった。

そんなことで父親と粟島との往来がはじまったが、それは主として、何か品が出ると父親が粟島のところに持参し、鑑定してもらうのだった。根が古物屋にすぎない父親は、やはり骨董品への目利きの素養がなかったのである。

「さすがに代議士をしたことがあるだけに、粟島さんはたいしたもんだ。次の選挙にはもう一度立つと言っていたが、今度は当選するかもしれないな。今の若手の代議士では、あの人に及ぶ者はまずなかろう。運よく行けば、将来、大臣ぐらいにはきっとなる人だ」

澄子の父親は粟島をしきりと賞めた。京橋にある彼の事務所の二階には、そういう骨董物が夥しく所蔵されていて、その蒐集品の多いことにも父親は一驚していた。ことに、一流とはいかないまでも相当な骨董屋が粟島のもとに出入りしているので、父親は彼に大きな尊敬を払っていた。

父親はいい客筋を摑んだように思っているらしいが、澄子はその話を聞いて、どうやら、無知な父親が粟島から揶揄されているような気がした。相当な品物を買い入れたつもりで、それを粟島のところに持参すると、ほとんどがけなされて悄気きって帰ってくることがあった。

「おれにはまだ目が無い。これから骨董屋の修業として粟島さんに指導してもらうんだ」

父親は母によくそんなことを言っていた。また、こうも言った。

「今の大臣連中で、粟島さんを自分の派閥の中に入れたがっていない人はないそうだ。なんだかんだと言って誘いをかけてくるので、うるさくて仕方がないと、粟島さんは笑っていたよ。政治や経済の今後の見通しについても、一流会社の社長クラスが粟島さんに聞きにくるそうだ。その謝礼も凄いらしいな」

父親はそうも言っていた。

澄子は、父親の口から、次第に粟島重介という男の人物を頭の中に作り上げていた。粟島の妻はすでに八年ぐらい療養生活を送っていて、彼は週末には必ず茅ヶ崎の療養所に通っている。子供は居ない。金は収入が多いから相当持っているらしい。生活は政治家らしく派手なほうだ。客を伴れて柳橋などによく出かける。一度など父親は道具を持って、その柳橋の料亭に呼びつけられたことがあった。

「いや、大そうなものだ」

と、そのときも父親は感嘆した。

「お客をしていなすったが、きれいどころを五、六人も呼んで、なかなかの景気だった。おれなんざあんな所に行ったことがないから、見ただけで身体が小さくなるくらいだったよ。一度でいいから、おれもああいう身分になってみたいな。それに、あの人はあのくらいになっても決して偉ぶる人ではないから、気持がいい。あれが新しい政治家というんだろうな。実に庶民的なんだ」

父親は粟島の魅力に取り憑かれているようだった。

澄子がその粟島重介をはじめて見たのは、父親の話を聞いて一年ぐらい経ってからだった。昼間は会社に出ているので、ほとんど家にどういう客が来るか彼女は知っていなかった。ただ、父親が「いい得意先」を摑んで有頂天になっていることに、或る不安を持たないではなかった。

父親はそういう性格だった。いつも高い所ばかりを見上げて夢のようなものを持っている。事実本郷裏の貧弱なわが家の店先を見ていると、父親の言葉が気負ったものにしか聞こえなかった。形だけ骨董屋の真似をしているが、実際は古物屋に毛の生えたような存在だった。鑑定眼もないのに、自分では一流の古美術商に追いつく気持でいる。

ただ、父親の手腕というか、いい得意先につながりを持ってゆくやり方は彼女も認めてはいた。ニセモノも相当つかまされて損をすることもあるが、ときには思いがけない儲けもあったりした。そういうときの父親は有頂天になって子供のように喜ぶ。

が、実際の骨董商から比べると、儲けといっても知れたものだった。ときどき、無知な買手が思いがけない儲けをさせてくれることもあるが、それとても店つきがこんな小さな状態ではたいした客が来るわけではなかった。だから、ニセモノを摑んだといっても被害額は少ないし、儲けたといっても利益は多くなかった。

「今におれも東京で一流の古美術クラブに入って、売立てに参加できる資格を取るのだ」

父親はそう豪語していた。そして、彼はその伝手として粟島重介を何かと頼りにしているようだった。

或る晩遅く、粟島が車から降りてきた。ちょうど、澄子が表の戸を閉めようとしたときに粟島が入ってきた。父親は狂喜し、最大の歓待に転手古舞の様子だったが、粟島は上がり框に腰を下ろしたまま磊落に父親の出した道具を冷やかしていた。

澄子が紅茶を粟島の前に出した。粟島は父親との話を止めて、お辞儀をして急いで退ろうとする澄子を認め、

「ほほう、お宅にはこんないい娘さんが居たのかね？」

と、父親に言っていた。

「はあ、どうも行儀も何も知らない娘でして」

父親は、それでもうれしそうに小鬢を掻いていた。

「それは結構だな」

そう言いながら、粟島の眼が澄子の顔にじっと注がれた。

澄子は赤くなって座敷に入ったが、粟島の脂（あぶら）の浮いた赭（あか）ら顔が眼に強く残った。

店では粟島と父親との間に、こんな話がつづけられていた。

「いま、娘さんは幾歳（いくつ）になる？」

「はあ、二十五です」

「もう、そんなになるかね。そんなふうには見えないがな。……縁談のほうは、もう決まってるだろうな？」

「いいえ、それがまだでございます。いま、会社に勤めていますが、いつまでもあんなところに置いても仕方がないので、何かいい話があればと思っています」

「そんなら、いつでも嫁にやる気はあるんだな？」

「もちろんですよ。これでわたしたちも心は焦っているんですがね。……先生、どこかに心当たりがありましたら、ひとつお願いします」

「うむ……そりゃぜひ考えとくよ」

実際、粟島はそのとき心当たりがありそうな顔つきをした。そして、それは間もなく実現した。

2

ひと月おいて、縁談は粟島重介の仲介で急にすすめられた。

相手は群馬県碓氷郡の豪農の跡取りというのだった。男は三十四歳。初婚にしては、やや年齢がすぎている。

「ちょうどいい縁談だと思うがな。お前も二十五歳だから、嫁入りするには決して早いほうではない。それに粟島先生の口利きだから悪かろうはずはないよ。何でも、向こうさまは先祖が新田義貞の一族だそうで、家柄としても勿体ないくらいだ。戦前だったら、新田義貞といえば神さま扱いだったが、今でもそれが名家であることには変わりはない」

父親は澄子に昂奮して話した。

「先方の名前は平垣さんというんだがね。平垣家は連綿とつづいた土地の素封家で、まるでお城のような家だそうだ。農地改革でかなり田畑を手放されたそうだが、それでもまだまだ大きな耕地があるそうだ。これほど安全な家はないよ。え、お前、知っているだろう。つい四、五年前までは、米がなくてお父さんは田舎に芋の買い出しなど行ったものだ。簞笥の着物もだいぶなくなったがな。そういうときに、お百姓というのはつくづく安心なものだと思ったたな。だから、お前がそういう家に行けば、どんなことがあっても生活に困ることはないよ。これが普通の百姓ならお前も気が進まないだろうが、蔵は二棟もあるそうだし、金もうんと持っている豪農だからいいだろう。土地で平垣家といえば、殿さまの家柄のように尊敬しているそうだからな。そういう跡取りとの縁談だからこちらとしては勿体ないようなもんだ。これも粟島先生がいらしたから、われわれのようなところにも結構なお話をかけて下すったんだよ」

　母も父親以上に乗り気になっていた。お前も来年は二十六歳だ。そろそろ縁談も後妻の話がくることになりそうだ。これが最後のいい機会だし、今まで辛抱して待っていた甲斐（かい）があった、と母は喜んだ。

　とにかく先方を見たいというのが、澄子の希望だった。平垣家でも、その意志で歓迎すると言ってきた。当日は秋晴れのいい天気だったが、粟島重介は所用があって来られないと言い、代人として所員の川田という中年男を寄越した。

　澄子は父親と川田に伴（つ）れられて朝早く上野（うえの）を発ち、信越線に乗った。高崎（たかさき）から三十分ほどして小さな駅に降りた。すぐ正面に榛名（はるな）山が青い空に大きく聳（そび）え立っていた。山は彩（いろど）られ、畦道（あぜみち）には櫨（はじ）が真赤に紅葉し、田圃（たんぼ）は穂が重たげに黄色く波打っていた。

　駅に着くと、平垣家から土地のハイヤーを迎いに寄越していた。中型車は稲田の間の曲がった村道を榛名山の麓（ふもと）に向かって走った。途中、部落の屋根が何カ所かに分かれて見え、表に出ている農夫たちは、運転台に坐っている平垣家の出迎人に挨拶していた。平垣家の使用人でさえこんなふうに土地の者に尊敬されているのを見ると、粟島の話は、いわゆる仲人口（なこうどぐち）ではないと思われた。

　そのことが話以上に真実だったと分かったのは、やがて車が五キロも走ったところ、いろどられた樹林の間に白い壁が層々と積み重なった建物を見たときだった。

「あれが平垣の家です」

元は小作人の管理をしていたという五十過ぎの使用人は、澄子と父親のほうを振り返って前方を指した。父親は見て眼をまるくした。

白い塀が長々と横に伸びた上に、ずっしりと重い白壁の二階家が複雑な家の形を見せていた。その形がまさに城郭であった。「お城のような家」だと粟島が形容して話したのに間違いはない。車が道を曲がって方向を変えると、今まで隠れていた後方の蔵も見えて来た。塀の下には大きな石を積んだ石垣があった。

澄子までが息を呑んだ。

古い大きな門をくぐると、玉砂利が長く玄関につづいていた。その玄関も訪問客を威圧するように巨きかった。古いだけに格式がずっしりと身にこたえる。物見櫓みたいな小さな三階が天守閣のように頭の上に聳えていた。屋根は反り返った鴟尾が乗っていた。庭内には樹齢何百年もの欅の大木が数本も亭々と空に伸びていた。

こうした外観の壮大さは、内部に入っても少しも減少しなかった。澄子は父親と客間らしい座敷に通された。それは十二畳くらいの広さだった。狭い本郷の家に住みついている澄子には、自分の身体の置きどころがないくらいに広く感じられた。

太い梁の匍っている天井、華麗な細工を施した欄間。書院造りの広い床の間と、違い棚と、古風な明り障子。庭に面した広縁、その庭の公園のような広さ——何代にも亙る大地主として、近郷に君臨してきた旧家の歴史が、この一間だけでも十分に逼って感じられた。

先方の両親が出てきた。当主の平垣富太郎は七十歳くらいの老人に見えたが、実際は六十二歳という。その妻のとめは、これまた六十七八の老婆に見えたが五十八歳であった。田舎の人は大体に老けて見えるが、ここでは特別のようだった。もっともすべての規模が大きい割合に、家の内に光線が乏しいので、初対面の澄子の眼にはそう映ったのかもしれない。けれど、この家の格式とは逆に平垣富太郎夫婦は、ひどく親切な態度であった。先方は明らかに澄子の訪問を心から喜んでいた。前から通知されていたので、この日のために用意したらしいご馳走も出た。父親は上機嫌だった。富太郎は、やはり田舎の人らしく寡黙だったが、表情は始終うれし気だった。澄子の父は、この家の格式に気圧されまいとしてか、自分がいかに骨董商として手広く商売をしているかを巧みに話のなかに織り混ぜた。先方の老夫婦はにこにこしてそれにうなずいていた。

澄子はいつ相手の息子が現われるのかと思っていたが、彼はなかなか来なかった。老夫婦は、長男の名が新一という名であること、次男は二郎といい東京の大学に在学していること、兄貴の新一は非常におとなしい子であることなどを澄子に聞かせるように強調していた。

また、財産の多い点も匂わせ、もし新一に嫁が来たら自分たちはもう年老いているので、すぐにでも隠居して若夫婦に世帯を渡したいつもりであることも話した。

一しょに従いて来た粟島の代理の川田という男は、頻りとそれに相槌をうち、当節は田舎も昔のように古い家族制度はなくなって、すべてが都会なみとなり、若夫婦本位に変わってきていることなどを如才なくこれも澄子に聞かせるように言っていた。

最後に、容易に現われなかった総領息子が入って来た。澄子は眼を上げて、一瞬だが強烈に相手の印象を摑み取ろうとした。

三十四歳と聞いたが、年齢よりはずっと若かった。これは両親が老いているのに較べて少し奇異な思いがした。あるいは、新一の多少青白い顔色からそう見えたのかもしれない。新一は母親のほうによく似ていて、面長で、話通りおとなしそうな顔をしていた。彼は洋服をきていたが、これも仕立ておろしのように新しかった。そのせいか、着かたに少しぎごちないところがある。その服が今日の見合いのためにわざわざ作られたことは明らかだった。

新一は、澄子にちらちらと視線を送っていたが、彼は対座中、恥ずかしそうにほとんど顔を伏せていた。しかし、澄子を気に入っている様子は、彼のその表情からも窺えた。要するに、澄子の見合いをかねた最初の訪問は、平垣家をあげて歓迎されたのであった。

澄子たちはいつの間にか長い時間を過ごして、再びハイヤーに送られて駅に向かった。父親はことごとく満足し、もし澄子が承諾すればその場でもこの縁談を決めかねない勢いだった。

後ろを振り返ると、榛名山の山肌を背景にした平垣家の白壁はほの紅く染まり、さながら夕日の城であった。

3

縁談は、その年の十一月に決まった。同時に澄子は勤めを辞めた。

挙式は、先方の希望で年が明けた三月にすることになり、澄子は今までなおざりにしていた茶や生け花の師匠のところに通うことになった。

澄子は、それまで出来ることなら先方の新一と交際したかった。まだ彼のことは彼女にはよく分かっていない。すべては仲人の粟島から父親を通して聞かされることだった。それによると、新一は大学を途中で退学したが、これは胸を患って療養が長びいたからだという。澄子は、はじめて見た新一の蒼白い顔を思い出した。しかし、今は胸のほうは完全に癒っているという。三十四歳まで結婚を延ばしたのも、その療養の結果を十分に見届けるためだと聞かされた。

当人は、とにかくおとなしい。どちらかというと孤独な性格で、本を読むことが唯一の趣味である。それに、都会ずれした点が全くない。近村の若い者は、東京が近いだけにすぐ東京に出かけて悪遊びなどしているが、新一にはそういうところもないし、そんな友達もない。彼は自分で田に出て鍬を持つような男である。

平垣家は多くの土地を失ったとはいえ、まだまだ五、六町歩の田畑を持ち、十人ぐらいの傭い人を使っている。近ごろ、あの辺も土地の値段がうなぎ上りに上昇し、それだけでもたいした財産だが、古くから伝わった書画骨董も蔵の中に一ぱい詰まっている。

今の値段にしたら、どれくらいあるか分からない。澄子の父親が乗り気になっている半分は、どうやら、その蔵の所蔵品に惹かれているらしかった。

結納は、こちらの承諾の返事があってから十日目に栗島重介自身が持参してきた。目録には世間普通のものしか記載されてなかったが、先方では、挙式についての費用はもとより、澄子の花嫁衣裳の一切も自分のほうにさせてくれと申し出た。なるほど、あの辺は桐生、足利が近い。

澄子は、自分が先方に気に入られたことは分かったが、新一のことを直接にもっと知りたい。また、結婚となれば、その前の僅かな期間の交際もしてみたい。そういう夢も彼女はまだ持っていた。しかし、先方は東京までは遠いという理由で婉曲に断わってきた。

「なにも、そんな洒落たことをしなくてもいいだろう」

と、父親は澄子に言った。

「新一さんは栗島先生が保証するようにおとなしい人だし、おまえもおれも一度だけ見ているが、人間は第一印象でほとんど間違いがないものだ。新一さんは親切で、やさしい男に違いはない。婚前交際といったって都会とは違い、やはり田舎のああいう所では軽薄に聞こえるのかもしれない。なにしろ、平垣家はあの辺の素封家だから、近隣の噂を気にしているんだよ。そこらあたりの身軽なサラリーマンと一しょになるのとはわけが違うからな」

なかった。

澄子は、せめて対手と文通ぐらいはしたかったが、それを彼女のほうから出すのは何となく気が引けた。新一から手紙の来るのを待ったが、三月になるまで一度もそれはこなかった。

新一はこなかったが、粟島重介はたびたび訪れるようになった。今では彼の店の客ではなく、両家の仲人としてのつき合いになっていた。粟島は忙しそうに来ては忙しそうに帰って行く。そのつど、平垣家がいかに富んでいるかを語り、

「まあ、ああいうところに娘さんをやっておけば、一生、あんた方も安心だからな。こんなことを言っては失礼かもしれんが、あそこと縁戚関係を結んでいると、あんたの生活に万一のことがあっても、そのほうの援助も保証されてますよ」

と言ったりした。父親は手放しで喜んでいた。

その後、粟島は、平垣家からだといってプラチナ台のダイヤ指輪を持参してきた。澄子が見たこともない大きなダイヤだった。粟島は三カラットは十分にあると説明した。

澄子は、期日が近づくにつれ、この縁談が平垣家だけでなく、父親や粟島が自分をじりじりと締めつけてくるのを感じた。

三月の初旬、澄子は東京から両親や親戚と一しょに高崎まで汽車で行き、市内の大きな料亭で花嫁衣裳に着替えた。ここに平垣家の人たちも落ち合って、市内の神社で神前結婚をし、披露は、その料亭で行なった。村の招待客もここまで出て来て宴席に連なる

ことになった。新一は紋付の羽織袴だった。色の白い彼には、その格好が役者のようによく似合った。新婚旅行の話はなかった。これも平垣家の希望で、村の風習として新婚旅行は少々ハイカラすぎるから、そのまま平垣家に新婦は入ってほしいという。

「なに、当節は新婚旅行もつまらなくなったからな。チャチな旅館に泊まるよりも、あの城のような平垣家にすぐ入ったほうがどれだけ広々としていいかしれない。澄子さんも広い庭を散歩したり、榛名山を見上げたりしていたほうが、それだけ平垣家に馴染むことになり、また近所の評判もいいというわけだよ」

　粟島重介は先方の希望に添えて自分の意見を述べた。

　澄子は新一に多少の不安を持っていた。よく田舎の素封家の後継ぎには手に負えない放蕩者がいる。また、うすぼんやりした精薄児に近い男もいる。平垣家の澄子への歓迎は、そういう面の糊塗ではないかと心配していたが、新一と一しょになってみると、それがことごとく杞憂であることが分かった。新一は女遊び一つ知らない男だった。また、多少神経質ではあるが、決して精薄児でもなかった。性格はむしろ勤勉なほうである。自分で朝早く起きて、野良に出かけてゆく。

　もっとも、新一がそうして働く必要は少しもなかった。十数人の傭い人が近ごろ流行の耕転機や小型トラクターを使って耕作に従っている。

「ぼくは身体が弱いから、運動のつもりでやってるんだよ」

と、新一は新妻に説明した。なるほど、彼の身体は丈夫とはいえない。蒼い顔がそれを証明していた。本を読むのが趣味だと聞いたが、それはほとんど小説類だった。といっても新一が文学青年という意味では決してない。小説類に高級な本がなかったからである。

　しかし、その書籍のことで、たった一つの不審は、或る日、澄子が中二階に上がったときだった。この広い家は、部屋の数にして十幾つかの間(ま)がある。十二畳の客間をはじめとして、十畳や八畳の間はザラだった。古い建物だから間取りも無駄なくらいゆったりとってある。

　その中二階は若夫婦が寝る八畳の上にあったが、そこの暗い隅の大きな木箱に本が一ぱい詰まっていた。うす暗い中で澄子がその背文字を読んでみると、意外に法律ものばかりだった。なかには哲学書もある。それがかなり夥しくかためられて、しかも木箱には綱がかけられてあった。

　一時期、新一はこういう書籍を読んだことがあるのだ。それが何かの理由でその勉強を絶ち、以後、その読書に帰らない決心が結束された綱で分かった。

　澄子は、いま夫が読んでいるくだらない小説類に比べて、それが一つの謎(なぞ)になった。

4

　新婚生活は、概(おおむ)ね愉しかった。両親はこよなく澄子に親切だった。傭い人も新しい嫁の澄子に従順だった。彼らは澄子に白い眼を向けたり、意地悪をしたり、陰口を利いたりして抵抗するようなことはなかった。澄子は朝早く寝床の夫の傍を離れ、竈に火を燃した。ここの台所は普通の家屋一ぱいくらいに広い。天井には巨大な梁が真黒い姿でさし渡されていた。竈も、釜も、鍋も、年代を積み重ねて漆黒の塗物のように底光りがしていた。

澄子は次第にこの家の生活に馴染んできた。昼間、夫が野良へ出るときは、自分もモンペを穿き、髪を手拭いで縛り、鍬を持って従った。行き遇う村人の誰もが澄子に鄭重に挨拶した。

夫の新一は無口なほうだった。しかし、決して憂鬱な男ではない。彼はときどき面白いことを言って澄子を笑わせた。彼が読んでいるくだらない小説本とは違って、その話はなかなかしっかりしていた。そこに彼の教養らしいものがみえていた。澄子は中二階に放り上げられている法律書や哲学書を頭に浮かべた。なぜ、その読書の世界から新一が縁を切ったのか、まだよく分からなかった。しかし、そのことを夫に問い詰めるのは、何か悪いような気がした。

医者がときどきやって来た。しかし、それは外から見て医者と分かる者がいないくらい、保険の集金人か何かのように平凡な服装をしていた。むろん看護婦などは付いていない。その医者は遠い都市から汽車で来ているらしかった。彼の訪問は一カ月に二度ぐらいだった。

医者は新一の胸に聴診器を当てていた。

「大丈夫です。変化はありません」

澄子の見ている前で、医者はそう診断した。この家の両親がいかに跡継ぎの新一を大事にしているかが分かった。

舅も姑も、澄子をわが娘のようにして大切にしてくれた。次男は東京の学校に行ったままほとんど帰ってこなかったから、事実上、ここでは新一が一人息子のような観があった。大体、息子を溺愛する姑は、その嫁に辛く当たるものだが、ここではそんな世間的な悪習はなかった。ある意味では、澄子のほうが新一より大事にされたといってもいい。

平垣家では、澄子の父親にも援助を与えていた。それは蔵のなかに仕舞われた夥しい骨董の中のものをかなり父親に渡していたからだ。本来なら、東京の一流古美術商が入ってもおかしくはない蔵の中の骨董が、業界からは問題にもされていない父親の手に流れて行く。父親は有頂天になって喜んでいた。それでずいぶん儲けたらしい。それらはことごとく澄子に対する新一の両親の計らいから出ていた。

ただ一つ、澄子が嫌な思いをしたのは、若夫婦の寝室をときどき姑がのぞきに来ることであった。夜中襖の向こうで畳を踏むかすかな足音がする。それが澄子の耳に入ると、ぞっとするような悪寒を覚えた。古い家だけに、襖や障子はがっちりした骨組だったが、それでも、どこかの隙間から姑の眼がのぞいているかと思うと、澄子は全身から着物を剝ぎ取られているような感じになった。

世間にないことではない。息子を溺愛する母親は、ときとして嫁に対する嫉妬が、倒錯的な心理で変態行為に現われることを聞いている。だが、あの優しい姑が、まさかそんな真似をしようなどとは澄子は思ってもいなかった。彼女は、尊敬する姑に嫌悪を覚えた。

夫にそれを言うと、

「お母さんは、ぼくのことを心配しているんだよ」

とだけ、ぼそりと言った。

そのとき、その言葉がどのような意味か澄子ははっきりと摑めなかった。ただ、母親についての息子の弁解としかとっていなかった。

そんなことを除けば、まず平穏な夫婦生活がつづけられた。新一は澄子を愛していた。彼は無口だが、彼の言動や彼女を見る眼つきでそれが察しられた。澄子はこの家に来た仕合せを思った。新一の夜の要求も正常であった。

平垣家に来てまもなく、この山村には、枝に雪をつけたように梅が白く咲き、桃が満開となり、つづいて桜が咲いた。田圃の水もぬるみ、やがて連山は冴えた萌黄(もえぎ)色の若葉に埋ずもれた。

ある日、澄子は妙な話し声を耳にした。それは家を出て近くの部落を通ったとき、四、五人の婦人たちが彼女に挨拶した直後だった。澄子の背中にその人たちの声が聞こえた。

「平垣のお嫁さんも、可哀想なもんじゃな」

低い声だが、それが風に吹かれて来たようにはっきりと澄子の耳に入った。

可哀想。――

どういう意味だろうか。澄子は、多分それは固苦しい旧家のなかに嫁として入りこんだ澄子の立場に同情して言ってくれているのだと思った。さぞかし、ああいう家では辛抱がしづらいだろう、何かにつけて舅や姑の眼が光り、傭い人にも始終挙動を見られているから可哀想だと囁(ささや)いているのだと思った。

それは外部の人には分からないのだ。新一の両親はあんなにもやさしい。新一もおとなしい夫で、自分を愛している。傭い人も従順だ。世間はとかく特別な偏見で見るものだと澄子はその陰口に反撥を覚えたくらいだった。

やがて、その「可哀想な」という噂の意味が澄子に分かる日が来た。

――その日の午後、夫の新一が部屋の隅のうす暗いところに頭を抱えてしゃがんでいた。頭痛でもするのかと思って澄子が近づくと、夫はしきりと何やら呟(つぶや)いていた。その意味がよく聞きとれない。

「どうしたのですか?」

彼女が寄り添って訊くと、

「誰かがおれの悪口を言っている。お前には分からないだろう?」

澄子は辺りを見回したが、そこには水墨の山水を描いた襖絵と、木目の浮き出た黒い杉戸以外に誰の影もなかった。

「誰も居ませんよ」

「いや、おれには聞こえる。ほら、今さかんに言っている。おれの悪口ばかりだ。おれにはちゃんとその声が入るように耳に仕かけが出来ているのだ。あれは普通の声ではない。どこかに電波を発信するところがあって、そこから放送しているのだ……」

新一はそう呟くと、暗い隅にますます身体をすり寄せ、幼児のように竦(すく)んでいるのだった。

それから一時間後のことである。彼女は縁側から庭先を見て、思わず自分の眼を疑った。

全身に一物も付けない裸の男が、新緑の樹の間を歩いている。澄子はそれが夫と知ったとき、失神しそうになった。彼女の叫び声を聞いて姑が飛び出したが、そのときの澄子を見た姑の表情は、何ともいえない顔つきであった。姑は、澄子に憐れみを乞うような、忿(いか)ったような、絶望に放心したような悲しげな表情であった。

澄子は全裸の夫が、大勢の傭い人に取り押さえられて家の内に運ばれるのを白昼の夢のように見ていた。明るい陽射しに映えて、田も畑も、榛名山も、噎(む)せ返るような新緑の中だった。

5

澄子は半年ほど平垣家に辛抱した。一つは姑の好意に対する礼心もあった。

新一はその後、二度、発作を起した。一回はあの天守閣のような櫓(やぐら)の上にあがって、終日下を向いて呶鳴(どな)り散らしていた。彼はそこに敵が押し寄せて来ているかのようにぐるぐる歩き回って咆哮(ほうこう)していた。

あとの一回は、裏から木刀をひっさげて突然澄子に襲いかかってきた。彼女が新一と離婚する決心になったのは、このときの発作である。もし、新一が裸で歩いたり、怒号したり、何かの幻聴を聞いて呟きを繰り返すだけの症状だったら、彼女はまだ辛抱できたかもしれない。しかし、太い樫(かし)の木刀を振り上げられて追い回されては、とてもこの夫と一生を共にする気にはなれなかった。

姑は、出て行く決心をつけた澄子に、詫びながら極力その決心を翻(ひるがえ)すようになだめた。

「発作はときどき起こるだけだからね。辛抱して下さいよ。お医者さまもときどき来てもらって診察をしているんだけど、あれは外聞を憚(はばか)って、一応、内科の医者ということになっています。本当は、以前(まえ)に新一が入院したときの精神科の医者なんですが、近ごろ大ぶんよくなったと言っておられるくらいです……あなたに隠していてご免なさい。新一があの年齢(とし)になるまで縁談がまとまらなかったのに、あなただけが来てくれて、わたしたち老夫婦はどんなに嬉しかったか分かりません。息子もあなたが気に入っているのです。どうか、わたしたち一家を助けると思ってここに居て下さい」

澄子は同情したが、しかし、その感情に溺れてはならないと唇をかんだ。彼女は新一が、むずかしげな読書を遮断されて、くだらない小説類を当てがわれている意味をはじめて覚った。この前の村の人たちの囁きも、何も知らないで狂人の妻になっている彼女への憐愍だった。

たしかに手落ちは澄子の側にもあった。事前の調査が何もなされていない。すべては仲人口の栗島重介を信頼してのあまりだった。その上、父親が平垣家の骨董品に眼がくらんだせいもある。

「新一は普通のときは当り前の人間ですからね。あれは病気だと思って、どうか一生をそばに付き添ってやって下さい。私たちが生きている間は、あれも何とかできますが、死んだあとが心配でなりません」

姑は澄子に必死になって頼んだ。

実際、発作の起こらないときの新一は、当り前すぎるくらいの人間だった。夫としてもこれほどいい人はいないと思われた。澄子に寄せる愛情も強いものなのである。

新一自身も、自分の病気のことはむろん知っていた。彼も、妻にそばに残ってくれるよう哀願した。

「こんな病気を隠して、本当に君には済まないと思っている。ぼくはそういう状態になる前の自分の意識が分かるんだ。頭がぼうっとしてくると、これはいけないと思っているうち、もう取り返しのつかない状態になっているんだよ。今は両親がぼくを看てくれるが、今後は君を頼りにしたいのだ」

澄子はそう口説かれても、それに従う意志はなかった。彼女はいま二十六歳である。

まだ若いのだ。これからの人生も長い。陰惨な夫婦の生活の中に、現在の瞬間的な感傷のためにひきずりこまれてはならなかった。

夏が過ぎてようやく秋の気配が感じられる頃、澄子は本郷の実家に帰った。このときせめてもの記念だといって平垣家では、婚約当初に贈った三カラットのダイヤの指輪を無理に澄子に持たせた。向こうの両親は、家を去る彼女の前に揃って畳に両手を突いて頭をすりつけた。

車に乗ってその家を出るとき、あの白い壁の城郭の一角から黒い人影がじっとあとを見送っていた。澄子が最後に見た夫の姿だった。

――本郷の実家に帰ると、さすがの父親も澄子をいたわしそうに見た。ある意味で、この父親は澄子と同様に被害者でもあったが、娘に対する加害者でもあった。父親がもう少し粟島の言葉に冷静だったら、このような間違いはなかったかもしれない。粟島自身を信じ過ぎたこともあったが、平垣家の城郭に象徴されるその財産への眩惑も父親にあったと言えよう。

その粟島重介は、澄子が帰ってからも、しゃあしゃあとして店にやって来た。彼は澄子に笑顔さえつくって無造作に話した。

「いや、まことに済みません。つい迂闊にえらいところにお世話しましたな。ぼくも、話をあとから聞いてびっくりしたんだよ。まさか、平垣さんにそういう悪い血統があろうとは夢にも知らなかったからね。やあ、すまん、すまん……これから新規蒔直しだ」

彼は澄子の不幸な結婚を、些細な行き違いぐらいにしか思っていなかった。

父親は、さすがに陰では粟島を罵っていた。あれほど懇意に交際している平垣家だから、新一の病気のことが粟島に分からないはずはない、あれは万事を承知の上で、仲人をしたに違いない。粟島は、誰も嫁のなりてのない、新一のところに、騙して澄子を押しつけたのだと言った――しかし、気の弱い父親は、粟島のしゃあしゃあとした言い訳を聞くと、強い言葉を何一つ言わなかった。父は眼を伏せ、しょんぼりと膝に手を置いてうなだれていた。これでは、どちらが悪いことをしたのか分からなかった。

粟島重介は、大声をあげてよく笑った。おそらく、「政治家」である粟島重介は、いかなる都合の悪い立場のときでも、その豪放な笑いで誤魔化してきたに違いなかった。

「まあ、何だな。娘さんもしばらくは気分転換に外で働いたほうがいいかもしれんな」

粟島は思いついたように言った。

「まさか、元の職場に戻るというわけにはいかんだろうから、何だったら、わしの事務所で働いてもいいよ。事務所といっても、ただ客の接待をしてくれたらいいがね。普通の会社のように帳簿をいじったり面倒な計算仕事があるわけではない。客のないときは本でも読んで遊んでくれていたらいいんだよ」

彼はそうすすめた。

「それに、うちに来る客はみんな一かどの人物だからね。これは澄子さんにも修養になる。話を聞く分だけでも、どのくらい勉強になるか分からんよ。どうだね、もし澄子さんが希望だったら、いつでも来ていいよ。ちょうど長くいた事務員の女の子が辞めて、あとがほしいところだった。まあ、考えておいて下さい」

栗島重介には罪の意識は全然なかった。自分の仲人で、若い女性の一生を台なしにしたというような自責も反省も見られなかった。事務員に彼女を雇うというのも、贖罪というより彼の恩恵であった。

栗島は確かに平垣家から儲けている。——精神病者の素封家の息子に澄子を世話することによって、同家からかなりの金品をせしめているに違いなかった。澄子は、栗島の欲心に道具として使われたのである。

——澄子は、栗島の車が道路を走り去った音を聞いて、しばらく家の中に坐ったまま動かなかった。言いようのない怒りと寂寥とが、彼女の全身を四方から押し包んだ。

6

澄子は栗島重介の政治経済研究所に勤めた。事務員として働いたが栗島が前もって言った通り、ここでは格別な事業をやっているわけではなかった。政治経済研究所というから、何かの資料調査だとか、経済情勢を分析したパンフレットを会社、銀行筋に流すなど、よそでもやっているようなことをしているのかと思うと、そうでもなかった。栗島はそういう看板を掲げて表向きを飾っているにすぎなかった。

来る客はほとんど政治ブローカーといった者が多い。だから、どの人間も代議士連中や官庁の役人に顔が売れていた。彼らは利権ブローカーだった。だから、絶えずそんな情報がここで交換されている。ちょうど、不動産屋がどこかの土地に出ものがあると聞くと、それをめぐって何十人もの同業者がむらがり寄るようなものだった。

粟島重介は与党の相当な代議士につながりを持っている。また、実力派の親分筋にも細いパイプを持っていた。彼の何よりの強みは、そういう政治家の泣きどころを押さえているところにある。彼は半分は体のいい恐喝で食っているようなものだった。

粟島の所に集まってくる客は、身装(みなり)があまりよくないくせに、応接間のソファに反り返り、「池田もそろそろ落ち目になってきたな」とか、「河野は目下金づるを摑むのに躍起になっているね」などと大言壮語していた。それから、どこどこの省では今度或る大手の業者にこういう許可を与えるらしい、その裏にはこれだけの利権が動いている、などと聞こうものなら、眼の色を変えて走り回るのだった。

政界と会社側とのつながりを突けば、当然、金融機関もその巻添えを喰う。粟島はそういう幾つかの銀行にも顔が利いていた。どこから彼に金が入るのか、澄子などにはさっぱり分からない。

その研究所につながっている母屋(おもや)の二階には夥しい骨董類が集められていた。その中の何割までがホンモノか分からないにしても、彼は初めて来る客には必ずそれを見せて煙に巻くのだった。彼の古美術についての知識は相当なものである。

しかし、粟島は、実際を言うと、代議士連中や大手会社筋からは鼻つまみになっていた。彼はそういう人たちから完全にゴロツキ扱いにされていた。しかし、粟島が顔を出すとむげに追い返されないのは、彼があまりに黒い裏面に通じすぎていたからである。

彼はいつも詐欺すれすれのところを動いていた。

それに、粟島の女出入りは相当なものだった。彼は永い間妻と別居しているため、独身と称していた。それが女を手に入れる何よりの強みであった。彼の女たちは素人もいたが、料亭のおかみ、旅館のマダム、芸者のような水商売の女もいた。しかし、一貫して言えることは、そういう水商売の女に限り、彼は金を手に入れるのが目的だった。そのため一軒の大きな料亭は倒産し、一軒の旅館は人手に渡ったと聞いている。

こういう話が伝わった。

粟島は精力絶倫だが、一体、あれはどういう薬を飲んでいるのだろうかと、老いた代議士連中が集まったときに話題となった。それを粟島に通じた者がいる。粟島は、早速、その薬なるものを議員連中にも配布し、一罐について一万円の金を取って歩いた。これは漢方薬で、貴重な木の根を黒焼きにしたものだが、まだ世間では誰も知っていない、という効能書まで付いている。

粟島の女出入りから考えて代議士連中は信用し、それを飲んでみたが、何となく臭い感じがする。そこで、一人の男がそれを或る薬学研究所に持ち込んで分析してもらった。分析の結果は、単にケヤキの木の皮を焼いて粉末にしたにすぎないということであった。

これが普通なら憤って粟島をつるし上げるところだが、またあいつに騙されたということで、代議士連中も笑い話にしてしまった。彼の詐欺行為は知れ渡っていたし、ことが強精剤であるためそんなことで済んだが、実はどの代議士も粟島には弱い尻を握られていたのが最大の原因だった。

澄子は、或る晩、粟島に家の中へ引きずり込まれ、暴力的に彼の意に従わせられた。しかし、それは澄子が粟島の所に入ったとき、半分は予期しないでもないことだった。だから、そのことが済んだ直後、それほどの後悔もなかった。

粟島はその後二、三回澄子とそういう関係を持ったが、以後はまるで忘れたように彼女を近づけなくなった。粟島の流儀でゆくと、金にならない女と長いこと交渉を持つのは損をするばかりだというのである。素人女は面倒臭いしほかの女との情事にはすぐ嫉妬をする。うるさくなれば、金を出すのはこちらだから得になることは一つもない。

この主義によって、金持の料理屋のおかみやバーのマダムなどとは長つづきがした。

粟島は澄子を最初に抱擁したあと、

「おまえも気狂いの女房に一度はなったのだから、別に身体が惜しいということもないだろう」

と、うす笑いして言ったものだった。

粟島は澄子との身体の交渉が遠のいてからは、今度は彼女を自分の女との連絡に当たらせた。そういう点は、彼は少しも愧じなかった。いや、羞恥心というものが彼には全く初めからないのだ。澄子はそういう粟島の命令に従った。

最近、粟島が狙いをつけているのは、赤坂(あかさか)のほうに「柳屋」という旅館を持っているおかみの妹のほうだった。実は、このおかみとも粟島は前から関係を持っている。ところが、妹は姉よりずっと器量がよく、二十二歳という若さだった。

「なあ、君。君が平垣家から貰った例のダイヤの指輪だが、あれをちょっとぼくに貸してくれんか」

粟島は澄子にそう頼んだ。

「実はね、ちょっと回転資金に困っている。なに、一カ月もすれば、或る所からどっと金が入ってくるのだが、それまでのつなぎに弱っているんだ。あれを抵当に信用金庫から金を借りたいから、一カ月でいい、一カ月だけぼくに貸してくれ」

久しぶりに粟島は澄子を引き寄せてやさしい声で頼んだ。

澄子はダイヤの指輪などには未練はなかった。これにはあの榛名山の麓の暗い記憶がまつわっていた。自分にとっても身分不相応なもので、それだけにいやでも狂人の夫の思い出が泛(うか)んでくるのだ。澄子はそれを粟島に与えた。

しばらくして、その指輪が柳屋の妹の指に嵌(は)まっていることを彼女は知った。

7

粟島には変態的な露出趣味があった。——

或る日、彼は澄子に、これから柳屋の妹とホテルに行くから、君も一しょに来てサービスしてくれ、と言った。ホテルは都内で一流のものである。

「君は八時ごろ来てくれ。部屋は421号をとっているから、フロントに訊かずに黙って来ればいい」

澄子はうなずいた。顔から血の気が引いたが、心に考えるものがあった。彼女は、八時になる前、見知らぬ街に行って粉末の睡眠薬を一瓶買った。

八時かっきり、彼女はホテルに入った。フロントは、ほかの客の応接に事務員たちが忙殺されていた。彼女の通ったことなど誰も知らない。エレベーターの中も客が多く、ボーイも彼女に気をつけはしなかった。百室以上もあるこのホテルは、廊下も、エレベーターも、まるで雑踏する往来と同じだった。

421号室に入ると、粟島重介は相手の女と差し向かいに坐っていた。

「これからビールを飲もう」

ビールはすでに用意されてあった。顔の細い柳屋の女は馴れた手つきでビールを二つのコップに注いだ。二人は乾杯した。澄子は飲めないので黙って見ていた。彼女は粟島からどのような役目を言いつかるのか、この場の様子を見ただけですぐに分かった。横にはダブルベッドがあった。

澄子は途中で座を外し、洗面所に行った。すぐ隣は浴室になっている。それは西洋式のバスだった。人間が長く横たわって湯につかるように出来た方式だった。陶製の浴槽（よくそう）は白くすべすべしていた。

澄子は元の席に戻ると、粟島は相手の女を引き寄せて臆面もなくキッスをしていた。

「困ったわ」

と、澄子は言った。粟島は女を放し、

「どうしたんだ?」

と、彼女を見上げた。

「変だわ。洗面所の水をどうして出していいか分からないの」

「あら、わたしが見てくるわ」

と、細い顔の柳屋の女が起ち上がりそうになった。眼の吊り上がった、可愛げのない女だが、その細面はいかにも粟島の好みであった。

粟島は洗面所に行った。あとに女二人が残った。しかし、初対面のためか、相手の女は澄子と二人だけでいるのが気詰まりらしく、すぐに自分も起って粟島のあとに従った。洗面所で水音がしはじめた。

ビールを入れたコップは二つ残っている。澄子は、さっきの洗面所で瓶から出して紙に包んでおいた睡眠薬を二つのコップに等分に入れた。その上にビールを注いだ。粉末の睡眠薬は泡と一しょに見えなくなった。

粟島と女が戻ってきた。

「なんだ、水は出るじゃないか」

粟島は澄子を馬鹿にしたように言った。

「そう？」

「君は田舎もんだね。……そうだ、この人はね、榛名山の麓の百姓家に半年ほどお嫁に行ったことがあるんだよ」

と、粟島は相手の女に言っていた。

「あら、いいわね。お百姓ってお米が沢山あって食いはぐれがないし……」

どうしてそんな結構なところを出て来たのか、と問いたげであった。二人は何の疑問もなく自分のコップを飲みほした。

「少し渋いわ」

と、女が言った。澄子はどきりとしたが、すぐさまあとのビールを注いだ。

やがて、粟島と女は着ているものを脱ぎ寝巻に着替えた。女はそれでも躊躇い勝ちだった。

「君はそこに坐って、ぼくたちのほうを見ていろよ」

柳屋の女はさすがに恥ずかしそうにして、「変な趣味ね」とか、「おエッチだわ」とか粟島に言っていたが、結局、彼の意に従った。室内を暗くし、粟島はかなり抵抗する女をダブルベッドの毛布の下に押し入れて自分の傍に押さえつけた。

澄子は眼を逸らした。

――粟島は、もはや、通常の行為では感覚のないところに来ているようだった。彼はビールを飲んでも、どのような悪ふざけをしても、相手の女と二人だけでは刺激をなくしていたのだった。

澄子は眼を据えて待った。長い時間だった。彼女は耳を塞ぎたくなった。粟島は、その行為の最中、ときどき澄子を振り向いて、

「よそを見るんじゃないよ。こっちを見ろ」と言いつけたりした。

やがて、澄子の待っている状態がきた。粟島も相手の女も静止状態になった。粟島は大鼾をかきはじめた。横の女も粟島の肩に手を当てたまま睡りに陥った。

澄子はしばらくそれをみつめたのち粟島の傍に行き、彼を揺り動かした。粟島は醒めやらぬ眼をあけ、睡い、睡い、睡いから起すな、と譫言のように言っていた。

澄子は粟島の重い身体を引きずってベッドから降ろした。彼は裸であった。女は何も知らないで睡っている。

「一しょにお風呂に入りましょう」

澄子が言うと、粟島は、

「風呂だって……あとにしよう。今は睡くてしようがない」

と、またベッドに帰りそうになった。それを押さえて無理に彼を洗面所まで連れて行った。粟島の脚は夢遊病者のようにふらふらとしていた。実際、彼の知覚は半分失われていた。僅かに澄子の刺激に彼の神経が反応している程度だった。

澄子は粟島の片手を肩に取って洗面器の前まで連れて行った。粟島の眼蓋は塞がれている。身体がゆらゆらと揺れていた。

澄子は洗面器に一ぱい湯と水を出した。それをぬるま湯の加減にした。湯は洗面器に溢れるばかりに満ちた。

「風呂が嫌だったら、さあ、顔を洗いましょう」

「顔？」

粟島の舌は縺れている。襲いかかる睡魔に彼の意識は半分は喪失していた。

大きな男だったが、女の澄子が粟島を洗面器の前に屈ませ、いきなり彼のうしろ首を押さえて湯の溜りの中に突っ込めたのは、睡眠薬の利いたお蔭だった。

ただ、あとは粟島との力の闘いである。彼女は粟島の顔が湯の中から持ち上ろうとするのを、必死に両手で押さえつけていた。粟島は朦朧とした知覚のために思うような力が出なかった。足はよろよろしていた。身体の重心もとれない。彼は両手で澄子の身体に摑みかかろうとしたが、どのようにされようと、澄子の両手は粟島のうしろ首を押さえている力を抜かなかった。

やがて、粟島の抵抗する動作が鈍くなり、身体から力が抜けた。今度は彼の顔が五体と一しょに洗面器からずり落ちそうになる。彼の身体を首先だけで引き止めておくのに澄子は苦労した。洗面器の湯は泡立ち、最後に、澄んだ水に息を引きとる際の人間の濁った分泌物が混りはじめた。粟島の大きな身体は、遂に澄子の手を抜けてタイルの床に崩れ落ちた。

澄子は、今度はその身体を引きずって西洋式の風呂に運び入れた。はじめから裸体だから、そのまま入浴の姿になった。彼女は粟島を仰向けにさせ、細長い湯槽に長々と横たえた。それから、湯と水との二つの栓を捻った。二つの蛇口からは勢いよく湯水が流れはじめ、横たわった粟島の身体の上に飛沫をあげた。それは次第に死体を浸しはじめた。

澄子はそのままにして、ゆっくりとタオルで手足を拭き、元の間に戻った。ベッドの上では、柳屋の女が毛布にくるまって睡りつづけている。ドアを閉めると、浴室の水音はずっと低くなった。

そのままにして澄子は421号室を出た。廊下には誰も居なかった。わざと階段を一階上がって、五階からエレベーターに乗った。四、五人の外国人と一しょだった。エレベーターボーイは彼女のほうに眼もくれなかった。これはフロントを出るときも同じだった。

玄関を出ると、街頭には通行人が一ぱい歩いていた。夫婦もいた。アベックも通っていた。澄子は屈託のないその群れの中に入り込んだ。

翌朝の朝刊にはホテルでの過失死が記事になっていた。

「××ホテルに友人と共に泊まっていた中央区京橋××番地粟島重介氏（四三）は、浴室で溺死体となって発見された。ボーイが同室直下の三階の部屋に水が漏れるという苦情を聞き、調べに同室に入ったところ、浴室は湯水で海のようになっていた。これから察するに、粟島氏は一たん風呂に入ったが、水量が少ないために、湯と水の蛇口を捻った拍子に酩酊（めいてい）していたので手をすべらし、湯の中に顔がつかり、そのまま起き上がれずに溺死したものらしい。そのため浴室に出し放しの湯水が溢れたものとみられている。なお、粟島氏の友人は熟睡していたため何も気がつかず、ボーイに起こされてはじめて事情を知った状態だった」

澄子は警察から誰か来るかと思ったが、遂にそれはなかった。柳屋の妹は澄子の名前を出すことによって、自分たちの獣のような行為が警察や世間に知られるのを怖れたにちがいなかった。

澄子は、父親の店先に坐るようになった。

第七話　灯

1

山辺澄子は、毎日、父親の経営する骨董店の店先にぼんやりと坐っていた。

父親は、そういう澄子の姿をなるべく見ないようにしていた。彼は娘の暗い翳にまつわられている。嫁入前の娘と、離縁になって帰った娘との感じがまるで違っていた。今は崩れた「女」を感じていた。

父親は忙しそうに外を飛び回った。彼は骨董の興味と金儲けとに没頭しはじめていた。彼はよく同業者を店に連れてきた。ほとんどが年配者ばかりで、なかには七十ぐらいの老人もいた。

彼らは、ちょっと見ただけでは職業に見当がつかなかった。自家用車かハイヤーをよく使っていた。これは骨董ものを運ぶためで、桐の四角い函や長い函などがものものしく鬱金の風呂敷に包まれていた。

店先では彼らの仲間が集まって、今にも百万円や二百万円は稼げそうな、景気のいいことばかりを言っていた。どこそこの旧家にはどういうものが残っているとか、売立てがあるとか、茶を飲みながら長話をした。

「こちらにはいいお嬢さんがいますね」

と、何も知らない仲間が茶を出した澄子を見送って言うことがある。父親は、はあ、とか、いいえ、とか答えて曖昧に笑った。

しかし、いつとはなしに父親の仲間にも澄子が出戻りであることが分かってきた。すると、世話好きの者が再婚の話を持ってくる。ほとんどが年齢の違う相手で、後添いの縁談ばかりだった。

「まあ、本人の気が向けば、そのうち乗り気になるかもしれませんね。今のところは、当分駄目でしょう」

父親は澄子に話さないで断わることが多かった。

父親は娘から恨まれているのを知っている。ろくに先方の調査もしないでこの話に乗った父親は、ホテルで事故死した仲人の粟島重介と共同責任だった。娘の眼には冷たい憎しみがあった。そういう娘を父親は眩しげに避けていた。

澄子が店先に坐っていると、若い女がそこに居るという気分はしなかった。どのような派手な身装でいても、彼女のうしろに暗い翳が感じられた。それがここに遊びにくる骨董屋仲間にも分かってくる。

「山辺の娘は顔立ちは悪くないが、どうも暗い。一度縁づいて帰ってくれば、あんなになるものかな」

と、噂し合っていた。仲間はまだ彼女が狂人のところに嫁入りしたことは知っていなかった。

澄子の母親は元来が気の弱い女で、娘に不幸な結婚をさせた負い目を感じていた。彼女は、はらはらして澄子の傍に小さくなっていた。

父親は骨董商売が上手になったと言って喜んでいた。金儲けのほか、そのことで娘からの圧迫を紛らわそうとした。

店には、店舗を持っている古道具屋も、かつぎ屋と称するブローカーもきた。壺、皿、書画などの売買品がこの小さな店先にひろげられた。

「伊予のほうに竹田の出ものがあるんだがな」

と、かつぎ屋のブローカーが話していた。

「竹田、そりゃ危ない。竹田といえば、ほとんどがニセモノだからな」

父親は煙草を吹かした。

「いや、それが伊予の大洲という町でね。そこは織田家の城下町で、豊後とは海峡一つ隔てた所でさ、竹田の書画があの辺に流れていても不思議ではないし、持っているのは大洲の旧家老の家だから、間違いはない。なんでも、先祖が何かの勲功を立てて殿様から貰ったそうだ。今は呉服屋をやっている」

「眉唾ものだな」

「あんたはそう言うが、わしが見てきた眼には間違いはなかった。それに大雅堂の軸もある」

「大雅堂？」

父親は仔細げに煙草を放した。

「なるほど、話の筋はよく出来ているな。豊後に中津という町があって、そこの寺に池大雅の描いた襖絵が残っている。豊後と伊予、これは考えたものだ」

そんな知識を父親は自慢そうに披露するのだった。

一つは商売上で損をしないような用心が、彼にいつの間にか出来ていた。

古陶器を持ち込む者がいる。

「古伊万里の上ものだがね、文化財保護委員の山崎さんが極めつきで賞めてくれたものだ。どうだね？」

父親は、その大皿を手に取ってためつすがめつ見ていたが、

「こりゃ駄目だね」

と断言した。

「どうして？」

「山崎さんがどう言ったか知らないが、これは名古屋の田舎出来だ。あそこには古い名器を模造品として造っている有名な職人がいる。仁清でも、乾山でも、何でもござれだ。ほれ、この釉に古色がみえないじゃないか。よく出来ているが、まあ、わたしのところには向かないね」

父親は、そんな話をしながらも、古美術の知識を振り回すことにも喜びを覚えていた。しかし、父親は損もしていた。

「こういう商売をするからには損は当り前だ。高い授業料を払わないと、この道は卒業できないよ」

と、人並みなことを言っていた。

澄子は、そのような店先の商売にはあまり関心を持っていなかった。父親の居ない間の彼女は単なる留守番であり、連絡係だった。

父親は次第にあくどい商売のほうに踏み出していた。ニセを承知で買い取り、これにもったいを付けてよそに捌くのである。彼女は、その父が夜ひそかに買い込んだ書画の上に煤を溶かした液を噴霧器で吹きかけているのを見たことがある。古色をつけるためだが、その煤もわざわざ北陸の農家の天井に溜っていたものを買い集め、脂を混入して絖や紙本に染み込ませるのである。また、職人に頼んで古い仏画を改竄したり、落款を変造したりした。

銅器のようなもの、たとえば、シナや朝鮮の古い金剛仏や鼎などの模造物は、便所の汲取口に近い場所の地中に埋めた。これをあとで取り出すと、蒼錆が付いている。父親はそれらを百済仏とか何とか言いながら売り捌くのだった。

いつの間にか父親の店にはいかがわしい業者が近づき、まともな仲間が遠ざかって行った。

しかし澄子は父親のそういうインチキを見ていても、別段何とも感じなかった。父が娘の眼を隠れてこそこそとこういう工作をするのがおかしいくらいだった。

澄子は、ときどき、自分が嫁に行った上州の旧家の城のような白壁を思い出す。榛名山を背景にした、その壮大な古めかしい建物は、どういうものかいつも夕景がまつわっていた。遠くから見た夕日の映え具合が彼女に一ばん印象的だったのかもしれない。

（あの人はどうしているかしら？）

狂った夫のことをふいと思い出したりした。夫の愛情は忘れられなかったし、その両親の親切も胸に染みていた。記憶はいいところばかりしか泛んでこない。狂った夫が乱暴したり、裸で庭を歩いたりしたことなどはあまり追憶に出なかった。

仲人の粟島重介を殺したことは、奇妙に彼女の実感からは遠ざかっていた。刑事もこなかった。彼女と殺人事件を結ぶ何ものも存在しなかった。粟島の裸の身体がすべすべした白い浴槽の中に横たわって、その顔が湯の底にゆらいでいたことなど少しも実感になかった。

（あの女はどうしたかしら？）

栗島重介よりも、その相手となっていた眼の吊り上がった若い女の顔の記憶のほうが鮮かだった。

彼女は、完全犯罪という言葉を雑誌や新聞の小説で読むことがあった。しかし、自分がそれをなし遂げたという感覚は少しもなかった。いや、栗島重介が死んだということすら、世間の小さな出来事のように無縁であった。

「父は××堂です」

「父は××邸に行って午後一時ごろに帰って参ります」

澄子は、毎日、そんな電話をやり取りしていた。――

縁談はときどき持ち込まれたが、彼女はみんな気乗りがしなかった。上州の狂人との夫婦生活は僅かだったから、男の肉体への憧れも起こらなかった。その生活もただ他人の家に逗留し、親切にしてもらったという程度の印象である。

2

こうして一年ばかり経った。――

澄子の縁談を熱心に持ち込む男がいた。金井一郎といって、やはりかつぎ屋の男だった。三十五歳で生粋の下町生まれである。

「先様はね、一年ばかり前に奥さんを亡くした人で、ある会社の課長さんをしていますよ。年齢も四十歳というから、ちょうど、あんたのところの娘さんには似合いでさ。子供？……子供はまだ小学校に行ってるのが一人だけでね、人なつっこい子だから、新しいお母さんが来ても妙にひねくれるということは絶対にありません。そりゃわたしが保証します」

父親は、この話にかなり心を動かしたようだった。

一年も経つと、父親にも娘の存在がひどく目ざわりとなってくる。それに澄子は相変わらず陰気だった。

「いい縁談だがな。おまえもいつまでもこうしていられないし、この辺のところで行ったほうがいいんじゃないか」

父親は金井が持ち込んできた対手の写真を見せた。痩せてはいるが、おっとりとした感じだった。

澄子はやはり気乗りがしなかった。だが、父親は今度の話だけは何とか成就させたいと思っているらしかった。それには金井一郎のすすめ方の上手さも手伝っていた。

金井はさして肥えてはいないが、日ごろ小まめに地方を回っているだけに頑健な体格を持っていた。こういうかつぎ屋は小まめに田舎へ出向いて、古道具屋を歩いて回ったり、土地の旧い家を訪ねたりして、いわゆる「掘出しもの」を持ち帰ってくる。

澄子は、この金井から何度も直接の話を受けた。彼は熱心に話し出すと、その厚い唇の端に唾が溜った。

結局、この金井に伴れられて澄子が相手と見合いしたのは、その縁談がはじまって三カ月ぐらい経ってからだった。場所は普茶料理を看板にしている家だった。

相手の男はおとなしそうな人だった。おもに金井と話をしていたが、澄子はその男の顔が狂った前の夫と似ているので、かえって別人なるが故に反撥を覚えた。この縁談は崩れた。

しかし、金井一郎は熱心だった。次に紹介したのが、ある小売電気商の主人だった。

「奥さんに逃げられた人でね。当人はそれだけにあんたのようなおとなしい人を望んでいるんですよ。どうです、一度だけ見てみませんか？」

父親も母親もこの話に乗り気だった。

当人に会う前、一度、その店を見たほうがいいという意見で、澄子は金井に伴れられて浅草のほうに行ったことがある。金井の大げさな言葉から先入観を持ったせいか、それほど立派な店とは思えなかった。ウインドーに並んでいる商品も埃をかぶったような感じだし、狭い店内に並んでいる電気洗濯機などの数も少なかった。澄子は断わった。

しかし、金井一郎はそれでも諦めなかった。

今度持ってきた話は、ある土地会社の社長ということだった。

その人の自宅は小金井のほうにあった。澄子はまた金井に伴れられて、料理屋で相手と会った。

「どうでした、澄子さん？」

と、帰りがけに金井は感想を訊いた。

「そうね……」

澄子はほほえんでいたが、それは否定的な表情だった。

金井が、なぜ、こんなに彼女の縁談に熱心なのか分からなかった。もっとも、父親とは仕事上で共同体になっているので、彼としてはもっと父親との連繫(れんけい)を深めたいのかもしれなかった。何といっても、かつぎ屋は店舗を持っている道具屋にかなわない。金井はいかがわしいものを集めてきては父親の手を通じて流していた。

そういう同じ仲間に村田章吾(むらたしょうご)という男がいた。彼も店によく現われたが、そのたびに店先に坐っている澄子に秋波を送った。三十七と言っていたが、実際はもっといっているのかもしれない。彼は九州大分(おおいた)の田舎の生まれで、豊後訛(なま)りが取れていなかった。十年前に東京に出てきて、いろいろ商売を替えたが、結局、これに落ち着いたと言っていた。

村田は澄子に、

「あんたが独りでいるのはもったいない」

とか、

「どうだな、今度いっしょに映画にでも行って、帰りには食事でもしませんか？」

などと誘った。脂ぎった顔のどす黒い感じの男だった。笑うと金歯がきらめいた。だが、澄子は、そういう村田に嫌悪(けんお)を感じていた。一度も彼の誘いに乗ったことはない。

村田のほうは案外熱心で、時折り柄にもなくブローチを買ってきたりなどした。

「わしはよく方々を歩くでな、そこの土産物屋から見つけてきたんです」

見かけは体裁がいいが、安もののアクセサリーをそっと澄子のほうに差し出したりした。村田は家族をまだ養えないと言って、独りで安アパートを借りていた。

その村田は金井に対してあまりいい感情を持っていなかった。

「あいつは狡(ずる)い奴だからね」

と、澄子に自分のほうから吹き込んだりした。

「あんたは用心せんといけませんよ。腹黒い男だからね、何を考えているかしれない。商売もインチキ専門でさ」

同じようなことは金井の口からも澄子にささやかれていた。

「村田はあんたを釣ろうとしている。あいつは女房、子を郷里(くに)に置いてると言うんだが、ほんとはどうだか分かったものではない。女房に愛想を尽かされて逃げられたかもしれないな。それで、あいつは寂しくて仕方がない。まさか、あの年ごろで独りでいるということも言えないし、といって女房に死に別れたとなると、それは戸籍にちゃんと出て誤魔化(ごまか)せない。だから、どこへ行っても女房とは別居だと言いふらしている。このごろの女の子は、独身よりも、そういう言い方に魅力があるらしいですな」

金井も独身で安アパートで暮らしていた。

「村田の奴は、自分では何も分からないくせにいい加減なものを持ってくる奴でね。あれじゃお父さんがマイナスだ。素人眼(しろうとめ)にもそれと分かるようなニセモノを平気で担いでくるんだからな、おどろいた話さ。まあ、田舎者だから仕方がないが、お父さんもあんまり村田とつき合わないほうがいい。……酒呑みでね、自堕落な暮しをしているらしい」

金井が村田を悪しざまに言うのは、村田が澄子にいろいろと当たっているのを知っているからだった。

「あんな男に狙われたら、あんたは先でどんな思いがけない不幸な目に遇うかしれない。中年男の片想いはしつこいからね。ほら、新聞によく出るだろう。刃物三昧で女を殺す事件が。まあ、そうならないうちに、わたしはあんたを早くよそに片づけてあげたいな」

父親はこの両人のことをよく知っていた。

「金井の言う通りだ」

と、父親も澄子が早く再婚することに賛成だった。

「おまえがいつまで居たって構わないが、やっぱり近所の手前もあるからな……」

――昭和二十×年の晩春の夜だった。

澄子の家は二階建になっている。彼女は、その二階の八畳と六畳の部屋を自分のものにしていた。両親は階下の店の奥に寝む。

その日の晩――正確には四月二十五日の晩から二十六日の未明にかけて、この家の二階に電灯が点けっ放しになっていた。それは夜遅く帰ってくる近所の者も見ている。雨戸がなく、ガラス戸の内側からカーテンを引いただけなので、灯の明りは外からよく分かった。

二十六日の午前一時ごろ、出張から遅く帰ってきた会社員が、この窓の灯を目撃している。

また、マージャンで遅くなった近所の銀行員が同じようにこの灯を見ているが、それは証言によって二十六日の午前三時ごろだと分かった。

もう一人、これは朝早く田舎にヤミ米の買出しに行くかつぎ屋だったが、彼の目にもそれが映っていた。二十六日午前四時半ごろである。

四度目は米軍立川基地に行く労務者によってそれが見られた。六時ごろ、この家の表を通りかかった彼は、いつになく二階の部屋に灯が点いているのを妙に思っていた。このとき労務者は、何か用事でもあって部屋に居る人が早く起きているんだな、と考えていた。

遂に、五番目の目撃者によって変事が発見された。新聞配達だが、十五歳になる少年である。彼は、いつも灯の消えているこの二階家が電灯を煌々と点けているのに不審を抱いた。多分、少年は好奇心が強かったにちがいない。彼は骨董屋の表戸を叩いた。

出てきたのは母親だった。ちょうど、前日の二十五日から、澄子の父親は新しい品物を仕込みに東北のほうへ出かけていたのである。

「電気が点いている？」

母親は一たん道路に出てわが家の二階を見上げた。なるほど、娘の部屋のカーテンが明かるい。

「こんなに早く起きたのかしら？」

母親は呟き、家の中に入った。

古い梯子段を上って、澄子の部屋の襖の外に立った。

このとき母親は、澄子が起きていれば、どうして早起きしたのかと訊ねようと思い、また睡っていれば、昨夜から電気を点けっ放しにしていることに叱言を言うつもりだった。

母親は襖をあけた。——

彼女は、そこに自分の娘の横たわった姿を見た。死体だとすぐに気づいたのは、それが女として正常なかたちで横臥していなかったからである。

3

所轄署の捜査係が現場に来て検視したが、山辺澄子は腰紐を頸に捲かれて窒息死していた。その顔には蒲団の端がかけられてあった。死後の推定時間を逆算すると、二十六日の午前零時から二時の間ということになる。

部屋は乱れていた。犯人の侵入口を見ると、裏側の戸の横にガラス窓があり、この中の一枚を蠟燭で焼き切って破り、外から手を入れて内側の捻込錠を外している。それから台所に入って二階に上がっているが、足跡がはっきりしていなかった。指紋を検出してみたが、これも不明瞭だった。簞笥が掻き回されて、どの引出しからも衣類がはみ出ていたが、母親の証言によって一枚も盗られていないことが分かった。また金銭的な被害もなかった。

そこで警察では、犯人は物盗りに見せかけて、実は初めから澄子を襲う目的だったと断定した。

澄子の遺体は、その後の精密解剖によって検視の所見とは少しはずれて、午前一時過ぎから三時の間という推定になった。

「だいたい、これで間違いないと思います」

解剖したのは或る大学の法医学教室の教授だったが、警察医の死後推定時間を約一時間ばかりあとにずらしたことに、かなりの自信を持っているようだった。

警察では、ここで目撃者の順序をもう一度並べてみた。

①午前一時ごろ——出張から帰った会社員。②同三時ごろ——マージャンから帰った銀行員。③同四時半ごろ——ヤミ米のかつぎ屋。④同六時ごろ——進駐軍立川基地労務者。⑤同七時ごろ——新聞配達の少年。

これら五人の証言者は、いずれも二階の澄子の部屋に灯が点いていることを目撃している。凶行を警察医の死後推定による午前零時から二時の間に考えても、また解剖医の推定による午前一時から三時までとしても、彼女の部屋に電灯が点けっ放しになっていた状態の中での犯行ということははっきりとしていた。

警察医と解剖医の死後推定時間がダブっているところは、午前一時と午前二時の間である。してみると、出張から帰った会社員の午前一時ごろの目撃と、マージャンから帰った銀行員の三時ごろの目撃との間が、最も凶行時間としての可能性が強いわけである。なお、犯人が台所の窓を蠟燭の火で焼き切って侵入したことなどから、一応窃盗(ノビ)の前科のある者と考えられた。

「澄子の父親は、当夜、商用で東北地方に出張して留守だね。母親は、いつも娘とは別に階下に寝る習慣だった。だから、娘が殺されても、母親は気がつかなかった。こういう家の中の事情を知った者の凶行ではないか」

この意見は捜査員の間に強かった。

「あの家は一応骨董商となっているが、相当いかがわしいものを客に掴ませていたという評判だ。同業の間ではあまり好意を持たれていない。インチキな道具屋が相当出入りしている。こういう連中なら、娘が独りで二階に寝ていたことも、また父親が前日から東北地方に出張していたことも知っていたわけだ」

流しの凶行ではないことは一致した意見だった。

急の報(し)らせで仙台(せんだい)から帰ってきた父親は、所轄署に出頭して捜査員から、もっぱら出入りの関係者について訊問を受けた。同家に頻繁(ひんぱん)に出入りする者、一カ月に一、二回ぐらいしか出入りしない者など、とにかく父親の話によって約十五名ばかりの人間がリストに作成された。

捜査員は、この一人一人について各自の身辺を洗った。その結果、絞られたのが金井一郎と村田章吾の二人であった。彼らには四月二十五日の夜から二十六日の未明にかけてはっきりとしたアリバイがなかった。

村田章吾は、大分県東国東(ひがしくにさき)郡××村が原籍で、所轄署に照会してみると、窃盗の前科がある。

それは、十二年前の昭和十×年に付近の素封家(そほうか)の家に忍び込み、金品を盗んだがバレて検挙されたのだが、これは初犯であって、その後は犯罪を重ねていなかった。

「そのときの村田の侵入の手口はどうだったね？」

主任が訊くと、

「それは戸の錠を壊して入っています」

と部下は報告書を見て言った。

「うむ、ガラスの焼き切りではなかったのか。ちょっと素人(トウシロ)臭いな。もっとも、初犯だからやむを得ないが。……刑は何年だね」

「懲役一年の実刑です。大分刑務所に服役しています」

「それでは、ガラスの焼き切りという手口は、留置場に入っているときや、刑務所にいるときに、同囚の窃盗常習犯からでも習ったのかもしれないな」

警察では前科者（マエモノ）の村田章吾にだいぶ心を動かしたようだった。

金井一郎は、その商売柄詐欺めいた行為はあったが、検挙されたことはない。彼は東京都江東区深川洲崎弁天町（すさきべんてんちょう）一丁目××番地の生まれで、現在は独身だった。戦時中、彼が出征しているときに女房が別な男を作り、彼が三年前に南方から復員して帰ったときは女房は逃げていた。性格は狡猾（こうかつ）であると同業者も言っているが、その点はインチキな商売をしている村田章吾も同じ評価をされている。

村田章吾には現在妻子がいるが、これは大分県中津市の女房の実家に置き放しにしている。彼はめったにその女房のところに帰ったことがないのである。

警察の捜査がこの二人の身辺に集中してくるにつれて、被害者澄子との係り合いも次第に分かってきた。

金井一郎は、山辺澄子を再婚させるため、しきりと見合いの労をとっていた。縁談は前後四回ぐらい起こり、そのつど金井は澄子を伴（つ）れて見合いをさせている。父親の証言によると、「いい縁があったら世話をしてほしい」と金井に頼んだというのだが、この縁談は四回とも澄子の拒絶で不成功に終わっていた。

村田章吾は、同家に出入りするうち澄子に触手を動かし、かなり執拗（しつよう）に言い寄っていた。一度、澄子が父親に「村田さんはいやらしい人だ、あの人が来るとぞっとする」と洩らした事実も分かった。

「どちらも動機があるね」

と、主任は考え込んで言った。

「村田は女房と別居状態で、ほとんど独身と言っていい。彼が澄子を誘惑していた事実からみて、容疑は濃い。窃盗の前科もある。……一方、金井は、別れた女房の話によると、これまで一、二度女関係があったと言っている。彼は澄子に縁談を世話すると言ってほうぼう伴れ回っているが、それは実際にその目的で彼女を伴れ回ったのか、それともいい加減な縁談を持ち込み、見合いだと称して引っぱり回すうち、機会をみて彼女を自分のものにする目的があったのではないか」

主任は、そういう疑問を述べた。

「被害者の体内から出てきた血液型はA型だ。金井一郎も、村田章吾もA型だが、今のところ、この両人の血液型は、捜査員が苦労して取った、彼らの煙草に付いた唾液からの分析で、それ以上のことは分からないな。……A型は日本人に多いからな」

「これが一人だと、すぐに引っぱれるんですがね。二人とも容疑が同じくらいに強いというのは厄介です」

と、刑事がぼやいた。

「だが、奇妙なのは、どうして犯人が電灯を一晩中点けっ放しにしていたかだな。この点が分からない」

主任は、捜査会議の席上でもそう述べた。

「電灯を消してさえいれば、死体の発見はもっと遅かったにちがいない。どういうことだろう?」

「犯人は電灯を点けたまま寝る習慣があったのじゃないでしょうか」

当然の意見だった。しかし、金井一郎も、村田章吾も、その周囲の証言で彼らが電灯を消して睡眠する習慣を持っていたことが分かった。

「澄子も電灯を消して寝ている。もし、澄子をよく知っているなら、その点は分かっているはずだ。わざわざ通行人に目立つように、電灯を点けっ放しにして逃げた犯人の気持が分からない」

凶行が面識者によることは、ほぼ捜査側で一致していた。

「とにかく、一応、両人をほかの嫌疑で引っぱることにしよう」

と、主任は断を下した。それを実行するに不自由はない。金井も、村田もインチキ骨董品を売りつけているので、詐欺容疑なら、いくらでも逮捕状が取れる。

「わたしは澄子さんに特別に好意を持ってはいません。ただ、あの女は出戻りなので気の毒に思い、お世話をしようとしただけです。澄子さんのお父さんからも、いいところがあったらぜひひと頼まれていましたから……そんな忌まわしい行為をするはずがありません」

と、金井一郎は捜査取調官の前で述べた。

「とんでもない。なるほど、わたしは澄子さんは好きだったが、そんな荒っぽいことをしてまで自分のものにしようとは思いません。前科はありますが、それはもうずいぶん昔のことで、今では真人間に立ち返っていますよ。決してわたしが殺(や)ったのではありません」

村田章吾も犯行を否認した。

ここで両人の血液型を正確に調べたが、両人とも不思議にA型のラージQだった。被害者の体内から採取された犯人の分泌液に含まれた血液型も同じくA型となっている。もっとも、被害者の体内から出たのは分泌液であるため、血液の細密検査では、詳しく分かっていない。法医学の血液検査では、このほかMN式が採用されている。金井一郎はMであり、村田章吾はNであった。つまり、金井の場合はA型ラージQMとなり、村田の場合はA型ラージQNとなる。

しかし、前記のように、被害者の体内に残った分泌液からはMN式は検査上では不明となっている。両人のいずれにきめるか微妙なところだった。

4

アリバイについては、金井一郎は二十五日の午後十一時五十分ごろまで或る場所の呑み屋でカストリを呑んでいたと称した。これは裏づけが取れた。

彼がアパートに帰ったのは翌日の午前二時ごろで、アパートの人は彼の帰ってくる姿を見ている。しかし、その二時間の間、彼はあまり酒に酔ったので、少し酔いを冷(さ)まそうとして歩いて帰ったと弁解した。なお、彼がいた呑み屋から被害者宅までは、歩いて三十分ぐらいの距離だった。

　村田章吾については、二十五日午後十一時五十分まで友人の家に居たことが分かった。彼がそのわびしいアパートに帰ったのは二十六日の午前三時半ごろで、その間、彼は屋台でドブロクの密造酒を呑んでいたと言っているが、該当の屋台店に訊くと、その裏づけは取れなかった。彼が遊びに行っていた友人宅と澄子の家とは、歩いて四十分の距離になっている。だから両人とも犯行時間内には被害者宅に到着しうる可能性があり、その前後のはっきりした第三者の証言も同様にないので、依然としてアリバイは成立しなかった。

　金井一郎も、村田章吾も別々の取調室で否認をしつづけた。現場には指紋も残っていないので決め手がない。だが、動機の点や、かねて被害者と顔見知りであったことなどを現場の模様と比べてみて、この両人のどちらかが真犯人であることは間違いなかった。

　あまり似ているので、一時は両人の共犯説も出たくらいだった。しかし、これは考えられないこととして、間もなくその線は消えた。

　疑問は依然として犯人が電灯を点けっ放しにして逃げた点にある。なぜ、そんなことをしたのだろう？

「君は夜寝るとき電灯を消すか、それとも点けっ放しにしているか？」

　と訊いてみたが、

「明るくては睡れない性質（たち）です。それはアパートの者に訊いてくださると分かります」

と同じことを言っている。

「ガラスを、蠟燭の火で焼き切るという方法を知っているか?」

取調官は訊いたが、二人とも強く首を振った。

ここでガラスを蠟燭の火で焼き切る方法を二人に実験させてみる手段もあったが、戦前の警察と違って、これは一種の拷問になるとして沙汰止みとなった。たとえ、その方法をやったとしても、当人がわざと知らないふりをしていれば分からぬことだし、効果はないのである。

指紋がないところから、手袋を用いたという疑いもある。捜査員は被疑者を引っぱった直後、それぞれのアパートの部屋に家宅捜索をしたが、手袋の片方も発見されなかった。

要するに、二人に対してこれという決め手は何もなかった。あとは、犯人が進んで自供するか、もっと有力な物的証拠が発見されるかを待たねばならなかった。

ちょうど、両人を別々の留置場に入れているときだった。主任は、ちょっと変わった報告を留置場係の巡査から受け取った。

「金井は妙な奴ですな。主任さん、一時間前に軽い地震がありましたね。あのとき金井は大きな声を出して、担当さん、早くここを出してください、地震です、建物が潰れたらどうします、と喚いていました」

「そうか」

主任は笑っていたが、ふいと顔色が変わった。

「村田のほうはどうしていた？」

「村田はおとなしく板の間に坐っていました」

「よろしい」

主任は、すぐに気象庁に電話をかけさせた。問合せは、四月二十五日から二十六日にかけて地震がなかったか、という質問である。

たしかにそのころかなり強い地震があったことを主任は思い出していた。ただし、あれは夜中のことで、彼自身は睡っていていて分からなかったが、翌朝、家族が飯のときにそれを話した。正確にそれが何日だったかおぼえていない。

「気象庁の報告では、たしかに四月二十六日午前零時四十二分から三十秒間にわたって中震があったそうです」

「何んだ、その中震とかいうのは？」

「震度を表わすのに中震とか弱震とかあって、中震は家屋が動揺し、屋内の不安定なものが倒れ、壁にヒビが入るのだそうです。屋内に居る者は驚いて外に飛び出すんだそうですが、弱震は家屋が揺れ、戸障子が鳴動し、ぶら下がった電灯が揺れる程度だと言っていました」

「うむ」

「記録によると、二十六日午前零時四十二分のその地震は、房総半島沖の海底が震源地で、震度は四度になっていると言います。なお、地震計による精密な計算ではそのときの地震は二七ガルだったそうです」

「何んだ、そのガルというのは？」

「ガルというのは加速度の単位だそうで、要するに二七ガルといえば、中震になると説明してくれました」

「すると、なんだな、家屋がかなり揺れて、戸障子ががたがたと鳴動し、屋内の不安定なものが倒れ、天井から下がった電灯がかなり大きく揺れたというわけだな」

　主任の眼には、被害者澄子の部屋の中央から下がっていた、花型のシェードの付いた電灯が泛（うか）んだ。簞笥の上に載っていた衣裳函が畳に散乱していたが、現場検視のときは、それを犯人が流しの凶行に見せかけるために物品物色の偽装と考えていた。しかし、その地震で簞笥の上にのっていたものが落ちたのだ、と分かった。

「本ボシは金井一郎だ」

　と、主任は断定した。

「なぜかというと、村田章吾は九州大分県の人間で、彼が東京に来たのは十年前だから、昭和十×年だ。ところが、金井一郎は根っからの下町っ子で、しかも深川の生まれだ。彼が地震に恐怖心を持っているのは、大正十二年の大震災を経験しているからだ。当時彼は七つか八つであった。本所深川といえば、大震災で最も被害の大きかった地域だ。彼の脳裏には、子供のころの恐怖心が染み込んでいて、地震となると本能的に怖れていたのだ。……だから、留置場で微震があっても金井は真蒼になって喚いていたのだ。これに対し、地震の経験のない九州生まれの村田は泰然として坐っていたのだよ」

主任はつづけた。

「犯行は、二十六日の真夜中に起こった房総半島沖の地震時刻だ。気象庁の調べでは、その地震は二十六日午前零時四十二分から三十秒間となっている。つまり、金井一郎は、その時刻の前に裏のガラス戸を焼き切って侵入し、澄子の部屋に入って、彼女を殺害し、犯したのだ。……電灯は澄子が就寝前に消していたにちがいないが、彼は澄子を絞殺した直後、その死体を犯すとき彼女の顔を見たかったのだ。それで電灯を点けたにちがいない。そのあと、流しの凶行と見せかける工作で簞笥の引出しをあけ、中の衣類を引っぱり出し、さて、逃げようとして澄子の顔に蒲団をかけたときが零時四十二分ごろだったに違いない。……このとき不意に家が揺れた。二階だから、その揺れ方は激しい。おそらく戸障子はがたがたと鳴動し、上からぶら下がっていた電灯は振子のように揺れたにちがいない。金井は仰天して早く家から逃げ出すことを考え、電灯を消すことさえできずに逃走したのだ。子供の頃の経験が彼をそんなふうに恐怖させ、あわてさせたのだよ」

金井一郎は自白した。

「わたしはたしかに澄子さんに惚れていたのです。はじめは本気で再婚の世話をするつもりで見合いなどに伴れて回っていましたが、二回ばかり、その縁談が崩れると、今度は澄子がほしくなってきました。あとの二回の縁談はいい加減なもので、まとまらないのを承知で澄子を伴れ出していたのです。最後の見合いの帰りにわたしは澄子に言い寄ったのですが、彼女はわたしを軽蔑そのものの眼で見て、そんな気持であなたはわたしを引っぱり回していたのか、と詰りました。

わたしは、その場は平謝りに謝り、今後、そういう気持は一切消してしまうから、このことは君の両親には絶対に言わないでくれ、と頼みました。父親が今度の事件でそのことを洩らしてないとこをみると、澄子はその約束を守ったものとみえます。

しかし、わたしは澄子がどうしてもほしくてしようがありませんでした。あの晩遅くまで屋台でカストリを呑んだあと、急に澄子の身体がほしくなり、あの家に忍び込んでゆく気になりました。そのとき別のおでん屋の屋台が目についたので、そこで蠟燭を一本買い受けました。道が暗いからとか何とか言って、マッチもついでに貰い、いつか聞いたことのある窃盗犯の前科者の話通り、あの家の窓ガラスを焼き切ったのです。わたしは大事な骨董ものを扱うので、手袋はいつもポケットに用意してあります。それを嵌めて指紋が付かないようにし、かねて様子の分かっているあの家の二階に上がり、見当をつけた部屋に入ったところ、真暗なので、どこに澄子が寝ているか分かりませんでした。

それでも、爪先で探りながら蒲団のほうに行き、いきなり盛上がっている彼女の身体の上に倒れかかると、その口を塞ぎました。

澄子は猛烈に抵抗しましたが、わたしは一方の手でその口を押さえつづけ、一方の手で彼女の寝巻の腰紐をほどき、それを彼女の頸に捲きつけたのです。澄子は十分ぐらい後には力を失い、軟かくなりました。

わたしは、澄子の身体を自分のものにするとき、やはり彼女の顔が見えないのでは物足りないので電灯を点けたのです。……あとは主任さんの考えられた通りであります」

金井一郎は、そう言って首を垂れた。

――凶行時間が二十六日午前零時四十分ごろだということが分かって、解剖に自信のあった法医学者はしばらく信じられないといった顔をした。彼の科学的な解剖所見では午前一時過ぎから三時までの間となっている。しかし、解剖医の所見は、その人の個人的な性格差により、死後経過時間を長く言う人と短く言う人とがある。

「これは参考になったね」

と、主任はあとで部下に言った。

第八話　切符

1

山口県宇部市。――足立二郎は、その町の古物商であった。

敗戦から数年経っていた。足立二郎は、大きな古物屋ではないが、目ぼしい古い物は何でも売れた時代で、それなりに商売繁盛をつづけていた。わざわざ北九州や京阪神から目ぼしい物を彼の店に探しにくる同業者もあった。

しかし、足立二郎は資金を持たない。彼は同業者のヤミ儲けを聞いて羨ましがってはいたが、元手のない悲しさは手いっぱいの商売で満足するほかはなかった。もっとも、彼にはヤマを張って伸るか反るかの取引をするような冒険心もなければ勇気もなかった。

ところで、最近、同業者がやってきては店先に坐っている二郎に、

「あんたンとこに針金はないかのう？」

と、よく訊くようになった。針金でも、それは二十四番から二十五、六番といった細いものだった。はじめは、どのような目的でそれが探されているのか分からなかったが、あまり業者が同じ品物を求めにくるので、その一人に訊いてみた。

「いま、その手の針金が一ばん不足をしているんじゃ。使い途は多い。たとえば、岡山あたりの黍箒業者が箒を造るのに針金がのうて困っちょる。九州の肥前方面でもほかの材料はあるが、針金だけがのうて、みんな眼の色を変えて探しちょるんじゃ。そのほか日用品や台所用品を造るところでも、針金がありさえすれば、どんな高値でも買うと言うちょる」

とその男は答えた。

事実、足立二郎の店の隅に五貫目ぐらいの古針金が前から置かれていたことがあり、それに業者が眼をつけて、ぜひ譲ってくれとせがまれ、思いがけない値段を先方からつけられてびっくりしたことがあった。

それで、針金が全然製造されていないかというと、そうではなく、製鋼会社ではいまどんどん生産にかかっているとのことだった。だが、それは特殊な工場に向けられるものので、臨時物資需給調整法によって認可の切符のない業者への横流しは絶対にできないということだった。その工場から出た新しい針金は、一目見ただけで、生唾が湧き出るぐらい立派なもので、亜鉛引きのぴかぴかしちょるやつじゃ、あんなのが手に入るとなあ、と業者は嗟嘆していた。

足立二郎は、これを知り合いの米山スガに話した。米山スガは、町の外れに新しい家を建てて、女中二人と住んでいる女で、元はこの町の芸者だった。三十を三つぐらいは越しているが、彼女は、実は大阪の骨董商の愛人だった。

この骨董商はかなり大きな商売をしているらしく、絶えず地方を歩いては目ぼしい掘出しものを買い回っていた。それで、この山陽地方にもよくやってくる。その因縁から米山スガと馴染み、彼女は彼の囲い者にされたのだった。

足立二郎は米山スガとは小学校からの友だちで、彼女が芸者時代から心安くつき合っていた。スガは、色の白い、丸顔の、男好きのする容貌を持っていたが、足立二郎は、格別にこの女に色恋の野心を持っているわけではなかった。小学校の頃から知り合っているとそんな気持はとうに消えている。足立二郎は、女房との間に子供が三人いた。

スガの旦那はよっぽど金を儲けているらしく、彼女が家を建ててもらったのもそのためだが、調度も古いものながら立派なものを与えられていた。どうせ旦那が商売で買ったものと分かってはいるが、箪笥の底からなけなしの着物を持ち出しては、米や甘藷と交換し飢餓を免れている一般の生活からみると、まるでかけ離れた暮しぶりだった。あるときなど、スガは、指に素晴しいダイヤの指輪を嵌めていた。

「えらいものを持っているね？」

足立二郎が嫉み半分、冷やかし半分に訊くと、

「五日前に旦那が大阪から来てね、こういうものが手に入ったから、おまえに預けていく、と言って置いて行ったわ」

と、スガは答えた。

「預けていくというのは名目だけで、本当はおまえさんが貰ったんだろう？」

「まあね」

「一体、どのくらいするもんかね？」

「さあ、わたしにもよく分からないけれど、旦那の話では三カラットは十分にあると言ってたわ。それに無疵だから、今どき珍しいそうよ。この台だってプラチナだからね」

スガは自慢そうに指から抜いて足立二郎の掌に載せたりした。足立はつくづくとそれを眺め、一体、どのくらいの値がするものだろうか、などと想像しながら、ひっくり返して見ていた。いわばガラクタの古道具しか扱わない足立二郎には見当もつかない品物なのである。

それ以後、スガの指には絶えずこのダイヤの指輪が光っていた。

「勿体ないね。そんなものはよそ行きのときに嵌めればいいじゃないかな」

と足立二郎が言うと、

「だって指輪は嵌めるためにあるんだからね。みんなが食うためにタケノコ生活をしてる世の中に、一人ぐらいはこんな贅沢をする者がいてもいいわ。旦那だって、簞笥の底に仕舞うと、かえって泥棒に盗まれたりなどするから、身につけておくようにと言ってるわ」

彼女はそれ以後もずっと蒼い筋の浮かんだ指に、その巨大な光源を密着させているのだった。

米山スガは酒が好きだった。それは彼女の芸者時代の名残りだが、酒となるとほとんど目がなかった。本当に呑む気になれば、一升は平気だと言っていた。足立二郎は一合も呑めば真赤になるほうである。

「酒だけは灘のものを旦那が持って来てくれるのでね、あんたが呑める口だったら、少しは回してあげられるんだけど」

とスガは言っていた。労働者がメチール酒を呑んで死んだという記事が新聞に出ている頃であった。

足立二郎は、そんな或る日、米山スガに遇って、例の針金のことを訊いていた。

「さあ、それは旦那の商売とはだいぶん違うから、わたしには分からない」

スガは首を振ったが、

「そういう品があれば、あんたはだいぶ儲けられるのかね?」

と訊いた。

そうだと言うと、スガはこう言った。

「A製鋼所の偉い人を、わたし、知ってるわ。戦争中、よくここにやって来てお座敷に呼ばれたからね。その人に頼めば、もしかすると、都合してくれるか分からないわ」

足立二郎は、願ってもないことだ、と言った。もし、それが出来たら、どのようにも恩に被ると意気ごみ、ぜひ何とか口をきいてもらえないか、と頼んだ。A製鋼所といえば、針金製造では業界屈指のメーカーだ。

米山スガの言葉に嘘はなかった。二週間ぐらいしてスガがわざわざ足立二郎の店先に来て、その結果を報告した。

「製鋼所のその人に頼むと、新しい品は臨時物資需給調整法があるので、切符のない人には絶対に横流しはできない。けれど、針金を製造する際、捲取機の故障でヤレが出る。これはメチャクチャに縺れてどうにもならなくなっている。それでよかったならば、どうせ廃品同様だから、切符のない人に流しても警察にひっかからないで済む。それも沢山という量にはいかないが、三〇キロぐらいなら、回数を分けて出してもいいと言ってるけど」

もちろん、モノは新品である。縺れがあっても贅沢は言えない。足立二郎は、一も二もなく米山スガを拝み倒した。

待望のその針金が菰に包まれて到着したのは、それから一カ月後だった。待ちに待っていた足立二郎は、その包みを解いたが、一目見て銀色に輝いている新品に眼をみはった。これまで錆びた針金が法外の高い値で売られた事実を思い合わせると、彼はうれしさにぞくぞくした。しかし、なるほど、捲取機の故障で出たヤレというのはひどい。一本ずつが縺れて絡み合い、そのまま環になっている状態だった。製鋼所が手もつけずに廃物にしたはずである。

足立二郎は苦心してその端を探し出し、ようやく六メートルばかりを伸ばしたが、どうにもあとは手がつけられない。結局、彼はそこからペンチを入れて切り、さらに数本に切断して「見本」にした。

これを針金を欲しがっている同業者に見せると、みなは驚嘆し、これならどんな値段でも引き取るから品物を回してくれと言った。それが縺れに縺れたヤレだということを知らない。よく今どきこんなものが手に入ったものだと目をむいているだけだった。

足立二郎は考え抜いた挙句、もう一度米山スガに逢った。

代金を支払ったが、それがおどろくほど安い。これなら針金専門で十分大儲けができる、と足立二郎は勇躍した。彼はスガに、あとつづいて製鋼所からこれを出してもらうように頼み、

「あんたにも相当な礼をするからな」

と言い添えた。

「そんなら、足立さん、だいぶ儲かるとみえるね」

スガは昼間から酒臭い匂いをさせて笑った。

2

足立二郎は乱れた針金を解く専門の女工を傭った。だが、小人数ではとても間に合わ

ない。縺れがひどく線が中にくい込んでいるかと思うと、別な線に二重にも三重にも絡んでいる。これをいちいち解いて伸ばすのだから大へんな手間だった。結局、若い女や相当な年輩の女房など十人くらいを集めた。

米山スガは約束を実行してくれてそのヤレの針金をA製鋼所から回してくれたが、それがいくら安値でも、またそれがどれほど高く売れても、結局女工たちの工賃に喰われて採算が採れないことが分かった。インフレで女の手間賃も莫迦にはならないのである。

折角の妙案も約一カ月ぐらいで駄目になり、足立二郎が落胆しているときだった。ある日、三十四、五くらいの工員服を着た男が足立二郎の店先に入って来た。彼はやはり古物をあさって回っている業者だと言っていたが、足立には初めて見る顔である。聞いてみると、この男は坂井芳夫という名前で、宇部市から汽車で一時間あまりの山口市に住んでいるということだった。話しているうち、坂井は何かに気づいたように首を後ろにねじ曲げ、

「おや、お宅では何か製造をやっているんですか?」

と、奥のガラス戸に眼をやった。そこは足立二郎が廃品の針金を伸ばすために、住居の一部を建て直してわざわざ「工場」に模様更えした場所だった。この改築にも相当な金がかかっている。

足立二郎ははじめははっきりしたことを言わなかったが、坂井はガラス戸から洩れる「女工」たちの話し声に不審をもって根掘り葉掘り追及した。それで結局、足立二郎も

事情を話したのだが、坂井芳夫はちょっと内を見せてくれませんか、と言い出した。

仕方がないので足立二郎がガラス戸を開けると、坂井は十人ばかりの女工たちが縺れた針金を丹念にほどいている現場を面白そうに観察していた。

「なるほど、これは大へんですな」

坂井は溜息まじりに言った。

元の場所に戻ってから坂井は、針金はそんなに不足しているのですかと訊いてきた。それから彼は、耳よりなことを言い出したのである。

「新品ではないが、実は、広島に二十四番線の針金がうんと残っている。これは原爆のためにある工場がやられ、製品だけは残されている。少々焼けてはいるが、家庭用品の材料ぐらいには十分使えると思う。これを引き取って売り込んでみたらどうですか」

もちろん亜鉛びきのぴかぴかしたものでなくても、品さえあれば古くても飛ぶように売れることは決まっている。足立二郎は、一も二もなく坂井芳夫に、その製品を回してくれるように頼んだ。彼としては、思わぬ幸運が飛び込んだ思いだった。

その品は二週間ばかりして届いたが、約一二〇キロもある大量のものだった。荷造りを解いてみると、その針金はどす黒い赤色を呈している。その上、きれいに巻かれてある。足立二郎が試しにその線の端を引っ張り出してみると、指先に少し力を入れただけでぽきりと折れた。原爆の洗礼をうけた針金は脆くなっていた。しかし、かえってそのほうが日用品の製品加工には仕事がしやすいだろうと足立二郎は考え、即座に坂井に金を払った。

これをかねてから頼まれている各地の業者に送りつけると、十日も経たないうちに猛烈な抗議がきた。針金の古いのは問題ではないが、何といってもコシがない。加工しようにもぼろぼろに折れてどうにも使いものにならないというのである。

足立二郎の大儲けの夢もここで挫折するかと思われた。

すると、その後に現われた坂井芳夫が自分もそんな事情とは知らなかったと謝った末、奇妙なことを言い出した。

「なあ、足立さん、あんなふうに女工さんたちが縺れた針金を一本ずつ解いていくんじゃたいへんな手間だね。あれじゃ工賃ばかり嵩んで仕事にはならんだろうな。どうだね、針金を解くのをひとつ機械化してみては？」

「機械化？」

足立二郎はおどろいて、

「そんなことが出来るもんかね？」

「わしだったら、それが設計出来ると思うな」

「君、そんな才能があるのかね？」

「こう見えても、わしはW大学の機械科を出ているからね」

と言って坂井芳夫は微笑した。

足立二郎は二度おどろいた。このうす汚ない三十男が、そんな学歴を持っていようとは知らなかった。坂井芳夫は、問われるままにざっと身の上を話した。それによると、学校を出てからの彼は、すぐに大阪の造兵廠に就職したが、上の者と喧嘩し、厭気がさして山口に引っ込んだというのである。

「あの針金を解く機械の設計くらいなら、わしにも出来るよ」

と、彼は自信ありそうに言った。

「機械というても、あんた、金属は全然使えないが、どうする気かね？」

足立が疑問をはさむと、

「なに、あんなものに金属を使う必要はない、木材だけで結構だ。木で造ってみせるよ。今は資材がないときだから、わしが設計図を作り、大工にやらせれば造作はない」

と坂井はこともなげに答えた。

足立二郎は、この素晴らしい話に乗り気になった。彼は早速坂井にその設計にかかってもらうよう頼んだ。坂井によれば、作業を機械化すると、現在の女工たちの手間が四分の一以下で済むということだった。

足立二郎は、坂井芳夫に当面の生活費と「設計研究費」を与えた。坂井は十日もしたら完成すると請け合って、もう一度工場を視察して帰った。

十日ののち坂井芳夫は現われて、細長く巻いた紙を足立二郎の前にひろげた。それは方眼紙に機械の平面図が鉛筆で縦横に描かれ、それぞれ専門用語が横文字で入っていた。見るからに複雑で高級そうな機械図である。

「これなら絶対間違いはない。わしの計算では、そうだな、人が四人も付いていれば大丈夫だと思う。それに、能率だって、いま十人がかりでやってる作業を、おそらく二時間以内には機械がやってくれるはずだ」

何もかも素晴らしい話だった。

「ところで、機械の費用の点だが」

足立二郎は恐る恐る訊いた。

「一体、どのくらいかかるものかね？」

「そうだな」

坂井芳夫は頭の中で暗算をしていたようだったが、

「まず、材料費などはたかが知れてるとして、組立て賃や、ところどころ重要な部分の歯車などはどうしても金属を使わねばならんから、この部品をどこかの鉄工場に頼むとして、まず設計賃を含めて三十万円はかかるだろうな」

「三十万円ね……」

足立二郎には三十万円の資金がなかった。いや、全部を掻き集めれば、それくらいにはなるかもしれないが、それには手許の商品をことごとく売り払わねばならない。足立二郎は、結局、資金の半分を小金を溜めている米山スガに出資させることを考えた。

「非常に有望な話なんだよ」

と、彼はスガに逢って説明した。

「あんたが口を利いてくれているA製鋼所からヤレがどんどん出れば、それを瞬く間に機械がほぐしてくれる。坂井芳夫は、なにしろ、W大学の機械科を出た優秀なエンジニアだからね。設計図を見せてもらったが、たいしたもんだ。あんたにも見てもらおうと思って、ここに持参してきた」

足立は、方眼紙に綿密に書き込まれてある丸や四角の複雑な組合せ図をスガの前に披露に及んだ。

「そうね」

スガも分からないながら、その図面をのぞいて考え込んでいる。

「なあ、スガさん、あんたも旦那から手当を貰うだけではつまらんじゃろう。ひとつ、事業をしなさい。事業をするからには、こういう間違いのないものをやるのが一ばんだ。わたしと共同出資というかたちにしてもいいし、それが厭だったら、あんたから出してもらう金を株にして配当をあげるということにしてもいいよ。ぜひ、この話に乗ってくれんかな」

たしかにそれに、米山スガは心を動かしたようだった。彼女も旦那からお仕着せの金を貰うよりも、自分の手で儲けたいという意欲は十分にある。

「分かったわ。じゃ、あんたの言う通りにする」

「えっ、そうしてくれるか」

「その代り、この設計は確かなんだろうね？」

スガは足立二郎に念を押した。

彼女が十五万円の金を出したのは二、三日後であった。

坂井芳夫は足立二郎の家に毎日やって来ては大工を指揮し、設計通りに製作させた。すでに女工たちを全部解雇し、広々とした坪数は、大工たちの仕事場に変わった。坂井は終日大工の手許を眺め、あれこれと指図し、その結果の微細な間違いを検討し、いちいち大工たちに指示を与えた。それは一流のエンジニアのようにきびきびした態度だった。

店先に坐っている足立二郎は落ち着かない気持でそういう坂井芳夫の姿を見ては、彼に対するたのもしさと事業への期待に燃えていた。三十万円ぐらいは、この機械を使うことによって一カ月で取り戻せそうであった。

すべての部品の仕上げが終わり、いよいよ取付けとなった。坂井芳夫は組立てに移った。大工を指揮し、「針金捲取機」の完成を急いだ。

3

米山スガは、たびたび足立の家にやって来ては針金捲取機の製作を見ている。彼女は十五万円の出資者だから足立は大切にした。のみならず、彼女が口を利いてくれなければA製鋼所からのヤレの針金が出ないわけである。

足立二郎は米山スガが来るたびに、彼女に酒を出してもてなした。その酒もヤミで入手しなければ手に入らない。坂井芳夫も酒には眼のないほうだった。芳夫はスガの酒の相手をしながら、この機械が完成すると、どのように能率が上がり利潤が上昇するかを自慢気に説明するのだった。

しかし、この機械は容易に完成しなかった。予定よりずっと遅れた。理由として、坂井芳夫は設計図には間違いないが、細部の点に手直しがいろいろと生ずると弁解していた。

「何しろ、初めての機械だからね。わたしにも少しばかり勝手が違う。これが高級な工作機械だったら、かえって手馴(てな)れて早いんだがな」

彼はそう言っていた。もっともな次第で、縺れた針金を解く機械など未だかつて聞いたこともない。

しかし、遂にその機械が出来上った。想像以上に大仕掛なもので、ほぼ十坪ばかりの「工場」一ぱいを占め、層々と積み上げられた木製の櫓組(やぐらぐ)みは天井までとどきそうだった。

冬の或る日、試運転が始められた。足立二郎も米山スガも眼を細めて、その機械が唸(うな)りを生じて回転し、縺れた針金が忽ち一条の線となって伸び、片方に備えつけられた新しい捲取機に糸を巻くように円滑に収められてゆくさまを想像していた。

しかし、結果は、その巨大な機械はあたかも反逆した象のように人間の意志に梃子(てこ)でも従わなかった。坂井芳夫は首をねじ曲げ、櫓の上に上ったり下りたりして細部を点検したが、やはり機械は微動だもしなかった。動力を電気に求めなかったので、新しく傭った男二人がハンドルを回わして人間動力となったが、屈強な男たちが顔を真赤にしても少しも軸が回転しないのである。無理に回わそうとすると、難破する船のように軋り（きし）を立て、今にも機械全体がばらばらに崩れそうな音を出した。

米山スガから返金の猛烈な催促が始まったのはそれからである。彼女は足立二郎を詐欺で訴えると言いはじめた。もちろん、彼女が芸者時代に馴染みとなったA製鋼所課長からのヤレの針金の荷出しも停止されてしまった。足立二郎は坂井芳夫を責めた。坂井はただ頭を掻いていた。

「どうも、わたしの設計の間違いだった。もう一度、設計のやり直しをさせてくれたら、今度こそ立派に完成して見せるがのう」

「とんでもない。もう懲り懲り（こりごり）だ」

足立二郎は憤ったが、坂井芳夫自身に金がないのだからいくら責めても、米山スガに対する返金の助けにはならなかった。

「あんた方はわたしを騙（だま）したのだ。さあ早く、十五万円を返してくれ。無いとは言わせない。あんたのところはヤミで十分儲けたはずだ。わたしが世話した針金だけでもどれくらい儲けたか分からない」

彼女は血相を変えて責めてくる。足立二郎が、あの針金は工賃ばかり高くついて損をした、自分も坂井に騙されて十五万円出したのだから、今のところ金は一文もない、もう少し待ってくれと言っても、スガは一向に聞き入れなかった。

するとと、坂井芳夫がこっそり足立二郎に新しい提案を出した。

「な、足立さん。あんたには今度はえらい迷惑をかけたが、さし当り米山スガさんの催促を一時押さえる方便として、彼女に山林を世話したらどうだろう。山林は儲かるからのう」

「また、いい加減な話じゃろう」

足立二郎は初め相手にしなかったが、坂井芳夫は熱心だった。

「とにかく、あんたのほうはスガさんの催促をかわすのが先決問題だろう。あんたは、毎日のようにスガさんに責められて神経衰弱のようになっとるじゃないか。そこで山林を彼女に世話して十五万円はおろか、その何倍も儲かると持ちかけるんじゃ」

「で、その山林というのがどこにある？」

「それはな、大分県の耶馬渓の奥にある」

「耶馬渓？」

それは遠いと言ったが、坂井芳夫は、遠い場所でないとかえって現実感がない、近い所だと米山スガが疑うに決まっている。何だったら自分が直接にスガにそれを話してもいいと言い出した。

結局、スガへの説得は、足立二郎と坂井芳夫と二人で働きかけることになった。スガは初め相手にならなかったが、坂井の弁舌に次第に心を動かされはじめた。一つは、大阪の旦那が土地で大儲けしたこともその要因になっていた。

「耶馬渓には今後観光施設が施かれる。わたしはそれを耳に挿んだことがあります。あすこには耶馬渓鉄道という会社があって、現在、バスと軌道だけしかないので、今後は観光開発の目的で大きな設備をするということです。そうなれば、山林も値上りになるし、第一、あすこは良材が出るので、今から安い値で樹を買っておけば、将来、きっと大儲けになりますよ」

こういう意味を坂井芳夫はスガに向かって諄々と説いた。

スガは心を動かした。では一応現地を見に行こうということになり、三人は中一日おいて次の日の朝早く汽車で耶馬渓に向かうことになった。

「奥さん」

と、坂井は思いついたように言った。

「田舎の地主はなかなか疑い深いから、われわれ三人で行っても容易に信用しないかも分かりません。それで、奥さんは素晴らしいダイヤの指輪をお持ちだそうですから、それをぜひ指に嵌めて下さい。田舎者はそれですっかり信用すると思いますからね。値段の交渉もずっと有利になりますよ」

「ええ、いいわ」

米山スガは、自慢半分にそれを承諾した。

その晩、坂井芳夫は足立二郎にだけ実際の計画を打ち明けた。

「このままでは、あんたもスガにいろいろと責められて辛いだろう。あの女は旦那の金を損しただけなのに、まるで自分が苦労して溜めた金をわれわれに奪られたように騒ぎ立てている。この世の中にあんな結構な暮しが出来るのも、他人の金のおかげだ。あんな女はこの世の中に居なくてもいい。スガはきっと相当な金を持って明後日出かけるにちがいない。また、地主と交渉するため見せ金としてそのくらいの用意をするようにぼくから言ってあるので、それをこちらに頂戴しようじゃないか」

「それでは、すぐに彼女に訴えられるだろう？」

足立は怕々と訊いた。

「なに、あとはあの女を殺してしまえばいい。それに、あの女の嵌めている指輪だけでも相当な金になるからな」

「そんなことをやって分からないだろうか？」

「大丈夫」

と、坂井芳夫は請け合った。

「ここと耶馬渓とはずいぶん離れている。身元さえ分からなければ、当分知れることはあるまい」

「しかし、米山スガが行方不明となると、当然、旦那が気狂いのようになって警察に届け出るだろう？」

「そりゃ出るだろうが、なに、そのときは、君は何を訊かれても知らないと言ってくれ。おれが彼女を連れ出して山林を見せたようにする。だから、地主との交渉のときも、君は分からないように外に立っていてくれたらいい。要するに疑いはぼく一人がかぶることにする」

「警察は君のところに行くだろう？」

「安心してもらいたい。ぼくは山口に居るけれど、実は住所がはっきりしないのだ。どうせ風来坊だからね。二人で金を山分けしたら、おれだけはどこかにすっ飛んで消えてしまうよ」

怖ろしい話だった。しかし、一文なしに等しくなった足立二郎は、結局は坂井芳夫に同意しないわけにはいかなかった。実際、スガの猛催促にはノイローゼ気味になっていたところである。

彼女とても出資した以上、その「事業」がうまくいかなかった場合も考えていいはずだ。それが不成功になったからといって詐欺呼ばわりをするとはあんまりひどい。この点で足立二郎はスガへの憎悪を湧かしているときであった。

約束の日は、前の晩から寒気が厳しかった。三人は朝、駅で落ち合うことになったが、足立二郎だけは坂井の勧告もあって途中から汽車に乗り込むことにした。ここから耶馬渓は、小倉（こくら）までが約二時間、小倉から中津までが約一時間半、それから耶馬渓鉄道で奥地に向かうまでが約一時間、乗りものだけで計五時間近くかかる。それから歩いてどのくらい時間を要するか、一切は坂井芳夫に任せきりだった。

スガは列車の中で例のダイヤの指輪を指に嵌めていた。汚ないモンペの格好だったが、それだけは接木(つぎき)のように貴婦人の手の豪華さになっていた。彼女は肩から古い水筒を吊っていた。空襲時の名残りである。

耶馬渓までの道は遠かった。耶鉄で柿坂(かきさか)という駅に降りたが、そこからさらに奥地に向かった。この辺は杉の産地で、全山を赤茶色に埋めた杉の密林は、敗戦をよそにこよなき美林を誇っていた。部落が山裾(やますそ)のところどころに遠い間隔をおいて点在していた。

「あの部落ですよ」

坂井芳夫は、米山スガに藁屋根の一つを指さして見せた。

しかし、そこでは主人が居ないと言って、坂井芳夫は一人で戻ってきた。

「なに、あの家が駄目でもほうぼうにありますよ。そっちから回りましょう」

坂井はひとりで気負いこんでいた。結局、その日一日中、米山スガも足立二郎も坂井のためにほうぼう引きずり回されたかたちになった。

4

米山スガは疲れきって不機嫌になっていた。ただ意味もなく冬の耶馬渓の山中を彷徨(ほうこう)させられただけだった。

「坂井さん、本当にこんなところに山主がいるのかね?」

彼女も遂に疑い始めた。折りから日も没した。山の多いこの辺は日昏れの訪れが早い。坂井芳夫は米山スガを殺害する時機を窺っているようだった。彼が地主探しを理由にスガを方々引きずり回すのもその機会を狙っているためだった。スガもさすがにこれは変だと気がついたらしく、早く駅のほうに戻ろうと言い出した。もう猶予はならなかった。しかし、まだ坂井の願う適切な場所には来なかった。

田舎道を一日中歩きつづけたため、スガの足は次第に遅れ気味になっていた。すると、通りがかりに農家があった。スガが先に入り何か交渉していたが、やがて持参の水筒を重そうにして戻って来た。

「酒をこれに入れてもらったわ。これでも飲まなくちゃあ、もうわたしは歩く元気がないからね。この辺は地酒はうまいそうだが、これは濁酒だけど、悪い地酒よりよっぽどましだそうよ」

スガは水筒の蓋に白い酒を注いでは呑んでいたが、それだけで間に合わず、水筒に口をつけてラッパ呑みをした。

「うまい」

と、彼女は唇をぬぐって言った。

「まだ、この中には三分の二ほど残っているわ。あんたたちに分けてあげたいけれど、それじゃ、わたしが夜まで保てないからね。まあ我慢してちょうだい」

彼女はその水筒を肩に掛け、二人の後ろから歩き出した。

しばらくすると山が切れ、やや展(ひら)けた田圃(たんぼ)に出た。冬枯れの田は切株ばかりになっている。ところどころ藁の小積みが残っていた。坂井芳夫の眼がそれに向かって異様に光ったのを米山スガも足立二郎も気がつかなかった。

坂井芳夫は何気なく米山スガの後ろに回ると、突然、彼女の背中に犬のように飛びついた。スガは異様な声をあげて倒れたが、その声は長くつづかなかった。坂井芳夫は彼女の上に馬乗りとなり、両手を力いっぱい女の咽喉(のど)に押しつけていた。

足立二郎は動顛(どうてん)し、ただうろうろするばかりだった。

「おい、何をやっているんだ？」

と、坂井芳夫が死体となった女から起ち上がり、足立二郎を呶鳴(どな)った。

「早いとこ、この女をあの藁積みの中に隠すんだ。手伝え」

W大学機械科出身の工学士は、恐ろしい形相で足立二郎を睨(にら)みつけた。足立二郎は恐怖し、スガの柔らかくなった身体を無我夢中で抱え上げ、坂井と一しょに藁積みのそばに持ってきた。

「早いとこ、金を奪(と)ろう」

その金はスガの腰に汚ない風呂敷で巻いて括(くく)り付けられていた。足立二郎はスガの顔から眼をそらして風呂敷を解きにかかった。スガは顔面紫色となり、鼻や口から血や泡を流していた。足立の指が利かなかった。

坂井芳夫は、手早く死体からダイヤの指輪を奪い取った。

「金はどのくらい持っていた?」

風呂敷包みをやっと解くと、中は新聞紙に百円紙幣が包まれていた。

「全部、新円だな」

坂井芳夫は歪んだ顔にうれしそうな笑いを浮かべた。

「身許が分かるような物は、全部取り除くんだよ」

坂井芳夫は完全に足立二郎の命令者になっていた。二人はスガの衣服をはだけ、財布や着物の縫取りなど証拠になりそうな物を一切取り除いた。スガの胸は肥えて真白だった。彼女は二人の男のなすがままにされた。

「水筒はどうする?」

足立二郎が乱れた息の中で訊いた。

「そうだな……その中にはこの女が好きな酒が入っている。せめてもの供養に、それだけは冥土に持たせてやるとしよう。水筒ぐらいあったところで別に証拠にはならないからな。何も目印も付いていない」

坂井芳夫が死者に人情をかけたといえば、その一点だけだった。

「これでよし」

死体は藁積みの奥に押し込まれた。その上をさらに藁で蔽(おお)い、人目には分からないようにした。

「うまくいくと、来年の春まで見つからないかもしれない」

と、帰りがけに坂井芳夫は足立二郎に言った。

「何しろ、こんな辺鄙(へんぴ)な所だからな。百姓以外に通る者はいない。その百姓も来年の春、田の用事があるまでは寄りつかないはずだ。それまでにあの身体が完全に腐ってしまうからな」

二人は昏れた田舎道を走った。闇の中に点々と農家の灯が見えるのが、足立二郎には人魂のように怖ろしかった。ことに途中の竹藪(たけやぶ)の中を通ったときは身体中が竦(すく)んだ。どれくらい歩いたか分からない。やっと柿坂の駅の灯を見て人心地がついた。それから五時間ばかり宇部市に帰り着くまで、二人は一語も話さなかった。警戒したからではなく、大きな犯罪を犯したあとの心理で、どちらも妙に不機嫌になっていた。駅に着いて構内を出ようとしたとき、急に坂井芳夫が叫んだ。

「あっ、しまった。えらいことをした」

坂井は立ち停まっている。

「どうしたんだ？」

足立二郎がどきりとして訊くと、

「女の着物に汽車の切符が入っていたのを忘れた。あれを取り出さないとえらいことになる」

足立二郎は度を失った。

「どうしてそれに早く気がつかなかったのだ？」

「落ち着いていたつもりだが、やっぱりあわてていたんだな」

「しかし、切符一枚ぐらい大したことはないだろう」

足立二郎が言うと、坂井芳夫は怕い顔をした。

「何を言うんだ。あの切符から女の身元がすぐ分かる。切符には、この宇部と柿坂の駅名がちゃんと付いている。女が宇部の人間だとはすぐ分かる。警察では早速こっちの市中の捜査にかかる。それが米山スガだと分かるのは造作はないよ」

「どうしたらいいだろう？」

足立二郎は、今にも刑事が背後に立っているような気がしてきた。

「仕方がない。ぼくはこれからどうしても山口に帰らなければならない。悪いけど、君、これから現場に引き返して、あの死体から切符を抜いてこないか」

「えっ」

足立二郎は仰天した。

「バカな。そんなことがおれに出来るものか」

「どうして出来ない？」

「怕い。怖ろしいのだ。とてもおれ一人では行けないから、君も一しょに付いて行ってくれ」

「出来ないね」

と、坂井芳夫は拒絶した。

「あいにくと、おれには明日どうしても行かなければならない約束の場所がある。今日、これからというわけにはいかないだろうから、君は明日昼からでもここを出発して、耶馬渓には夜着いて、例の場所に行ってくれ。まだ誰も発見していないはずだ。いいな。もし、君が否（いや）だと言ったらわれわれ二人は絞首台に上ることになる。そりゃおれは構わんさ。どうせ独り者の風来坊だからね。しかし、君はそういうわけにはいかないだろう。女房、子もあるし、店もちゃんと持っている。風来坊のおれとは違う」

「頼む」

と、足立二郎は手を合わせた。

「何とか付いて行ってくれないか。いや、金ならいくらでも出す。君一人であの女から切符を取り出して来てくれ」

「金の問題ではない。おれはどうしても行けない。じゃ、頼むよ」

坂井芳夫は足立二郎を放り出すと、さっさと構内を出て歩き出した。

足立二郎は、その晩、家でまんじりともしなかった。考えれば考えるほど恐怖に駆られた。もし、坂井の言うことを聞かなければ、足立二郎はその全生活と、妻子と、自分自身の生命とを失うはずだった。といって一人で夜中にあの死体に忍び寄り、その着物から切符を探すなどということはとうてい出来ることではなかった。

坂井芳夫は、その言葉通り、絶対に現場には行かないであろう。ことがバレたとしても、彼は自ら言うように天涯孤独な風来坊だ。どこにでも一人で逃げられる。足立二郎とは立場が違う。彼には家庭があった。これは何としてでも破滅から自分を救わなければならなかった。

翌日、足立二郎は午後から宇部を発ち、夕方には耶馬渓に着いた。柿坂には日が昏れてから降りた。異常な決心であった。

彼はあらゆる恐怖に勝とうとした。途中の田舎道も、竹藪も眼をつぶる思いで歩いた。遂に見憶えの田圃に来た。坂井芳夫の予言通り、それは昨日のまま闇の中に沈んでいた。誰かが見つけて警察騒ぎになったら、その辺が荒れているはずである。だが、藁のかたちは一本も違っていないように見えた。

足立二郎は、その藁積みの横まで来たが、あと二メートルのところでどうしても足が藁の前に進まなかった。今にもその藁の中から米山スガの死体が眼をむいて飛び出して来そうであった。

足立二郎は顔を掩った。それでも前には進めなかった。すると、突然、彼にいい考えが泛んだ。要するに、あの切符が死体からなくなっていればいいのである。彼のポケットにはマッチがあった。死体は藁に包まれたまま人形のように中におさまっている。藁に火を点ければ死体も一しょに燃える。完全に燃えなくとも、少なくとも着物だけは焼けるはずだった。むろん、切符も灰になってしまう。

足立二郎は最後の勇気を奮い、死体のある側とは反対のほうに回り、マッチを擦って藁に火を点けた。乾燥した冬の空気は炎を勢いよく揚げさせた。夜空は赤い柱となった。

まだ村人の誰も駆けつけてこなかった。

実によく燃える。万一の用心に足立二郎は枯れた草むらにしゃがみ、死体が焼けるかどうかを見届けた。火は真昼のように明かるい。やがて、その炎の中から人間の黒いかたちが一つ、藁と一しょに火の塊りとなって前に倒れた。足立二郎は呼吸を詰めた。するとつづいて信じられない現象が起こった。もう一つ人間のかたちが炎の中から現われて、藁と一しょに火花を散らして倒れたのである。

足立二郎は夢中になって駆け出した。恐怖で気持がうわずっていた。死体は二個あった。どうしたのだろう？　あれは眼の錯覚だろうか。怖ろしさの余りにもう一個の人間の幻影を見たのだろうか。

だが、やがて足立二郎は最初に倒れた死体が男のかたちをしていたのに気づいた。

(坂井芳夫だ！)

それからはすらすらと幻視の謎が解けた。

——坂井芳夫は死体の傍に行って足立二郎が来るのを待っていたのだ。むろん、共犯者である足立もそこで殺すつもりで彼は先に現場に着いていたのだ。

ところが、夜になって彼は寒さを覚えてきた。大胆な坂井芳夫は、死体が包まれている藁の中に入り込んだのだ。そのうち、坂井は足立二郎の来るのを待って、寒さ凌ぎに死体が肩から吊っている水筒から酒を呑みはじめたのであろう。米山スガが濁酒ながら地酒よりうまいと言って賞めていたあの酒だ。坂井芳夫は呑める口である。水筒の三分の二まで残っていた酒を彼が全部呑み干したとしてもふしぎではない。そのうち、坂井は酔いが出てきた。藁の中は温かい。いい気持になって死体と重なって藁にくるまり睡りこけていたのではないか。

足立二郎には「針金捲取機」の櫓の上にかがんで調子を調べている坂井芳夫の姿がふいと浮かんできた。

柿坂の駅の灯が見えたとき、足立二郎は膝から力を失い、動けなくなっていた。

第九話　代筆

1

R市P町
土田三郎（四三）の供述。

お訊ねによって申し上げます。私は前職は左官職でございます。戦争以来、仕事のほうがさっぱりで、終戦後も商売の目安が立たず、仕方がないので輪タクをはじめました。はじめは駅から客を市内に運んでいましたが、いろいろと縄張りがあって、新しくはじめた者にはうるさく言いますので、とうとう進駐軍の兵隊をキャンプ付近で客待ちするようになりました。それが今でもつづいているわけであります。

私の家は市内の端なので、この辺はたいそうパンパンが多うございます。私がＧＩを乗せて連れて行くのは、そのような女の居る家ばかりですから、自然と、そういう部屋貸しをしている商売がどんなに儲かるか、だんだん分かって参りました。そこで、輪タクだけではつまらないと思い、急いで自分の家を改造し、そういう女の子を置く部屋を四つ造りました。これはベニヤ板で仕切りをつければよかったので、わりと簡単にできました。

　ここで私の内妻八田きよ子のことを申し上げますが、きよ子は終戦前まで三流料理屋に働いていた女であります。年齢を取ってから、そういう料理屋の仲居のようなことをしていましたが、私が遊びに行っているうちに関係ができ、ちょうど、女房が病死したので、そのあとに引き入れたのでございます。

　そういうわけですから、そのような女の子を置いても、きよ子には水商売の経験があってうまく商売ができると思ったのでございます。

　事件の起こった当時は、神保なつ子、小池むら子、吉岡知津子の三人が部屋を借りていました。彼女ら三人ともみんなキープでした。キープというのは一人の兵隊に専属していることで、その兵隊が変われば、また別の者に専属的につくわけであります。朝鮮戦争がはじまりましてからはキャンプ内の移動が激しく、それにつれてＧＩもたびたび変わって参りました。

　神保なつ子というのは、昭和二十三年ごろ、よその土地からこの市に来た女で、はじめはキャバレーやバーなどに勤めてパンパンを兼ねていましたが、素行不良のため辞めさせられたところも多かったようでございます。

うちに来たのは彼女の友だちの紹介でしたが、性格は至って人馴れがして、ことに私の内妻を、ママ、ママと言っては上手に甘えておりました。彼女は虚栄心が強く、派手好きで、日常の生活は贅沢をしていました。私のところに居るときも家財道具や衣裳など高価なものを持ち込んで部屋を飾っていました。

私は始終輪タクで外で働いていましたから、あまり家のことはよく分かりません。しかし、内妻きよ子の話によると、神保なつ子はGIにキープされていながら、ほかの男との関係をもっていたといいます。その手口としては仮りの旅行を装い、トランクなどを持ち出して相手を信用させるといった方法でございました。きよ子もたびたび注意していましたが、一向に直らなかったようです。

事件の起こった当時の神保なつ子の相手はビクターという軍曹で、なつ子はビック、ビックと呼んでいました。この軍曹は本国の家が金持だとかで、相当派手な金使いをしていました。なつ子の指に嵌められている三カラットの白色無疵のダイヤも、そのビックがどこかのダイヤ商から買ってきて与えたものであります。これはたいそうなつ子を喜ばせ、とても自慢にしていました。

それならビック一人を守っていればよいのですが、そこが生来浮気な女ですので、ビックが軍務でしばらく来られなくなると、すぐ浮気をはじめるのでございます。ビックもそれに気づき、女をだいぶんいじめたようですが、そのために、女の身体には生疵や火傷のあとが絶えませんでした。しかし、なつ子はかえってそれをよろこんでいました。

　つづいて戸倉良夫のことについて申し上げます。

　戸倉は私とは十くらい違いますので、たしか三十二だと思いますが、生まれは関西のほうだと聞いています。そのせいか言葉もやさしく、顔もまあ好男子のほうでした。私が戸倉を知ったのは、輪タクでそういうＧＩを女のもとに運びはじめたころからです。当時、戸倉は辺鄙なところでパンパン相手の代筆をしていました。

　ご承知のように、女たちはしゃべるのは達者ですが、からっきし英語の字は読めませんし、書くことができません。それで、沖縄や朝鮮に行った兵隊から来る手紙を女たちに戸倉は翻訳して聞かせ、また、その返事などを代筆していくらかの代筆料を取って暮らしていました。女たちもいつ相手が沖縄や朝鮮から帰るか分からないので、そこはいつも文通をつづけていなければならなかったのです。

　私は戸倉に、そんな辺鄙なところでは商売になるまいから、私の近所に移ってはどうかとすすめ、近所の家の二階に間借りを世話しました。そして、私の家の女をはじめ知合いの女に紹介してやり、戸倉が生活出来るように仕事を取ってやりました。

　この戸倉は、彼自身の話によると、若いとき神田の電気学校を卒業したとかで、英語は達者でした。外地から復員して帰ると、職がないままにこの土地に流れて来て、つい、そんな商売で暮しを立てていたということでございます。性質は非常におとなしく、酒も呑まず、煙草も吸わず、これという道楽もないので、私は彼を非常に信用していました。

戸倉は、先ほど申し上げた通り、年齢といい、色白の細面の顔といい、言葉つきのやさしさといい、そういう種類の女たちからずいぶん好意を持たれておりました。しかし、戸倉はいつも、金を溜めたら東京に引き揚げるのだと言って、将来に希望をつないでいたので、身持は堅く、そういう誘惑には乗らなかったようでございます。そこで、私はいよいよ彼を信用し、しっかりやりなさい、と激励しておりました。

ところが、この戸倉に神保なつ子がかなり熱心に惚れていたのでございます。彼女は代筆の手紙にかこつけて始終戸倉のところに行っていました。

戸倉もどうやら神保なつ子にはまんざらでもなさそうなので、私は戸倉に注意をしてやりました。神保なつ子は浮気な性分であり、その上、派手好きで、贅沢で、どうしてもあんたには合わない女だ、と説明してやりました。また、なつ子には妻きよ子からも、戸倉にだけは手を出さないように言い聞かせていたのでございます。

そうこうするうち、どうやら、戸倉と神保なつ子とが変な具合になってきました。というのは、前にも申し上げた通り、なつ子は旅行にかこつけてよその場所で浮気をしているのですが、そういう旅行のときに戸倉の姿も消えることが起きるようになりました。

そのうち、こういうことが起こりました。なつ子の当時の男であるビックが朝鮮から休暇を貰い、不意に帰って来ました。悪いことに、例によってなつ子は旅行中でした。ビックが、なつ子はどこに行ったか、と訊くので、はじめは、郷里の母が病気なので、いま、その看護に帰っている、と誤魔化していました。

ところが、ビックは首をかしげ、そんなはずはない、自分が一週間前に航空便で手紙を出したのにすぐに返事があって、今日帰ることを待っていると言ってきた、それになつ子にはすでに母親がないと聞いている、どうも話がおかしいではないか、とビックは大きな眼をして私を睨みつけました。

なつ子に母親がないことは私もうっかりして聞いていなかったので、これは失敗でしたが、とにかく、毎日のようにビックが来るので、早くなつ子を捜さねばなりません。私は商売ものの輪タクを駆って彼女の友だちの間をたずね回り、ようやく彼女が駅前の旅館に居ることを突き止めました。

そこに行ってみると、なつ子は戸倉と一しょに夫婦気取りで泊まっているのでございます。二人とも私の顔を見てびっくりしましたが、戸倉のほうには何も言わず、なつ子だけにビックが帰ったことを言い、一刻も早く戻ってくれと言い聞かせました。すると、なつ子は、じゃあ仕方がないわ、とか何とか言いながら、すぐ帰り支度をはじめました。

私はなつ子がちょっと部屋を出て行った隙に戸倉に、あれほど注意していたのに、どうしてなつ子などとそんなことになったのか、と詰りました。戸倉は頭を掻き、なつ子からあんまりしつこく言い寄られるので負けたのだ、しかし、自分としても彼女を愛している、夫婦になりたい、と真顔で言うのです。

私はなつ子を私の輪タクに乗せて戻りましたが、何ということでしょう。いかに商売とはいえ巧いものです。なつ子はビックの顔を見ると、その広い胸に飛びつき、キッスをするやら、頬ずりをするやら、実に待ち焦れた恋人に逢った態度なのです。

ビックもはじめは硬い表情をしていましたが、そこは長い間女と逢わなかった彼のことで、なつ子を横抱きに高々と抱え上げ、颯爽と彼女の部屋に引き揚げて行きました。

その間に私が戸倉のところに行ってみると、そのときはほかに女が二人来ていて、彼は蒼い顔をしてぼんやりと机の前に坐っていました。そのときはほかに女が二人来ていて、手紙の代筆を頼んでいたので黙っていましたが、どうやら戸倉はなつ子と出来てから、そんな仕事にも身が入らないような風でした。

女が帰ったあと、私は戸倉と一時間ばかり話しました。そして、なつ子との間を詳しく訊いたのですが、近ごろのなつ子の旅行は専ら戸倉との密会にあったことが分かりました。

2

さて、問題の四月十六日は、ビックがまだ休暇の最中でした。なつ子がパーマ屋に行くと言って出たまま帰って来ませんでした。朝から出て暗くなっても戻ってこないので、私の貸しているなつ子の部屋に居るビックはビールばかり呑んでいましたが、なつ子はどこに行ったか、と私やきよ子を問い詰め、果てはビールの空瓶をふり回して暴れ出しました。

なにしろ、相手は大きな男ではあるし、酔っている上、ジェラシーに狂っているので、何をされるか分かりません。私は早速なつ子を捜しに行きましたが、その前に戸倉のところに寄りました。案の定、彼は午後から外出して居ないのです。机の上には、ほうぼうの女から頼まれた手紙の翻訳が書かれないままに溜っていました。これを見ても戸倉がなつ子に逆上せていることが分かります。

私は輪タクを引きずって心当りの女の場所をたずねて回りました。しかし、今度はどこに行っているか分からないので、自宅に戻ったのが午後八時ごろです。ビックには会えないので、こっそりきよ子を呼び出して様子を訊くと、むろん、なつ子は戻っていません。ビックはますます荒れているというのです。

そこで私は、もしかすると、一しょに居る女の小池むら子がわりとなつ子と仲がいいので隠れ家を知っているのではないかと、彼女を呼び出して問い詰めると、その在所を白状しました。それはなんと私の住んでいるところから一町も離れていない場所でした。灯台下暗しとはこのことです。

在所が分かったので、私は小池むら子を案内役に、彼女を輪タクに乗せて出かけたのですが、ちょうど、そこに戸倉がこっちへ歩いて来るのに出遇いました。

私が詰ると、戸倉は午後一時ごろ一度その隠れ家に行ったが、なつ子が居ないので、そのままS町の知人のところに行って碁を打ち、ようやく済んでいま戻りかけているところだ、と言いました。

そこで私は、ビックがひどい荒れ方なので、これから君も一しょになつ子のところに行き、彼女を伴れ戻してくれと言いました。戸倉もそれを承知し、今度は三人でなつ子の隠れ家という場所に向かいました。

そこはごみごみしたところで、戦争中は砲兵工廠の工員が一ぱい住んでいたところです。だが、進駐軍が来てから少し様子が変わり、しもた家がそれ向きの家に建て変わったりしました。ちょうど、朝鮮戦争の終わりごろで、特需景気の煽りで町の様相が一変しています。

なつ子が借りている家というのは、工員の住宅を改造した貸家で、六畳二間に三畳ぐらいの家でした。その入口に立って戸倉が私と小池むら子とを止め、先に自分が入って様子を見るからと言い、格子戸をあけて入りました。その格子戸がスーと開いたので、女が留守をしていないことが分かりました。

私たちが外で待っていたのはものの三分とは経っていませんでした。戸倉は大きな足音を立ててあわてて私たちのところに戻り、なつ子が変だ、と言うのです。

そこで、私とむら子とが戸倉のあとにつづいて入りますと、なつ子は炊事場のところに俯いて仆れていました。その服装は外出から帰って着替えたばかりのようで、あとで分かったのですが、なつ子はパーマネントをかけに行っていたらしいのです。そのきれいにかかったパーマの髪があまり乱れずに俯いていました。

私は抱き起こそうと身体に手をふれましたが、すでにその手が冷たくなっているので、これは大変だと思い、すぐに交番に届け出たのであります。

市民病院外科医長宮本博士の解剖所見。

体中出血損傷ノ痕跡ハ認メラレナイガ、大動脈内ニ存スル血液ハ流動性デアル。シカシテ軟凝血塊又ハ豚脂様凝塊存在セズ。ヨッテ急死ナルコトヲ認メル。左右両肺ハ血量多ク充血ノ現象アリ。シカシテ血液ハ流動性ニシテ帯紫暗赤色ニテ窒息死ノ場合ノ解剖的所見ヲ認メル。

シカシ、咽喉部ヲ検スルニ索条溝ヲ認メズ。顕著ナル外傷ナキモ、創傷、打撲傷、火傷痕ナドヲ身体各部ニ見ル。然レドモ、コレラハイズレモ長時間ノ経過ニヨリ被害者死亡時ノ直接ノ攻撃トハ認メ難イ。

以上ニヨッテ本屍ハ窒息死ノ兆候顕著ダガ、死因ニツイテハ確定的ナコトガ断定デキナイ状態デアル。死後経過ハ解剖時ヨリ十九時間乃至二十一時間ト推定スル。

「既報、P町の借家で怪死した神保なつ子さん（二四）の死体解剖は今朝十時より行なわれたが、ただ窒息死の兆候が顕著だというだけで、死因不明となっている。目下、神保さんと親しくしていた戸倉良夫さん（三二）について事情を聴いているが、戸倉さんの話だと、その日の午後一時ごろ一度神保さんの死んだ家を訪ねて行ったが、そのときは留守なので帰ったという。これは神保さんがパーマネントに行っていたもので、パーマネント屋から午後一時前には神保さんが帰っているから、戸倉さんの話が本当だと、入れ違いになったとも言える。戸倉さんはそれから市内の友人宅に寄っているが、それは証明されている。午後八時ごろ、戸倉さんは知人の土田三郎さんを訪ねてゆく途中、土田さん、小池さんと出遇い、三人で神保さんの居る家に行った。このとき戸倉さんだけが中に入り、三、四分後、顔色を変えて出て来て、神保さんが仆れていることを外に待っている土田さんに報らせたものである。

所轄署では神保さんの死因が摑めないのでさらに検討している。なお、戸倉さんは参考人として引きつづき当局の取調べを受けている。神保さんは進駐軍兵士関係の知り合いが多く、この方面からの聞き込みも、鋭意行なわれている」

戸倉良夫（三二）の供述。

私と神保なつ子とが親しくなったのは、以上申し上げた通りであります。私はなつ子に愛情を感じるようになり、何とか早くその生活から脱けるようにたびたび勧告しました。なつ子も私の意見に賛成してくれ、一しょに東京へ行き、新生活を開くことを相談し合いました。けれども、まだ貯蓄が十分でなく、あと半年ぐらいのうちに金を溜め東京へ出る計画を立てておりました。

私はなつ子が進駐軍兵士のキープであることを苦痛に考えていましたが、しかし、そのために彼女に対して嫉妬だとか憎悪だとかいう感情を起こしたことはありません。それは私が彼女と知る前にすでに彼女にその生活があり、また彼女が真に相手の兵士に対して愛情を持っているわけではないので、比較的冷静な気持でいることができました。いうなれば、それは彼女が生きるための手段であり、また私との新しい生活がはじまるまでの準備だとして割り切っておりました。

　むしろ、そういう生活に入っているなつ子に対して同情していました。殊に当時なつ子をキープしていたビクターは一種の変態性を持ち、彼女には生疵が絶えませんでした。たしか当時も身体のほうぼうにそういう疵があり、紫色になって鬱血している個所が少なくないようでした。腕にも火傷（やけど）のアトが二、三カ所ばかりありました。私はビックと早く手を切るように言いましたが、なつ子は、ビックはそんなひどいことをするが、金だけはふんだんにくれると言うのです。朝鮮に行くと手当が五倍にも十倍にもなるとかで、それらの俸給をビックは全部なつ子に渡していたのです。したがって、これも新生活をいとなむ資金の貯蓄の手段として眼をつむっていてくれ、となつ子は私に申しておりました。

　当日は、間借りをしている家で他の女たちが持ってくる手紙の翻訳や返事の代筆をやっておりましたが、どうにも気が染まず、午後一時前に、かねて私となつ子だけが秘（ひそ）かに借りている家に行きました。

　この家というのは普通の部屋借りではなく、ちゃんとした一戸建てを借りてときどきの媾曳（あいびき）に使っておりました。と申しますのは、部屋借りだと、とかく家の中に他人の眼があり、すぐに分かるので、そういう方法をとっていたのであります。　家の中にはなつ子が食事に不自由しない程度の道具を揃えておりました。

そんなわけで、一時ごろなつ子の家の前に行きますと、戸が締まって表に鍵がかかっています。そこで不在と分かったので、あとで出直す気持になり、すぐに知人の家を訪ねたのであります。この知人の家は、そこから電車で二度も乗り換えて行かねばならない場所で、約一時間後に到着したと思います。それから何となくそこで話し込み、碁がはじまったので、つい遅くなりました。

自宅の近くに戻ったのが午後八時ごろでしたが、まだ部屋に帰る気がせず、この時刻だとなつ子が土田さんのところに居るものと考え、またビクターに虐められているのではないかと、その様子を訊きに土田さんのところに行く途中、土田さんと、なつ子の友だちである小池むら子さんに出遇ったのであります。

ここでちょっと申し上げますが、なつ子は私とそういう仲になってから、ビクターの休暇中でもずっと付きっきりではなく、ときどき彼を放って私と逢っていたので、ビクターがひどく不機嫌だということを話していました。ビクターは嫉妬心が深く、それに先ほど申し上げた通り変態的な性格ですから、それが加わってなつ子を打擲したり、焼いたナイフで皮膚に火傷を与えていたと、なつ子から聞きました。それで心配になったのであります。

私が土田さんと路上で遇うと、土田さんから、なつ子はどうしたのか、と逆に訊かれました。私は、午後一時ごろ彼女を訪ねて行ったが家が留守なのでそのまま帰った、と言うと、なつ子がこないのでビックが荒れている。これから一しょに行こうと誘われましたので、例の家に三人で行ったのであります。そのとき表には鍵がかけてなかったので、なつ子が帰宅したと私は考えたのであります。

3

私は表に二人を待たせ、中に入りました。それというのは、いきなり土田さんや友だちを伴れて入るのがなつ子の手前拙いと思ったからであります。まず、私がなつ子の様子を見て、それから二人を呼び入れることにしました。私は家の中に入ると、なつ子の名を呼びましたが、玄関に出て来ません。そこで、いつもの通り座敷に通りますと、ハンドバッグや外出着が脱ぎ棄ててあるので、彼女が戻って間がないと思いました。この家はほかに六畳と三畳があり、勝手口は玄関の三畳と壁一つ隔てた隣にあります。私が台所に行くと、なつ子が板の間に仆れていたのであります。そこで、びっくりし、すぐに表で待っている土田さんを呼びに行きました。こうしてあとは警察の方に来ていただくようになったのであります。

なつ子がどうして死んだか、私にはよく分かりません。刑事さんのお訊ねで私がなつ子を殺したように疑われましたが、決してそのようなことはありません。あとで聞くと、なつ子の死後経過はそのときから六、七時間前だということで、彼女が死んだのは午後一時過ぎだということが分かります。けれども、私が彼女の家に行ったのは午後一時ごろで、そのときは表の戸に鍵がかかっていたので入ることができませんでした。警察では私にお疑いをかけておられるようですが、私がなつ子を殺す理由は何もないのです。むしろ、これから東京に出て新しい生活の設計をしようと互いに愉しんでいたところであります。私はなつ子を喪って、本当に掌中の珠を奪られたような気がします。

また警察では、私がその時に家の内に入り、すぐにパーマネント屋から帰宅したなつ子と逢って、これを殺したというふうに解釈されております。それに、なつ子の殺し方は、おまえがいきなりなつ子の咽喉を絞めたのであろう、と訊かれましたが、決してそのようなことはありません。先ほどから申し上げたように、私はなつ子とは逢っていないので、なつ子の帰宅は多分私とすれ違いになったのではないかと思われます。

ところが、なお警察では、なつ子は窒息死である、これはおまえがなつ子を腕の中で絞めたのだろう、と言われますが、私にはそんな力はとてもございません。

ビクター軍曹の供述。（取調依頼のＣＩＤより本人の供述を取ってコピーとして送られたもの）

なつ子と親しくなったのは一年前からである。なつ子は私にとって素晴らしい女であった。しかし、彼女は必ずしも私を愛してくれているとは言いがたい。何となれば、私は彼女がしばしば私を誤魔化して他の男と親しくなっていることを知っていたからである。

私はキャンプから朝鮮に移動させられたが、朝鮮の戦時手当は相当な給料であった。私は、なつ子が何よりも金銭に執着しているので、彼女の愛をつなごうと思えば、金銭を相当与えねばならないと考えていた。朝鮮勤務となってからは収入が十倍となったので、私はなつ子の歓心を得るためいろいろな贈りものをした。三カラットのダイヤを買ったのは市内の或る商店のウインドーに出ていたもので、値段はべらぼうなことを言った。しかしながら、私はなつ子がいつぞや大きなダイヤモンドが欲しいと言っていたので、無理をしてこれを買い、彼女に与えた。彼女はひどく私に感謝をした。われわれの仲はよくなってきた。

　しかるに、なつ子は私の愛情を相変わらず蹂躙（じゅうりん）した。彼女は旅行と称してときどき行方不明になった。私はそれに疑惑を感じ、彼女を折檻（せっかん）した。私はときには彼女を殴り、ときにはナイフの先をマッチの火で焼き、彼女の皮膚に小さな火傷を与えた。

　しかし、彼女はそのたびに謝ったが、私の頼みに従おうとはしなかった。私はそれでも彼女を棄てることができず、未だに愛情を持ちつづけている。

　問題の日は、私は土田のところに前の晩から泊まっていた。なつ子はパーマを髪にかけると言って外出したが、それから全く私のもとには現われなかった。私はなつ子の行方を土田が知っていると思い、彼を詰問したが、土田は事情を知っていても私に正直に打ち明けなかった。そこで、私はビールを呑み、かなり酩酊（めいてい）したように覚えている。そのときに少々乱暴を働いたかもしれない。土田は私の剣幕に怖れて、なつ子の行方を捜しに彼女の友だちの小池むら子と共に出て行ったようである。

それからあとは酔っていて睡ったので知らないが、事件のことは真夜中に土田の報告で知った。私はなつ子の背信に憤激しているのみである。彼女の死については私には一切関係がない。

××県警察本部発行の雑誌『捜査の反省』(部外秘)所載の「刑事座談会」の記事より。

A　それでは、捜査を打ち切ったR市のパンパン殺しについて一線のみなさんからお話を聞きたいと思います。Bさん、どうですか。あれはあなたのところで一生懸命にやっておられましたが、遂に迷宮入りになったようですね。

B　まことに残念なことで……。ここにいるC、D両君が私を補佐して努力してくれましたが、どうにも事情が摑めず、残念なことになりました。

A　捜査の重点はどういうところに置かれたのですか?

B　ご承知のように、被害者は進駐軍兵士相手のパンパンですが、毎日相手が変わるというのでなく、一応、一人に或る期間契約して専属するという、まあ、オンリー的な存在でした。当時、この女にはある軍曹が付いていたんですがね。その前からいろいろと噂のあった女で、われわれが調べてみると、浮気な性分だったようです。

A　取り調べられていた被疑者の、パンパンたちの代筆業戸倉も、その情人の一人ですか。

B　当時は戸倉に熱を入れていたらしいですね。これは女のほうが相当真剣になっていた……。

A　戸倉のアリバイはしっかりしているのですか。

B　これは彼の供述に基づいてC、D両君に当たってもらいましたが、女の家を彼が午後一時に訪問したということは、なにしろ、近所が静かなので目撃者がなく、分かっていません。しかし、そのあと午後二時ごろにS町の知人宅に現われ、夕方の七時ごろまで粘っていたことは事実です。

A　死体の死後経過は解剖時より十九時間乃至二十一時間となっていますね。そうすると、その女が死んだのは当日の午後一時から三時の間ということになりますが、そのときに戸倉が女を殺したという推定は十分成り立つわけですね。

B　そうなんです。それでずいぶん戸倉を責めました。しかし、何といっても被害者の死因が分からないので弱りました。解剖所見によると窒息死となっていますが、ご承知の通り、外的攻撃による窒息死というと、まず絞殺、扼殺が考えられます。しかしながら、これも所見にあるように頸部には索条溝もなく、また扼殺時生じる咽喉部の溢血点……つまり、絞めたときの指の痕がないわけです。それは咽喉はきれいなものでした。

次に考えられるのはガスによる窒息死ですが、これも血液検査をした結果、そういうものを吸った現象がないのです。ガスならば当然血液に化学変化が起こりますから、すぐに分かります。しかし解剖所見は窒息と同様な現象だとありますのでね、弱りました。

A　戸倉は、午後八時ごろ、土田と、もう一人のパンパン女性と一しょに被害者の家に行っていますね。

B　そうです。

A　そのとき戸倉は、ほかの二人を表に待たせて、自分だけひとり中に入っています。あれはおかしいんじゃないですか。

B　その点も十分考えました。戸倉の話では、みんなで一しょに入るのはなつ子が嫌うので、自分が様子を見に先に入ったと言っていますが、それはそう取ってよろしいでしょう。なぜなら、戸倉が二、三分して家の中から出て来たことは、土田や、もう一人のパンパン嬢が証言しています。

A　そのときに初めて凶行を発見したというんですね。

B　そうです。

A　その二、三分の間に戸倉が被害者に何らかの工作を施したということは考えられませんか。

B　その点もずいぶん研究しました。しかし、三、四分の間では何をすることもできないわけです。それに、死亡時が大体午後一時から二時ごろまでの間だとすれば、午後八時にその家に行っても、すでになつ子は死体になっているわけです。つまり、六、七時間経(た)っているのですから、この二度目の訪問は被害者の殺害については意義がないわけです。

4

Ａ　被害者のなつ子には生疵(なまきず)や青痣(あおあざ)があったとありますが、これはどうですか。
Ｂ　これはなつ子が軍曹につけられたものです。この点は、土田や、その細君、また同じく同家に部屋を借りている二人のパンパン嬢も証言しています。つまり、軍曹というのはなつ子の浮気をうすうす感づいていたわけですね。それで、寝室に入ると、なつ子を叩いたり、殴ったり、またひどいときにはナイフの先をマッチの火で焼いて身体に押しつけたそうです。その火傷は、顎(あご)や、胸、掌なんかに残っていました。
Ａ　つまり、それは嗜虐性(サディズム)というやつですね。
Ｂ　そうです。女のほうも、やっぱりマゾヒズムの傾向だったかも分かりません。
Ａ　そういう趣味を持っていた女なら、戸倉との関係にもそれが見られますか。
Ｂ　それはなかったようです。戸倉との間は正常のようでした。
Ａ　戸倉がなつ子の身体についている生疵や火傷の痕を利用してどうかするということはなかったですか。
Ｂ　窒息死ですから、それは全然考えられませんね。
Ａ　つまり、この事件を迷宮入りにしたのは、死因不明ということが決定的だったわけですね。

B　そうです。

C　午後一時ごろ、戸倉がなつ子の家に行って不在だと知って帰っていますが、このときに目撃者があれば、また別な考えもあるわけです。しかし、それがどうしても第三者の証言が取れない。したがって、われわれとしては戸倉の供述を信用するほかはなかったのです。

A　死後経過時間からして、このときが一ばん怪しいわけですね。

B　そうです。死因がはっきりしないので、われわれとしても戸倉を責めようがなかったわけです。

D　その扼殺のことですが、いま主任さんがお話しになったように、仏の咽喉部はきれいなものでした。しかし、西洋では女の頸に腕を巻きつけて絞めつける方法があるそうです。これだと皮膚に疵がつかず窒息死となるということを聞きました。そこで、果たして戸倉にそれが可能かどうか実験してみました。やってみてがっかりしました。戸倉という奴はパンパンの代筆をするくらいですから、力がなく、それに瘦せてひょろひょろしています。被害者のなつ子は、どちらかというと大きな女で、肥えたほうですから、とてもこの想定の方法では無理だと諦めました。

A　で、とうとう、被疑者は釈放ということになったわけですね。

B　これは現行の刑事訴訟法が間もなく改正される直前の事件で、上のほうでは新刑訴法の精神でやれということなので、遂にわれわれも手を引くことになりました。新刑訴法では証拠第一主義で、本人の自白も駄目、状況証拠もむずかしいという意見が出たりしましてね。われわれとしては戸倉に十分な疑いを持っているわけですが、そんな具合で、こちらの失敗に終わりました。

A　現場を何度踏んでも分からないことがあるというのは、われわれ第一線の捜査にたずさわる者がよく経験することですね。これは犯人だけが知っていて、われわれの分からなかったものが、犯人を捕まえて、その自白からなるほどと思うことがある。そういうことは事件捜査ではしばしば経験する。この場合も被害者の女が自然死でないことははっきりしていますね。だからここに真犯人が現われて、今の医学でも解明できなかったことが、その口から解決がつくかもしれません。

B　そうです、そうです。被害者が自殺の意志もなく、また他の病気で急死したのでもないことは解剖所見を見ても分かります。当時、その女は外出から帰って、すぐに着物を着替えて炊事場に行き、それから昼食でも食べるつもりで、その用意にかかったことが分かります。台所には食器を洗う金盥（かなだらい）に水がみたしてあり、それに茶碗と皿とがつかっていました。その場所で女は仆れていますから、むろん、自殺の意志がなかったことは分かります。

A　被害者の指紋以外に、第三者の指紋が家の中で発見されましたか。

B　それは戸倉のものだけです。しかし、ここには戸倉がよく遊びに来ているので、それは当然でもあります。

Ａ　被害者の表情は相当苦悶を呈していますか。

Ｂ　相当苦しんだ表情でした。われわれはそういう状態の死体を見たとき、その眼をあけて見たのですが、溢血点が見られたので、ははあ、これは窒息死だな、とすぐに思ったくらいです。ただ、被害者は相当汗を出していました。これがどういうわけかよく分からない。

Ａ　とにかく、ふしぎな事件ですね。では、この辺で……。

宮本博士談。

被害者の神保なつ子が汗を出していたということは私も知っています。皮膚にはその痕が顕著でした。絞殺または扼殺の場合に解剖所見として発汗をみるということはほとんどありませんから、直接には汗の問題は関係ないと思います。おそらく、被害者が犯人を見たとき、恐怖のあまりに汗を出したのではないかと思います。また時候にしても四月の生暖かい日ですから、汗が出たとしても別段ふしぎではないわけです。とにかく、この汗の問題は死因とは直接には結びつかないと思います。（来訪の新聞記者に語った言葉）

一年後の『捜査の反省』記事。

A　Cさん、今度は難事件を解決されておめでとうございました。

C　ありがとうございます。

A　当市の一年前のパンパン嬢殺しですが、当時はその死因がどうしても摑めなかった。そのため容疑の点で非常に濃いと目されていた容疑者を釈放せざるをえなかった。そのときのことは、早速、本誌で座談会を開いて、あなたを含めて第一線の刑事さんに話していただきましたが、どうしても分からないということで終りましたね。Cさんが事件解決の端緒を得られたのはどういうことからですか。

C　私は、戸倉が二度目に土田などと一しょに被害者なつ子の家に行ったとき、彼だけが中に入っていますね。そして二、三分ばかり暇取っている。これをだいぶん変に思っていましたが、それが頭から離れなかったのです。それと、彼は午後一時ごろ被害者の家に行って、留守だから帰ったと言っていますが、やはりこの点が一ばんおかしい。残念なことに、被害者がパーマネント屋から帰っていて戸倉と逢ったかどうかが、目撃者のないために確実に取れませんでした。死後経過時間からみて、やはりそのときに戸倉が被害者を殺したということは一ばん納得性があります。しかし、肝心の殺害方法が分からない。解剖所見には窒息死と出ているが、絞殺、扼殺の痕は全然ない。ただ、被害者が非常に汗をかいていたということが変わっている点でした。

A　なるほど。

C　あの事件はお宮入りになったままでしたが、新聞記者は忘れても、われわれ捜査の一線にあった者には、いつまでもそれが後味悪く残るものですね。

　そこで、きっかけといいますか、暗示といいますか、そのことを申し上げますと、私、最近、家を越しました。そこは新しく建った借家ですが、新築早々のためにまだ電灯がついていないのです。

　引越しのときはどなたにも覚えがあるでしょうが、夕方になっても電気屋がなかなかやってこない、そこで、自分で電灯線をいじって電気を点けようとしたところ、ピリッとしましたね。つまり、馴れないことをやったものだから感電したのです。あれは一〇〇ボルトの電流ですから、まあ、ちょっとした衝撃で済みました。

　そこに、今晩は、と言って電気工夫が入って来ました。そこで、その話をすると、素人の人は危ない、たとえ一〇〇ボルトでも、感電状態がつづくと死に至ることがある、と言いました。私ははっとしましたね。というのは、戸倉の前歴に神田の電気学校を卒業したとあったことです。

　しかし、それだけでは弱い。一〇〇ボルトの電流で死ぬかどうかということが問題ですが、手足が濡れてでもいない限り、非常に疲労しているとか、心臓の弱い病人という場合は可能性があるが、普通の人間ではむずかしいといっていいでしょう。ところが、完全犯罪は一〇〇%の可能性を狙いますから、もし、戸倉が自分の電気知識を利用してやるとすれば、一〇〇ボルトの電流に何らかの工作を施していなければならない、そう思ったのです。で、あとから電気会社の工事課に行って訊くと、やっぱり駄目なんですね。一〇〇ボルトではよほど条件がそろわない限り死なないだろう、と言うのです。

しかし、ここに変圧器を付ければボルトを上げることができる、と言いました。戸倉は電気学校を卒業しているのでそんな知識があったものと思い、今度は市内中の電気器具屋を回って、一年前に変圧器を売った店はなかったか訊いたのです。……これが成功したのですね。

××大工学部 東(あずま)教授の鑑定。

被告の使った変圧器二個を接触して発生する交流電圧は実効値三六〇ボルトで、電線が直接皮膚に触れ、且つ電流が人体の枢要なる器官の存在する局所を通過する際には死に至らしめる十分の可能性がある。この程度の電圧の場合、電線接触後十秒を経過するとき身体よりこれを放しても、少なくとも全身的筋肉に激痛を覚えせしめ、運動の自由を失わせるだけでなく、さらに意識朦朧(もうろう)となることがあるのは往々実例に遭遇するところである。被告の陳述の状態にするためには、まず被害者の自由を奪う程度に感電せしめて、ひきつづき圧接すれば筋肉の硬直を来たし、つづいて心臓麻痺等の症状が現われ、致死の可能性が十分である。

戸倉良夫の自供。

一五〇ボルトの電流では死ぬほどのことはないが、全身が利かなくなります。私が使ったのは一四〇ボルトですが、変圧器を二個つなぎ合わせたから二八〇ボルトの電圧になりました。私はかつて電気学校の実験中、ラジオ変圧器の線に触れて跳ね飛ばされたことがあります。そういうときは汗がたくさん出ます。それを思い出し、私は神保なつ子から永久に逃げるため、殺害を計画しました。

私は一四〇ボルトの変圧器二個を買い求め、電灯線から一〇〇ボルトの交流を取り入れ、変圧器二個につないで優に三〇〇ボルト近い電圧とし、銅線をつないで台所の端に隠しておきました。それが当日の午後一時前です。そこにパーマネント屋からなつ子が帰って来たので、私は昼飯の用意を頼みました。彼女が着かえて台所に立ったとき、私は絶縁手袋を嵌めて銅線をなつ子の手首に押しつけました。このとき、かねて計画通り、なつ子の手首にはビクターから前夜受けた火傷があるので、それに電線の端をつけたのです。なつ子は汗をたらたら垂らして感電死亡しました。火傷の部分に電線を当てたのは、いわゆる電流斑(はん)が火傷の痕と紛らわしくなって犯跡が分からないと思ったからですが、解剖時にはこれは発見されませんでした。

二回目に、土田たちを伴れてなつ子の家に行ったとき、土田と女とを表に何分間か待たせたのは、犯行直後に変圧器その他を撤去したが、それに手落ちはないか、怪しまれるものは残っていないかと点検したためです。

第十話　安全率

「昭和三十五年六月十八日の朝、私はこの原稿を書いている。どういう意味においてでも、この年の、この月の、この日は、日本人にとって、忘れることのできない日になるであろう。岸内閣が、この日のうちに総辞職し、この日のうちに国会解散を行なわない限りは、新日米安保条約は、たとえ参議院で議決が行なわれなくとも、十九日午前零時に、自然承認のかたちで国会を通過してしまうのである。五月十九日から現在まで、世論の嵐は、日一日と高まる一方であった。デモに参加する人々の数も、ふえる一方であった。デモには明らかな行過ぎもあった。警官にも行過ぎがあった。しかし、今はそれを言うまい。問題の核心は、岸首相が世論に、一切耳を傾けようとしない態度にあるからだ。アイク訪日取止めの決定も、世論に耳を傾けたからでなく、六月十五日の不祥事に押されたからであった。岸首相よ、あなたには耳がないのであろうか」

（一九六〇年六月『アサヒグラフ』田中慎次郎）

1

東亜鉄鋼会長加久隆平が初めて福島淳一の声を電話で聞いたのは六月十二日の夜だった。それは成城の自宅にかかってきた。ちょうど、会社から帰ったところで、妻も娘もどこかの招待で観劇に呼ばれ留守をしていた。だから、女中の取次ぎで加久隆平は気軽に電話口に出る気持になっている。人間はいくらか孤独の状態になったとき、知らない人間の声でもつい聞いてみたくなるものらしい。

「ぼく、福島と申します。御主人でしょうか？」

相手は若々しいが大きな声を出した。

「そうですが、あなたはどちらの福島さんですか？」

加久隆平は福島という人間には瞬間でも十人ばかり思い当たる。加久はいま東亜鉄鋼の会長となっているが、もともと事業家出身ではなく、官僚上りの政治家に近かった。近かったというのは、彼は代議士でも何でもなく、有力な政治家に目をかけられて、その側近と呼ばれ、秘書とも参謀ともつかぬようなことをしてきたからである。その政治家が政界から表向きに退陣するに当たり、彼の息のかかった鉄鋼業界の大手会社の一つに加久を会長として送り込んだのである。

したがって、加久の知人は、かつての役人時代、政界時代、現在の鉄鋼関係と、いろいろに分かれている。福島という姓の人間も、そういう分野に何人かずつ散らばっていた。

「実は、ぼく、総学連の財政副部長をしている者ですが、ぜひ加久会長にお願いしたいことがありますので、これからお目にかかりに参ってよろしいでしょうか？」

総学連と聞いて加久は、変なところから言ってきたなと思った。

この学生運動団体の名前は、いま日本中に轟いている。或る意味ではアメリカまでも震撼させているといっていい。つい先日も、アメリカから特別使節が来たとき、この学生団体は羽田にデモをかけてその入京を拒み、大騒動を起こしたことがあった。

現在では、間もなく成立する日米安全保障条約の改定、つまり新安保反対闘争にこの総学連は連日のようにデモを国会周辺にかけている。その国会はやはり新安保をめぐって毎日のように与党と野党とが荒れている。連日の新聞は国会の紛争と学生デモの記事を昂奮して伝えていた。

もとより、総学連は極左思想の学生団体だ。しかし、いわゆる共産系の学生は総学連の主流派によって閉め出されている。このへんの事情が加久隆平にはよく分かっていない。社会党を非難し、共産党を排撃する総学連は、どのような主義を持っているのだろうか。共産党は彼らを分派主義者と呼び、トロツキストと罵り、ハネ上り者として攻撃している。それは、総学連は現在のソビエトは真の革命的性格を持っていないと主張し、日本の共産党を軽蔑しているかららしい。

そんな理屈はともかくとして、総学連のエネルギーがたいしたものだということは加久にも分かっていた。その激烈なデモは、連日のように国会周辺に警視庁の機動隊を繰り出させていることでも分かる。

「どういう用事か知らないが」と、加久隆平は福島淳一という学生らしい若い声に答えた。「自宅にこられるのは困るね。大体、わたしは紹介者なしには会わないことになっている。これはわたしが気取っているからではなく、そういう人たちにいちいち会っていては際限がなく、わたしの仕事が妨げられるからだ」

「よく分かっています」と、相手は明快に答えた。「しかし、会長にお目にかかる意志は、すでに四、五日前、会社の秘書の方を通じてたびたび申し入れています。お話が通じていないところをみると、その取次ぎが十分に連絡できなかったものと考えられます」

「それは気の毒だった」と、加久隆平はおだやかに言った。学生らしい一本気な調子にいくらか好感をおぼえてきたのである。しかし、あとで、考えてみると、好意は必ずしもそれだけではないことが分かった。「だが、秘書に責任を負わせるわけにはいかないね。秘書にはわたしに取り次いで有意義な客であるかどうかの判断を任しているのでね」

「ぼくの用件がたいへん有意義であることを秘書の方はご存じなかったわけです。ぼくらが世間に伝えられるような総学連という名前で一つの先入観を持たれた結果だと思います。会長、たった十分間でも結構ですが、ぼくの話を聞いていただけないでしょうか。その上でお願いを聞き届けていただければ幸いなので」

「待ってくれ」

加久隆平はしばらく沈黙した。総学連の幹部らしい学生が会いたいと言うのだが、わずかな時間なら会ってもいいという好奇心に似た気持が湧いてきた。先方の用件に見当がつかないことはない。相手ははっきりと総学連の財政副部長だと言った。つまり、これは運動資金を出させるのが目的なのだ。

しかし、自分のところに総学連が金を貰いにくるとは少々理屈に合わないと加久は思った。総学連から見ると、彼は独占資本の代表みたいな地位にあり、それこそ革命の際には正面の敵として狙(ねら)われる相手なのだ。その彼に赤い学生が金を貰いにくるというのはどういうことか。

だが、加久隆平はこれはちょっと面白いなと思った。この興味は、加久隆平なる独占資本の代表が総学連から或る意味での理解を持たれている事実を知ったからだ。少なくとも金を取りにくるからには彼らにいくぶんの好意を持たれているわけである。そのことは、加久隆平が根っからの資本家でなく、いわば官僚上りの男としていささか文化的なものを身につけていると彼らに解されているからでもあろう。加久隆平はときたま総合雑誌に短い随筆のようなものを発表している。つまり、貪婪な資本家ではなく、亡びゆく資本主義陣営内におけるインテリゲンチャとして彼らのシンパになりうると認められたのであろう。

「会社で会うのはどうも拙いな」と、加久隆平は数秒間の沈黙のあとで電話に言った。「よろしい。二十分ぐらいなら会ってもいい。今からタクシーを飛ばしてこの家に来たまえ、会おう」

「どうもありがとうございます。では、即刻伺います」

相手は元気に言った。大きな声である。

「ちょっと待ってくれたまえ。うちに来るのは大ぜいの諸君も一しょかね？」

「いや、目立つといけませんから、わたくしと教宣部長とで伺います」

加久隆平は、約三十分間、いくらか落ち着かない気持で洋間で酒を飲んでいた。今夜は津神佐保子のところに行くつもりだったが、総学連が来たあとからにしても遅くはないと考えた。津神佐保子は銀座で「コスタリカ」という一流バーを経営している。そこには財界人や、政界人、文化人と称する評論家みたいな者や、画家、小説家が飲みによくきている。

加久と津神佐保子との関係は、ほどなくそういう常連の噂に上ってひろがったが、客足は一つも落ちない。むしろ、加久のような人物を獲得した津神佐保子のマダムとしての株を上げたような格好になっている。

——加久は近ごろ気重になっている。噂のことでなく、津神佐保子とつき合っているうちに、誰も知らない彼女の裏が近ごろ見えてきたからである。

表のベルが鳴った。女中には言い含めてあるので、すぐに学生服の男が二人案内されて入ってきた。彼らは入口のところで並んで礼儀正しいお辞儀をした。襟にはT大のバッジが付いている。

色の白い、面長な長身の男と、髪の毛の乱れた、色の黒い丸顔のずんぐりとした学生とだったが、福島淳一は、その蒼白い顔の、眉の太い青年のほうだった。

2

三十分ののち、加久隆平は福島淳一に三万円の金を渡した。書斎から財布を持ってきて出したものだ。

「これは連盟の帳簿に記入しておきましょうか？」

と、福島は訊いた。

「ほかの人はどうだね？」

加久は反問した。カンパとして集めている金は文化人や学者からが多いと二人に聞いたからだった。

「いろいろご都合を考えられて、帳簿にはつけないでくれとおっしゃる方があります」

福島はやはり大声で答えた。色が蒼白いのにその唇の赤さが妙に目立つ。

「じゃ、わたしもその通りにしてくれていいよ」

「そうですか。では、そうさせていただきます」

福島淳一は一万円札三枚重なったのをたたんで、学生服の上衣のポケットに無造作に突っ込んだ。おじぎは鄭重だった。加久隆平はわざわざ彼らを玄関まで見送った。客に対しての礼だが、このときは彼自身も少し親切が過ぎたように思った。

二人は礼儀正しく出て行ったが、玄関から上った壁にかかった洋画を福島淳一のほうは何秒間か見ていた。その眼つきが熱心だったので、加久は、さすがに革命理論を明快に説くだけあって教養はかなり深いようだと直感した。この洋画はいずれも加久が自慢で蒐めたものばかりだ。ここに来る客でこれに眼を止めぬ者はないが、ほとんどと言っていいぐらい、それは空世辞だけに終わる。何も言わないが、その視線の深さに福島淳一の理解の程度がうかがえた。

加久隆平は彼らに三万円与えて、ちっとも損をした気はしなかった。彼は福島淳一からその理論を聞かされた。要するに、今のソビエトも、それにつながる日本の共産党も真のマルクス・レーニン主義ではないというのだ。ソビエトは一国社会主義の完成で一応の革命を遂げたように見えるが、あれはナショナリズムの混合で、本来の革命ではない。国家利益を考えているようでは世界革命は成就しない。平和革命などとは飛んでもない話である。革命は暴力なしには成立しないという理論である。少なくとも加久隆平には大ざっぱにそう理解された。

（当面の敵はアメリカです。アメリカの侵略を排除してこそ日本の革命の素地が守れます）

と福島淳一は言った。

（しかし、それは社会党も日本共産党も同じことを言っているのではないか？）

加久隆平は訊いた。

（いや、それは少し違います。われわれの目的はあくまでも革命にあります。したがって、絶えず指導階級に不安を与えることです）

（不安？）

（そうです。指導階級に不安を与えれば、それ自体は次第に自信を失い弱体化してゆきます。そこを人民の蜂起で革命を遂行するのです。したがって、われわれは内閣に絶えず脅威を与え、ゆさぶりつづけます。岸内閣は今度の安保問題で倒れるかもしれません。しかし、そのあとに出来た内閣にもわれわれは強烈な攻撃を行ないます。その攻撃も言論よりは実力でやるのです）

（またデモをかけるのか？）

（そうです。絶えず巨大な人民のエネルギーを闘争に向かわせるのです。指導階級を困憊させるのです。その結果、社会不安を起こさせるのです。社会不安こそ革命の前提条件です。次の内閣が倒れ、またその次の内閣が出来る。どんな内閣が出来てもゆさぶっ

て倒すのです)

福島淳一は歯切れのいい言葉と、いかにも昂揚した表情で大声に語った。傍の甘木という教宣部長は始終うつむいて、ときどき福島の言葉に相槌を打つようにうなずいていた。福島の語調はあくまでも明快で、断定的で、強圧的であった。

(すると、君たちは、いざとなれば、ロシア革命のように指導者階級をギロチンにかけるのかね?)

半ば冗談の質問だが、肝心な要点でもある。

(邪魔者はそうすることになるでしょう。われわれは熱狂する人民を阻止することはできません。なぜなら、われわれは人民をそこまで指導してきたのですから)

恐ろしい話である。もし、連日の新聞に総学連の行動が大きく報道されなかったら、加久隆平といえども蒼白い学生の言葉など大言壮語として一笑に付したであろう。だが、その理論が単純なだけに、連日にわたる彼らの行動が背景となって迫真力をもっていた。

二人が帰ったあと、加久隆平が三万円まるきり損をした気がしなかったのは、彼がそのぶんだけこの「革命家」の理解者になったと思えたからである。

もとより、加久隆平は防衛産業の基幹である鉄鋼界の経営者の一人となっている。単なる天降りの床の置物ではなく、今でも政財界に実力を持っている政党実力者の息がかかっている上、彼自身の手腕は業界にも高く評価されている。いうなれば、革命の正面の敵なのだ。人民の蜂起があれば、容赦なく彼らの襲撃に遇い、悲惨なリンチで虐殺されるか、ギロチンにかけられるかである。

　その総学連の幹部が彼のところに金を貰いに来たのは、もとより、思うようにカンパが集まらない結果からであろう。大体、文化人というのは口先ばかりで金のない連中が多い。持っていても吝嗇な奴がほとんどだ。学生二人が言うには、諸先生方を回っても千円か二千円しか呉れない、これでは国会に坐り込んでいる学生たちの握り飯代も出ないというのだ。

　だが何度も言うように、この怖るべき革命家の卵にカンパを与えたことで、加久隆平は或る満足感と、いくらかの安らぎを覚えている。
　二、三年前、或る財界人がソビエト貿易をしきりと唱えて国交回復の急先鋒だったことがある。それはソ連と国交交渉がはじまったばかりで、財界人はひとしく時の内閣の方針に不安を持っていたころだ。或る席で、多分、それは工業倶楽部あたりだったかもしれないが、その熱心なソ連国交論者の財界人をほかの一人が指して、われわれは革命のときみんな家族ぐるみ殺られるだろうが、君ばかりは安全だね。なぜなら、君はソ連との国交回復を主張している親ソ派だからな、と言ったという。むろん、食事の席での冗談半分だが、なぜか、その瞬間、ほかの「対米依存者」は深刻な顔になって黙り込み、笑い声一つ出なかったそうである。加久はそれを聞いたとき、財界人を含めての日本の指導階級が革命に内心で恐怖していることを今さらながら知る思いだった。
　しかし、これは笑いごとではない。たしかにその「冗談」家が指摘したように、親ソ派の財界人だけは革命に安全かもしれないのだ。だから、他の者はシュンとなって思わずわが身を振り返ったのであろう。また、その親ソ派の財界人に羨望を感じたに違いない。——

そういう心理が今の加久隆平にないとは言えないのである。三万円渡したことで加久隆平は革命の虐殺から助かるかもしれない。むろん、茫漠とした空想だが、その可能性がないとは言えないのだ。革命家の理解者になることによって加久自身も、家族も、いや、目下彼が愛している津神佐保子も、彼の助命嘆願で助かるかもしれないのである。いや、冗談でなく。……

その晩、加久隆平は気をよくして成城の自宅から車を走らせ、銀座に向かった。

バー「コスタリカ」に入ると、いつものことだが、煙草の煙が靄のように充満している。その厚い靄の中で相変わらず文化人と称する連中が女の子を引きつけ、大きな声でしゃべり合っては酒を飲んでいた。みんな新聞や雑誌の写真に一応出てくる顔ばかりだ。ゴルフの帰りの陽に焼けた奴もいる。

加久の顔を見て軽く目礼する者や、狭い場所から起ち上って大声で握手を求める者もいる。明らかにお世辞だ。

この阿諛は、財界のホープとして売り出している加久隆平に対する追従と、このバーのマダムのパトロンに対する敬意でもある。大体、みんな津神佐保子に惚れてはいても高嶺の花として諦めているので、それを獲得した加久隆平には少なからずコンプレックスを持っているようである。いわゆる「文化人」くらい劣等感の激しい人間はいないようである。

その連中のなかから津神佐保子が少し酔った格好でゆらりと起ち上った。だが、大仰に彼を歓迎するわけではない。眼だけ意味ありげにうなずくと、折りからドアを排して入って来たベレー帽の評論家に嬌声をあげた。

「ああら、いらっしゃい、先生」

加久隆平はわざとスタンドの片隅に腰をかける。こんなところに位置を占めるのもパトロンとしての資格である。

「君、ブランデー」

カウンターに肘をつけて、折りからシェイカーを振っているバーテンの君島にさりげなく命じた。君島が頭を下げてうなずく。この若造の顔は子供っぽいようだが、案外、男の精力が頰から顎にかけて滲み出ている。二十七歳である。

ここで一ばん古い女給の泰子がカウンターに凭りかかって隅の加久隆平の傍に来た。

「ずいぶん遅いようですわね」

これは大きな声で言って、

「ママがここを十一時には脱けられますって、先に行って待って下さるように言ってますわ」

と、あとを低くささやいた。加久がうなずくと同時に、ブランデーの瓶をカップに移している君島の眼が心なしかチカリと光ったようだった。

「大体、このごろのあいつのものはくだらないよ。堕落してるよ。おれは一ぺんあいつの土性骨を叩きのめしてやりたいんだがね、月評に書くときはそうもいかないし……」

と、うしろで評論家が友人の作家をこき下ろしていた。

3

津神佐保子が君島二郎との関係を加久隆平に告白したのは、その晩だった。加久が問い詰めた結果、隠し切れなくなったのである。

その以前から佐保子はうるさそうに頭を振って、「死んでしまいたい」と口走っていた。もとより、気の強い女である。それが加久ひとりの前で蒼い顔をして言うのだった。この原因は加久の想像通り君島二郎にあった。

「君島がわたしからどうしても離れないのです」と、佐保子は言った。「そういう身体の関係ができたのは二年前です。そのころはあなたも現われないし、心が空虚だったの。そりゃお店では大ぜいの客に取り巻かれて気が紛れていたけれど、汐が退くようにみんなが帰ってしまうと、誰かに縋りたいくらい空虚な気持になってたの。それで、何度も彼を突き放そうとしたのだけれど、彼は二度ばかり自殺を企てたことがあるの」

「自殺？」

「そう。一度は睡眠薬を飲んで、ほとんど死にそうになったわ。一度は海に飛び込んだの。これは浅瀬だったので、すぐ助ける人がいたけれど……。君島の父親というのが元海軍少将で、息子を誘惑したというので、たびたびわたしのところに掛合いに来たわ」

「金を出せというのか？」

「これまで父親には二百万円渡しています」

「それなら問題はないはずだ」

「ところが、君島は、あれは父親が金を受け取ったので、自分は知らないというの。愛情はそんなものじゃない、と言って迫って来るの。このごろは懐ろにドスなんか持ってるのよ」

「やれやれ、君も年下の男を揶揄ったばかりにえらい災難を受けているんだな」

「それに、あなたとこうなってからは、君島はわたしを殺すと言ってるの」

「本気で言っているのか？」

「若いから、赫っとなったらどうするか分からないわ」

「ぼくのことを何と言っている？」

佐保子はうつむいて黙っていた。

「やっぱり殺すというのか？」

佐保子は返事をしなかった。

「そうか」

枕もとの灰皿を引き寄せてマッチを擦ったが、加久隆平は寒気が足から匍い上がっていた。

「若い男だ、君のことを忘れかねて嚇しで言っているのだろう」

自分の言葉で自分を安心させようとした。

「どうもあいつのおれを見る様子が変だと思った。それに気がついたのは二カ月ぐらい前からだ。しかし、まさか君があんな若い男とそうなっているとは思わなかった」

「……」

「あいつの家はどこにあるのだ？　親元から通っているのか？」

「バーの三階に寝ています」

「三階があったかな？」

「屋根裏の狭いところがあるわ。中二階でなくて、中三階みたいなところ……」

「それでは、君を始終追い回せるわけだな。案外、今夜あたり、このホテルの前をうろついているんじゃないかな？」

「……」

「君にぼくと別れろとおどかしているのか？」

「そうなの」

「一体、年齢は君といくつ違うんだ？」

「十よ」

「向こうは本気で結婚するつもりでいるのか？」

「親にはそう話しているらしいわ。だから、父親は自分の息子が完全にわたしのオモチャにされたと言いがかりをつけるの」

「莫迦な話だ」

加久隆平は腹匍いになって煙草の灰が長くなるのをみつめている。

「よく今まで分からなかった。いや、店に来る客の眼だ」

「その点は、あの子は利口なの。あなただってやっと二カ月前に変だと気づいたくらいじゃない？」

佐保子はそのときだけケロリとした顔になった。

「君島はどういう連中とつき合っているのだ？　見たところ、なかなか可愛い顔をしている。女の子にはもてるんじゃないか？」

「前に一人いたんだけれど、それを捨ててわたしのところに来たの。……つき合っているのは何だかヤクザみたいな連中だわ」

「相手が悪い。しかし、君の決心次第だ。その子と本当に手を切るなら、思い切って金をやるんだな。二、三百万円の端金ではなく、五百万円ぐらい出すのだ。全部で七、八百万円になっても君の罰と諦めるのだ」

「その程度ならいいんですけれど、三千万円出せと言ってるわ」

「三千万？」加久はおどろいた。「近ごろの若い者は大胆なことを言う。それじゃ、まるで君の財産を目当てに初めから計画があったようなものじゃないか。君には億という単位の財産があるからな」

「君島は、わたしに金が出せないはずはないと言うの。わたしが、そんなに金があるわけはないと言うと、それじゃ、加久さんにそう言って金を貰えと言うの。加久さんなら顔が広いし、金持だから、それくらいのことは出来ないことはないと言うの」

「おれにか」

加久隆平は佐保子の仰向いた横顔を見て、瞬間、君島とこの女とが共謀して自分を狙っているような感じがした。

「おれが出さないと言ったら？」

「君島はあなたとわたしのことを全部しゃべって歩くと言ったわ。それだけじゃなくて、あなたの奥さんのところにも一切ぶちまけにゆくと言うの。若いから、かっとなると実行しかねないわ。今だから言うけれど、彼は何度あなたの奥さんに電話しようとしたかしれなかったわ。そのつど、わたしが必死に止めたの」

加久には、その若い男をなだめる佐保子が、その交換条件として彼にその都度、何を与えているか想像ができた。暗い、いやな気分になった。

「ただ、それだけかい？」

「いいえ、ことによったら、あなたのことをR日報に書くというの」

R日報は、醜聞とエロとで売っている赤新聞である。街頭売りがほとんどで、通勤者などにはかなり読まれている。そういう新聞の常としてセンセーショナルに書き立てるのが特徴だった。

「あいつ、R日報なんかに伝手があるのか？」

「友だちにそこの記者がいると言うの。そんなヤクザみたいな連中とつき合っているから、案外、そっちの顔は広いようよ」

加久は、今夜訪ねてきた総学連の福島淳一と、その友人の教宣部長の顔を思い泛べた。関係のないことだが、青年という点で思わず比較してみたのだ。

一方では街の若い破落戸がいる。一方では日本の革命を目指している学生群がある。これは一体どういうことなのか。――

たしかに今の日本は、そういう革命学生群に大きくゆすぶられている。今にも彼らの若い嵐に日本が崩壊しそうな危機も感じられる。アメリカの極東における防共壁だと言っても、日本の指導階級の脆さは事実を知らない者には想像以上のものがある。たしかに福島淳一が言ったように、繰返し繰返し若いエネルギーを国会にぶっつけることで社会不安が起こりそうである。どんな内閣が次々に出来ても総学連はことごとく押し倒すと言っている。

その一方で君島のような青年もいる。政治意識などはてんで頭にはない男だ。彼には髪をきちんと梳り、女のように入念に顔の手入れをし、蝶ネクタイをきちんとつけ、ズボンの膝のゴミを指で弾くようなことしか能がない。

それは、この若いバーテンだけではなかった。店に来ている客が安保闘争のデモなどまるで東南アジアのどこかの国の出来事のように思っている。文化人はクッションにもたれて酒を飲み、女の子を脇に引きつけて、芸術論争をやっている。革命など絶対に起こるはずがないと、日本の現状を地球の存在のように信じて疑わない連中なのだ。

加久隆平は鉄鋼資本という「兵器産業」の経営陣の奥にいる。それでいて革命の危機感は他人（ひと）よりは強い。ことに、いま、一方では安保のデモが行なわれているのに、一方では全く太平楽にバーで酒を飲みながら、くだらない芸術論をぶっている文化人連中を見ると、日本が二つに割れてみえるのである。

「あなたには済まないわ」

と、女は言った。君島のことである。手をさし伸べて握った指には加久が三カ月前に買ってやったダイヤが光っている。三カラットのかなり大きなものだ。出入りの宝石屋が掘出しものだといって持ってきた。

「これを指につけていると」と、女は彼の視線に気づいて言った。「君島がよけいに苛々（いらいら）するの。……わたし、もしかすると、彼に殺されかねないわ」

加久隆平は、そこで初めて女が殺されたときの連帯被害が自分に及ぶことに気づいた。警察の活動は、加久隆平を参考人として何度か呼び出すに違いない。世間にはぱっと加久のことが大きく暴露される。

バーの中の噂話だけだったらまだよかった。しかし、世間となるとそうはいかない。加久は家庭を破壊され、財界の今の地位からすべり落ちることになるかもしれない。これは直接君島の刃が加久の皮膚を切らなくとも、彼の転落を強制するに十分だ。現に、女は、いつかは君島に殺されるとおびえているのだ。

といって、この女は二億以上の財産を割いて君島に与える決断はないのである。殺される、殺される、と怯えながらも、助かるために大金を失う勇気もない。

4

六月十六日の朝刊は、前夜十五日の国会デモが悲惨な結果になっていることを大きく報じた。重軽傷者五百五十人、そのうち女子学生一人が頸を絞められ、膵臓を破裂させて死んでいる。写真に血みどろになって雨の路上を匍いずり回っているデモ隊の様子が出ていた。また暴力団がデモ隊に突入する南門付近の写真もある。

「平穏だった六月十五日の統一行動は、夕方五時過ぎ右翼がデモ隊に突っ込み乱闘となったのをきっかけに空前の大激突へと急変した」

と記事は告げていた。写真では棍棒を持った暴力団が学生の群れに襲いかかっている。すでに倒れて這いずり回っている学生もある。「デモ隊の先頭は総学連」とある。

「いやなことが起こりましたわね」

と、妻は新聞を見て顔をしかめている。しかし、妻にはそれが交通事故とあまり変わらない感覚でしか映っていない。或る偶然の引き金で革命が起きるかもしれない危機は全然感じていないのだ。妻は、女子学生の犠牲者に、可哀想に、とか、ひどいことをする、とか言っていた。が、それもしまいには、そんな危ないところに行かなければよいのに、という呟(つぶや)きに変わっている。いかにも、女だてらにそんなデモに参加するからだ、と非難しているようだった。泰平無事の常識である。

その晩、福島淳一の電話が自宅にかかってきた。

「どうしてもお願いしなければならないことがあります。これからお伺いしてもよろしいでしょうか？」

大きな声を出す福島淳一は、今度は一人で応接間に現われた。

「会長、金が足りないのです。いま、国会議事堂付近に同志が坐り込んでいますが、彼らに握り飯を配給してやらなければなりません。その握り飯代を出して下さい」

十九日には新安保条約が自然成立するから、それまで必死にデモをかけてこれを阻止しなければならない、今夜と、明日と明後日(あさって)の晩は最後の決戦だと、福島は太い眉を上げて言っていた。加久隆平は、やはり帳簿につけなくてもいいと言って五万円を出した。

このとき加久にふと或る考えが起こった。

「君、明後日の晩、つまり十八日の晩は、これまで以上の大乱闘になるだろうね？」

「そのつもりでいます」

「昨夜(ゆうべ)は女子が一人殺されている。明後日の晩は、相当な死傷者が出ることも予想されるね？」

「たいへんな動員ですから、敵側も必死の防衛に当たるでしょう。また当然敵も右翼を使って攻撃してくるでしょう」

「また死人が出るね？」

「おそらく、十八日が最大のヤマでしょう。ご存じのように、十九日午前零時には新安保条約は参議院の議決を経なくとも自然成立になります。その前に何とか阻止しなければ、昨夜血を流した同志に申し訳がないわけです」

「君、右翼と言っても、ほとんどはやくざか、破落戸（ごろつき）だろう？」

「そうなんです」

「連中と渡り合うとなると、大体、どの辺だね？」

「さあ」

福島淳一はちらりと疑わしげな視線を加久隆平の顔に走らせた。

「多分、また議事堂の南門か、首相官邸の門あたりじゃないでしょうか。ここだけの話ですがね、われわれは官邸を占拠するかも分かりませんよ」

「そうか。そりゃ大変だ……」

加久は大きな息を吐いた。

「君は幹部だから指揮班のところに居るんだろうな？」

「いや、ぼくだってそうなれば敵と戦いますよ」

「そうか」

加久は財布の中から一万円札を何枚か取り出して、福島の手に握らせた。福島は思いがけない追加にびっくりしている。

「まあ、しっかりやってくれ。そうだ、十八日の夜あたり、ぼくもちょっと情勢を見に行くかもしれないよ」

「えっ、あなたがですか？」

「そんなにびっくりすることはないよ。なにもわたしはスパイに出かけるんじゃないからね。そうだ、君をその場で呼んでもらうとするとどういうふうにしたらいいかね？現場は混雑するだろうから、便利なところに連れて行ってもらいたいのだ」

福島は、分かりました、と言い、それにはこういう男に訊いて下さい、と名前を教えた。

加久は、その晩佐保子に逢い、君島が十八日の晩首相官邸の門近くに来るようにすめてくれ、と言った。

「なに、若い者だから、あの騒動を見物したいに違いない。シェイカーを振ってるよりも、そっちのほうがうれしがるよ」

佐保子の返事では、君島はオッチョコチョイだから喜んで出かけるだろう、と言った。

十八日は昼間から、大群衆が国立劇場建設予定地の広場に集合した。ここでは「国民会議抗議大会」という名目になっている。案の定、警察がどのように「流れ解散」を怒号しても群衆はふえてかたまるばかりで、一向に散ろうとはしなかった。そのまま夜に入ると、各デモ隊は幾組にも分かれて首相官邸に向かった。これは岸首相が官邸に居るという情報を摑んだので、首相の態度が国民に対する正面からの挑戦だとデモ隊は受け取ったのである。岸首相はずっと高姿勢をつづけてきていた。岸を高姿勢にさせる支えが何であるかを、民衆はかぎとっていた。官邸の塀の上には一メートルばかりの鉄条網が張りめぐらされた。

加久隆平は、十時ごろから、こっそりと汚ない服装をして、どこの労働団体とも知れないデモ隊の一行に入った。すでにあたりは殺気立っていた。予想通り若い者が多かった。女の子の虐殺が伝えられても、かえってそれに刺激されたように若い女の姿が多かった。

十一時ごろになると、首相官邸の門の前には、総学連が先頭となって海のように大群衆が集まった。警官隊も官邸の門から玄関前までの広場を埋め尽くして対峙した。総学連二万人。地方代表、労組、文化人など十七万五千人。待機した警官隊が七千人。

デモの群衆にあまり動きはなかった。ただ絶えず喊声と、岸を倒せ、のシュプレヒコールが怒号の波となっていた。

門前から離れたところでは、ジグザグの行進が渦巻いていたが、それらのさまざまな渦は、結局、官邸前の大群衆に参加した。

塀の上には新聞社のカメラが鈴成りに並んでいる。

学生群の中には「指揮班」と書いたトラックが見えた。そこだけは、ちょうど、群衆を波にたとえると小舟のように一点だけ高く浮かんでいた。

加久隆平は福島淳一を呼んでもらった。彼の手配通り連絡の男から通じさせたのだ。福島淳一は人の群れを掻き分けて、白シャツ一枚で現われた。

「やあ」と、福島は加久にお辞儀をした。「よくこんなところに来られましたね」

「情勢はどうだね、やるのかね？」

加久は訊いた。

「あと一時間で午前零時を迎えます。いま攻撃の波は静かに高まりつつあります」

「向こう側の動きはどうだね？」

「ここからは見えませんが、どこかに暴力団を潜ませているでしょう。この前は不意だったので、こちらは舗道の煉瓦を剝がして武器にしたものですが、今度はちゃんと用意してありますよ」

このとき議員会館のほうから、

《総学連のみなさん、敵の挑発に乗らないで下さい。敵は挑発しようとかかっています。慎重な行動をして下さい》

と、ラウドスピーカーが流れた。

「社会党の議員さんたちですよ」

と、福島は鼻に皺を寄せて笑った。

「やはり慎重にやるのかね？」

加久は心配になって訊いた。

「なに、あの人たちとぼくらとは違います。こちらはてんで相手にしていませんから」

「そうか」

ラウドスピーカーが同じ声を繰り返している。

《総学連のみなさん、敵の挑発に乗らないで下さい》

「君」

加久隆平は、眼の前の人混みの中にいる一人の若い男の横顔を見て小さく叫んだ。

「あそこにいるのは暴力団の一人だよ」

「えっ、どれですか？」

「あれだ」

と、彼はその男の背中を指さした。

「ぼくはよく顔を知っている。何喰わぬ体でこちらの偵察に来ているのだ。気をつけたまえ」

福島淳一は、分かりました、と言い、さっと加久の傍を離れると、人を分けて白いシャツの男の背中に近づいた。加久は瞬きもしないでそれをみつめている。福島の身体が相手の背中に揉まれたようにぶつかった。しかし、その男は倒れもせず、よろめきもしなかった。

が、彼の白シャツの背中には今までなかった×の印が黒々と付いていた。

福島淳一は、また人混みの間から身体を泳がせて加久の傍に来た。

「ああしておけば大丈夫です。いざというとき、あの目印で敵のスパイだと分かりますから」

「そうか」

加久は、二、三秒間、その群衆に揉まれている×印を見ていたが、

「君、こういう出来事にはまたと出会わさないだろう。メモを取っておきたいが、書くものを忘れたんだ。その君のマジックを貸してくれんか」

「上げますよ。いくらでも指揮班にはありますから」

「ありがとう」

「じゃ、ぼくは急ぎますから」

「手間をとらせたね」

福島はトラックへ向かって群衆の間を掻き分けて消えた。――

安保が自然成立した六月十九日の午前二時ごろ、銀座の或る舗道で若い男が俯伏せになって背中から血を流して死んでいた。男のシャツには黒のマジックインキで×印が付いていて、鋭く深い刺傷がちょうど十字架のクロスした中心を貫いて肺に達していた。

被害者は「コスタリカ」のバーテンであった。ふしぎなことに、この黒い×印は、昨夜の首相官邸の騒動に待機していた或るグループの三、四人の中にも、同じく×印がシ

ャツの背後にしるされていた。

凶器は、現場からあまり遠くない路傍に散々に砕かれて発見された。それはガラスの破片で、それをつなぎ合わせると、鋭く細長いかたちとなった。砕かれたところは別として、その両断面は、ガラス職人が截ったようなわけにはゆかないが、だいたい、直線になっていた。ところどころ、無理をしたため欠けた部分があるが、そこが鋸のようにみえた。自然に割れたとすれば珍しい。

加久隆平は、君島二郎が殺害された記事の中でガラスの凶器の項を読んだとき、ふいと津神佐保子の指が泛んだ。

捜査当局では、当人が気づかぬうちにシャツの背中に×印を付けられたのが特定のグループの者ばかりだったのに眼を着け、被害者の君島もその連中と間違われて誰かに刺されたものと推測してみたが、犯人は判らなかった。

第十一話　陰影

1

　男と女が別れる場合、愛情の冷め方が何をきっかけにして起きるかである。それは、外的条件に影響されることも多い。その条件も著しく外に目立つ場合と、当事者同士の間だけにしか見えないことがある。

　加久隆平と津神佐保子の別れ方は、そのどちらの場合であろうか。二人だけの間で分かっている点ではあとの場合ともいえるし、条件の大きさからいえば前の場合ともいえる。

「コスタリカ」のバーテンの君島二郎が殺されてから、加久隆平は津神佐保子に逢いにゆく積極性を失ってきた。佐保子からもあまり誘いがかかってこなかった。バーテンの死が二人の間の大きな隙になったのは事実だった。しかし、この原因は二人のほかには誰も知っていない。

あれから二カ月経った。正確には、君島二郎殺しの捜査本部が解散したと新聞に出てから二週間目だった。久しぶりに加久隆平は会社で津神佐保子からの電話連絡を受けた。

「ぜひお話ししたいのです。もしもし、分かりますか？」

「分かります」

「そこに、誰かいらっしゃるのね？」

「はい」

東亜鉄鋼会長としての加久隆平の前には、業界の連中が三人、椅子にかけていた。

「だったら、ご返事なさらなくてもいいわ。わたくしから言います。今夜七時半にいつもの場所に来ていて下さい。ご都合が悪かったら、駄目だとおっしゃるだけで結構です」

「参ります」

と、加久隆平は電話を切った。

業界の人は経営者ばかりだった。用事はひどく面倒な相談だったが、加久隆平は、それからの話を半分は上の空で聞いた。佐保子の呼び出しは別れ話だと感じた。

加久隆平のスケジュールは、一カ月間はびっしりと詰まっている。今夜は七時の築地の招宴を秘書に断わらせた。

「そのあと、通産省の役人との懇談会がありますが」

「何時からだ？」

「九時からです。場所は赤坂の……」

「そちらは出る」

九時からなら、佐保子の話も終わると思った。今までは彼女と逢う夜に限って、全部のスケジュールを取り消したものである。

「例の場所」は都心の一流ホテルだった。かえってこういうところが秘密が保たれる。加久隆平は、そのために前から一室を予約しっぱなしにしている。疲れたとき、その部屋を休み場所に使用していたから不自然ではなかった。

七時半に加久隆平はホテルのロビーに佐保子の顔を見出した。おやと思ったのは、彼女が痩せたことだった。二カ月ばかり逢っていない眼は、その変化を際立たせた。女はいつものように黒っぽい地味なスーツで来ていた。和服と違って身にぴったり密着した洋服だから、いっそう痩せて見えたのかもしれない。しかし、表情には疲れがあらわれていた。

「ごぶさたいたしました」

と、部屋に入って女は言った。椅子に対い合っていても、佐保子は最初から加久隆平に距離をおいた態度をとった。

前には、この部屋から、ボーイが去ると、佐保子はすぐに加久の横に擦り寄って肩を抱きに来たものだった。

「これをお返しに来ましたわ」

佐保子は、ハンドバッグの中から小さい天鵞絨（ビロード）のケースを出し、テーブルの上に置いた。白いレースの上に、その青い色が飾り物のように映えた。

「ほう、何だ？」

「あなたと、お別れしたいんです」

女は、言ってしまったあと、唇の端を噛（か）んだ。真剣な瞳が彼の顔にそこから貼り付いている。彼女の顔面筋肉が一瞬こまかに震えたのは、激しい感情のせいだろう。

「別れる？」

加久隆平は呟くように言って、天鵞絨の筐（こばこ）を取り上げた。パチンと蓋をあけると、三カラットのダイヤが白いベッドに嵌（はま）っていた。ダイヤは傍らのフロアスタンドと、天井の間接照明を受けて複雑な虹を放った。

「急な話のようだが」

加久隆平は蓋をしめてテーブルの上に筐を戻した。

「何か決心があってのことかね？」

「これ以上、あなたとこういうおつき合いをしていることに意味がなくなりましたの」

「意味がないのは確かだな」

加久隆平は、同感した。女がなぜ別れ話を出したか分かっている。電話を聞いたとき、その予感が泛んだくらいだから、女の感動的な表情にもかかわらず、彼はそれほどの衝撃はなかった。やっぱりそうだったのか、という感じしか起きてこない。

「で、これから独りでやろうというんだね?」

「違います」

「違うというのは?」

「結婚するんです」

加久隆平は黙った。女の強い口調をはぐらかすように、ポケットから煙草ケースを取り出した。

「結構な話だが」

と言ったのは煙を前に散らしてからである。

「それにしても、急だったな。君とは、あの日……そうだ、あのあとで安保の騒ぎがあったのだから、六月十二日以来だ。その間に君が理想の相手を見つけたというんだな?」

「前から知っている人です」

「ほう。じゃ、ぼくも知っている?」

「店に始終いらしていたから、顔ぐらいはご存じのはずですわ」

「なるほど。それで、ここ二カ月ばかりぼくの足が遠のいている間に、その君の熱心なファンが求婚したというわけだな。そして、君も、それに気持が動いたということだね？」

「結果的にはそうなります」

「名前は訊くまい」と、加久隆平は二度目の煙を吐いた。「いずれ、結婚の通知状ぐらいは貰えるだろうからね」

「あなたには出さないのが礼儀だと思います」

「よかろう。ぼくにしても、その通知状に披露の招待状まで付いていれば、扱いに困るところだ」

「ですから、これっきりにしていただきたいんです。いろいろお世話になった上、身勝手なことを言って申しわけありません」

佐保子は頭を下げた。髪の格好は加久隆平の見馴れたものとは違っている。さっき痩せたと感じたのは、この髪型の違ったせいかもしれぬ。加久は、その趣味から佐保子にあまり派手な身装をさせるのを好まなかった。現在のこれは、その新しい男の好みかもしれない。

「余計なことを訊くがね」と、加久隆平は言った。「君ほどの女を女房にしようとする奴だ、或る程度社会的な地位があるとは分かっているが、相当の年配でもあるだろうな？」

「あなたより十五ぐらい下です」

「若い」

と、加久は言ったが、参った、という感情はかくせなかった。相手は四十歳のはずである。

「むろん、結婚と言ったから、その人には奥さんはいないんだろうな？　再婚かね？」

「初婚ですわ」

「ほう」加久は眼をおどろかせてみせた。「若くて初婚だから、申し分はない。おめでとう」

「ありがとう」

「もう一度余計なことを訊くが、その人、君とぼくとのことを知ってるんだな？」

女は眼を伏せた。

「知っています。お店にくる方ですから、知らないわけがありません。それを承知の上なんです」

「よほどの執心者だ。よかったな。ときどき店に行ってもいいかい？」

これは半分冗談だったが、

「あの店は廃めます」

と、女は宣言するように答えた。

「そりゃ惜しい。せっかくあそこまで育てて、いわば銀座裏の名物だった。店も儲かってるはずだ。それを廃めるのは……なるほど、旦那になる人がそういう商売を好まないんだね？」

「あの店は他人に渡して、別な場所につくるんです」

「じゃ、商売が嫌いではないわけだ。だが、ここまで売り込んだ店を手放すというのは……」

加久隆平は、そこまで言って口を噤んだ。津神佐保子のその決断に、彼は初めて彼女の「告白」を感じたからである。いままで、加久が推察していた彼女の秘密だった。それを、いま、当人が告白したと思った。

加久隆平は、何となく青色の筐を取上げ、もう一度蓋を開いた。今度は中のダイヤを掌の上に載せ、あたかも自分が彼女に与えた指輪と同一であるかどうかを試すように、ダイヤの先をみつめた。次に、彼はそれを明かるいフロアスタンドの笠の下に持って行った。ダイヤの縁には僅かばかりの異変があった。彼が買って与えたときには確かになかったものである。

加久隆平がふいとそのダイヤを筐に収めて顔を上げたとき、佐保子の強い視線に出遇った。その姿勢から、女は、加久のしぐさを凝視していたことが分かった。その表情が泣き出しそうにみえた。

加久隆平は、しかし、何も言わないで、筐を函におさめた。

2

加久隆平は、そのダイヤをすぐに売った。いつも家に出入りしている宝石商で、鵜飼

忠兵衛商店である。会社に来たのは、元からいる古い番頭だったが、指輪を手に取ってダイヤを眼に近づけていたが、

「会長、これは珍しいものに出遇いました」

と眼をまるくして言った。

「知っている品か？」

「はい。これは見憶えがあります。待って下さい」

宝石屋の番頭は、ポケットから革の手帳を取り出した。頁を繰っていたが、確かにこれだ、と言ったのは、手帳についたメモが「三カラット純白無疵、ファイネスト・ホワイト。丸ダイヤ。プラチナ一匁台リング」の字であった。

「先代が昭和×年にこの品を麻布市兵衛町にいた谷尾喜右衛門さんに売り、その持主となった娘さんが亡くなってから買い戻しまして、戦争中青山の会社重役に売りました。それが転々して戦後の二十×年になって同業者の手にはいっていることがわかり、買い取っています。そして、これがさらに群馬県のあるお百姓に輿入れしたことになっています。間違いなくこの品です。ふしぎなもんですね。またわたしのほうの手にこれが入ってくるとは」

宝石屋の番頭は感動していた。

「そうかね。君のほうの手帳には、売った宝石の一つ一つが戸籍のようについているんだね？」

加久隆平にとっても少々意外であった。

「そうなんです。まあ、ここだけのお話ですが、こういうふうに行き先が知れなくなったのはともかくとして、大体、納めた先はみんな最後のところまでメモしてあります。そして、その家にもし不幸があったら、早速参上して、ご先方の意志があれば、お譲り受けすることにしています」

「なるほど。つまり、新聞の死亡広告か何かを見て、その家に自分の店で売った品が入っていれば、財産処分か何かのどさくさに安く買い戻そうというわけだね？」

「へへへへ。いや、そればかりじゃありません。やっぱり自分のところで納めた品は可愛(かわゆ)うございますから、同じことなら他人(ひと)の手に渡したくありません。でも、こういうふうに、途中で持ち主が分からなくなり、また回(めぐ)り回って手まえのほうに来る例は珍しゅうございますよ。……失礼ですが、会長は、このダイヤをどこでお求めになられたんですか？」

「あるところだと言っておこう」

加久隆平は、それを別の宝石屋から買ったのだ。ダイヤが手ごろの大きさなので、つい、津神佐保子に与える気になったのである。

宝石屋の番頭は、ルーペを取り出してダイヤの先に当てていたが、

「会長、縁(ガードル)の角に疵が入りましたよ。よっぽど乱暴なことをやったとみえます。どうしたんでしょうね？」

と、頭を上げて言った。

「さあ」

加久隆平の知っていることだった。

「元はこんな疵はありませんでした。ほら、さっき読みました手帳にも、無疵とはっきり書いてあります。会長がお買い求めになったときから、この疵がございましたか？」

「気がつかなかった」

「では、その宝石屋に摑まされたのかも分かりませんね。失礼ながら、どのくらいのお値段で？」

加久隆平は実際の値を言うことができず、その八割程度に下げて言った。

「それでも高うございますよ。決して良心的な宝石屋じゃありません。この疵は、しかし、ちょっとふしぎですね。ちょうど、素人(しろうと)が滅茶苦茶に力を入れて乱暴にガラスか何かを切ったような疵の具合です」

加久隆平はさりげない顔をしていた。しかし、さすがに専門家だと感心していた。たしかに佐保子はこのダイヤを利用してガラスを切ったと思っている。

そのガラスは、バー「コスタリカ」の窓の一枚である。十八日の晩、というよりも、十九日の夜明け近く「コスタリカ」に行ってみると、表のドアには鍵がかかってなかった。開けて入ると、暗い中で佐保子が酔って客席のソファに横たわっていた。これまでそんなことのなかった女である。

割れたガラス窓を見たのはそのときで、夜明けの風がそこから流れ込んでいた。薄明の中だったが、窓ガラスの一枠ぶんがきれいに外れていたのだ。もっとも、隅のほうに割れ残りのガラスが残っていたから、何かで破壊され、そのあとを取り除いたのだ。

破壊されたガラスは外に散っていたが、その量がひどく少なかった。加久隆平の眼にもガラスの破片の中に、人工的に作られたような直線の破片が混っているのが見えた。

まだバーテンの死骸が発見された直後で、警察もそこに来ていないときだった。加久隆平は急いでハンカチにガラスの破片を集め、また窓枠に残った小さな部分も丁寧に外したものだ。それらはハンカチごと遠い町のゴミ箱の中にうつして帰った。

そのとき、加久隆平は、佐保子が何をやったかをはっきり知ったのだ。当人はウイスキーの瓶を半分空にし、正体もなく睡っていた。

「会長」

と、宝石屋が呼んだので、加久隆平は追憶の夢からさめた。

「この指輪をいくらでお譲り受けしたらよろしいでしょうか？」

「任せる」と、加久隆平は吐き出すように言った。「どうせわたしには厭いたものだ。君のほうで適当につけてくれていいよ」

番頭は喜んだ。引取り値段は値打ちを半分に評価していた。

それから三週間経った。

加久隆平は、横封筒に入った津神佐保子の結婚通知を受け取った。出さないと言っていたのに、どういうつもりだろうか。佐保子自身の意志ではなく、誰かがバーの定連の名簿を繰って宛先を書いているうちうっかりと加久隆平もその中に入れたのかもしれない。

彼は、佐保子と並んで印刷されてある「新郎」の名前を見た。「芝山達夫」とある。

「あいつか」

と、思わず彼の口から出たものだった。

でっぷり肥えた、赭ら顔の、鼻の太い男が泛んでくる。いつも一人で来ては店の隅に坐り、長く居つづけていた客だった。加久隆平が入ってゆくと、知らない間柄なのに丁寧にお辞儀をした。しかし、加久は、その男がお辞儀のあとで意地悪い視線を自分の背に送っていたことを知っている。また或るときは、その男がカウンターに両肘をついて佐保子にゴルフの話をしきりとしていた。また或るときは、狩猟の話にふけっていた。加久が入ってゆくと、彼はあわててカウンターから離れて、わざとらしくテーブルの一つに席を移すのだった。いやな奴だった。動作は一応慇懃だが、加久への敵意が露骨だった。

芝山はいわば政治ゴロである。以前は確か大臣の腰巾着だったが、その推薦で三度ばかり選挙に出て連敗すると、そのほうは諦め、政治経済情報といった類の通信社をはじめた。もとより、金を寄付させることが目的で、その顔の広さと強引な「性格」で、彼の社業はわりと繁栄していた。代議士の中にも友だちがいて、一種の情報屋である。

或るとき、とうとう加久隆平を「コスタリカ」でつかまえた芝山は、そのうちぜひわたくしのほうの仕事のことでお伺いさせていただきますと挨拶をした。しかし、その強引な男が一度も彼の会社にこないのは、やはり加久隆平を憚っているというよりも、佐保子を間にした反撥があったのであろう。

（芝山さんは、始終、わたくしにゴルフを一しょにやろうと言うの。下手だと言うと、自分も下手だから、ちょうどいい仲間だ、どこか箱根か川奈あたりにぜひお誘いしたいと言っているのよ。決して失礼なことはしないから安心してくれと、そりゃ熱心なの。……それから、猟は相当な腕前らしいわ。ママも免許を貰ってはどうだ、鉄砲の撃ち方をよく教えてあげるから、嘘だと思って一日ついてこいと言うの。山の中を駆けずり回るのは、ゴルフとはまた違って特別爽快な気分になると言っていたわ）

その執拗な男が遂に佐保子を射止めた！

加久隆平にとってこれは決して愉快なことではなかった。しかし、切れた女である。それに、彼女のあの秘密が新しい男を択ぶことによって永久に消えるなら、彼女のために喜んでいいと思った。

ただ、心にひっかかるのは、その芝山という人物である。四十歳の今日まで女房を持たなかったというのも何か曰くありげだった。一見してまともな性格でないことは分かるが、問題は、その男が佐保子をどう扱うかだ。

「あそこのママもひどい男と一しょになりましたね」

と、別な酒の席で加久隆平に言う者もいた。

「芝山というのは海千山千の女蕩しですからね。奴はこれまで独身ということを売り物にして女をひっかけてきたんです。それもみんな大きな料亭の女将だとか、レストランやホテルのマダムだとか、そんなところばかり狙っています。あんな精力的な感じですから、玄人にはわりともてるんですね。そして、相当金を搾った挙句には、すぐに女をひどい目に遭わせて棄てるんです。なかには離婚騒ぎまで起こして悲劇に落ちた女もいますよ」

「もともとインチキな男です」

と、別な男が加久に教えた。

「あの通り、前から政界にちょっと足を突っ込んできたおかげで、今では情報屋としてネタ売りには困らないわけです。何かといえば、チャチな新聞にそれを書いて嚇かしの道具にしてるんですね。それに、ハッタリもあれぐらいになると見事なもんですよ。これまで代議士連中を騙しつづけているんですが、詐欺に問われること請合いの悪質なことばかりです。それを訴える者がいないというのは、一つは彼がその方面で札つきであるということと、やはり彼に弱みを握られているせいでしょうね。悪いことも、あれくらい徹底していれば、かえって安全ですな」

そして、もっと親しい人間は加久隆平にこう言うのだった。

「おい、大丈夫か？　あそこのママがコスタリカを人手に渡して、銀座裏に別なバーを持ったそうだが、芝山にしてやられたんじゃないか？」

3

このように言ってくるのは、加久隆平と年齢の同じ親しい者だった。したがって会社の経営者が多く、噂も部下から聞いて、それを取り次ぐかたちだった。加久隆平が津神佐保子と親しく、「コスタリカ」に始終顔を出していたのは周知の事実だから、彼らもこのように遠慮のない言い方になったのだ。加久隆平を佐保子のパトロンとして考えている者も多かったから、それらの連中は佐保子の結婚を加久に対する彼女の背信として「義憤」に駆られていた。

どのような噂が伝わろうと、加久隆平は黙って笑っていた。事実、佐保子には相当な金を融通している。「コスタリカ」は儲かってはいたが、バーの貸金の回収には相当な時間がかかる。その間の金繰りに隆平はたびたび小切手を書かされた。一度もそれを請求したことはないし、佐保子からも戻したことはなかった。もっとも、別れると彼女から言い出したとき、

「あなたにはいろいろ迷惑をかけていますが、あれはもう少し待って下さい」

と言った。

「だいたい、どのくらいになってるかね？」

「そう、全部で八百万円ばかりではないでしょうか」

八百万円なら、手切金のつもりでタダで呉れてやってもいいと思った。佐保子が返済に漠然とした表現をとったのは、本人もそのつもりでいたのかもしれない。それに、彼女は芝山と結婚するのを機会に新しい店を別に持つというのだから、何かと金の要ることであろう。

新しい店の名前を「ニュー・コスタリカ」とした。今までの店は居抜きのまま譲渡はしたが、この売り込んだ名前だけは売らなかったのである。

ところで、「ニュー・コスタリカ」はあまり流行っていないという評判だった。佐保子のつもりでは、「コスタリカ」の古い客を全部新しい店に吸収できると思っていたらしいが、バーのマダムの場合、パトロンの存在はあまり邪魔にはならないが、結婚してしまえば、客に魅力を失うものらしい。これは、パトロンぐらいならマダムに誘いをかけてもそれほど不道徳とも思われないし、冒険の可能性もあるが、歴とした亭主持ちとなれば、その可能性もないだろうという客の心理からであろう。

その後伝わった話では、「ニュー・コスタリカ」もだんだんいけなくなっているということだった。一体に津神佐保子は大柄な女で、客へのサービスはゼスチュアが大げさなほうである。それが現在ではもっとオーバーになって、ほとんど孤軍奮闘のかたちだというのだ。ほかのホステスもマダムの毒気に当てられたようで、交替が激しいという評判だった。

次に加久隆平の耳に伝わった噂は、芝山が津神佐保子の稼いだ金を相当掠め奪っているということだった。佐保子がいくら働いても、ほとんど芝山に吸い取られてしまうらしい。店は相当にはやっていても、あれではとても持つまい。マダムも選(よ)りに選ってつまらない男にひっかかったものだと、同情とも軽蔑ともつかない話が入ってくる。

どうせ切れた女だと、加久隆平はなるべく自分の反応を押さえていた。彼は、佐保子に未練以上のものがあったが、二人を別れさせた決定的な暗い素因は、二度と彼を彼女に向かわせることはなかった。ただ、あの勝気な女は芝山のようなインチキな男と結婚して後悔はしているだろうが、それを告白することはあるまいと思われた。だが、加久には佐保子の沈黙が、たとえば、彼女から電話がかかって来たり、手紙が来たりすることよりも、かえって彼女の声を聞いているような気がした。あるいはその沈黙が加久に対する佐保子の遠い声だともいえる。

突然といっていい現象が或る日起こった。芝山達夫が加久の会社に現われたのだ。秘書がその名刺を運んだとき、加久には当然の躊躇(ちゅうちょ)が起こった。しかし、結局、彼はこの悪名高い情報屋を応接室に通させた。

芝山達夫は、相変わらず赭ら顔を精力的な小肥りの胴体の上に載せて構えていた。彼は丁寧だったが、その下から例の図太さがのぞいていた。が、この倨傲(きょごう)は彼の性格だけではなく、加久の女だった佐保子を自分の女房にしていることで、加久への一種の親近感とも優越感とも受け取れた。

彼の用件は、要するに広告料を出せということだった。むろん、法外な金額だから、明らかに寄付である。

加久がそれを断わると、芝山は案外あっさりと要求を引っ込めた。それからすぐに雑談に切り替えたが、こともあろうにそれが佐保子の話題だった。

「あれと一しょになったことで会長のお気持を悪くしたと思いますが、実はあれのほうからぜひ結婚してくれと申しますので、ぼくもついその気になったのですよ」

彼はそんなことを言った。それから、彼女を伴れてゴルフに行くことや、一週間ばかり泊まりがけで狩猟に出かけた話などをした。そんなときの佐保子は、新しい玩具を与えられたように嬉々としているというのだった。

加久は、次の面会人との時間切迫を理由に彼を早く帰らせようかと思った。しかし、それではこちらが大人気ないような気がした。もとより、佐保子と自分とのことは周知のことだし、この男も存分にそれを承知の上で彼女と一しょになったのだ。加久も一種の惚気を彼から聞かされて嫉妬を掻き立てられ、それで追い返したと宣伝されるのがいやだった。奇妙な心理だが、実は鷹揚に構えた加久の態度の裏には、そんな見栄とも敵愾心ともつかないものがあった。

対手は次第に佐保子の話に露骨になってきた。これも芝山のほうが役者が一枚上だったといえる。つまり、途中で加久が退席しないふうに話を持って来ているのである。

それがことごとく佐保子の人間像だった。と言うと聞こえはいいが、芝山の話し方は、一種の惚気話というよりも、猥談に近かった。もちろん、具体的なものは何一つ出ない。

しかし、抽象的なその言い回しでも、佐保子の身体を知っている加久には一つ一つが微細な映像となってくるのである。

芝山は、その妙な「親近感」で加久に打明け話をしているようだった。しかし、芝山の口から、今にも加久は「兄弟」と呼ばれそうな気がした。いや、彼の態度には露骨にそれが出ている。さんざんしゃべった挙句、

「では、どうも失礼しました」

と、芝山は黒い大きな鞄を提げて起ち上った。いやがらせの効果を十分確かめたように自信のある面構えだった。

加久隆平は、しばらくクッションの上に残って坐り込んでいた。秘書が来て、次の面会人が別な応接間に待っていることを告げたが、十分間先に延ばすように言い渡した。十分間ずらせば、次のスケジュールが将棋倒しになって崩れてゆくことも彼はよく知っている。しかし、この場合はよく考えなければならなかった。加久隆平は屈辱で身体が震えた。はじめて芝山達夫に憎しみが湧いた。あるいは彼より十五も若い芝山に対する強烈な嫉妬から、それは出ているともいえた。小肥りの精力的な顔と、身体つきだった。その中に佐保子が抱きすくめられている。今の芝山の話では、彼らの閨房は獣みたいらしい。これは、ただ、当てつけだけのつくり話とも思えなかった。

加久は、自分と佐保子との過去の交渉を振り返った。年齢的な理由よりも彼自身の気取りから、わざと淡々と振舞ったものだった。佐保子が身体の上でそれを不満に思って

いたこともよく分かる。しかし、加久は、自分のやり方を変えなかった。

佐保子が芝山に魅せられているのも、その辺からだとも思える。たとえば芝山の話では、佐保子を狩猟に伴れて旅行したとき、宿々で一晩も交渉を止めなかったと言っていた。深い密林の中に二人きりで入って、佐保子の昂奮を掻き立てたこともあると話していた。

加久は、佐保子があの暗い秘密を持っていることで、わざと芝山のような男に自分の生涯を任せたと解釈している。それは彼女自身が択んだ刑罰であろう。芝山の性格や生活を全部知っての結婚は、それによって彼女がみずからを牢獄につないだと考えていた。

だからこそ、彼女は苦労して築いた安全な城を明け渡し、困難な新しい店を持った。果たして彼女ひとりが奮闘しなければならないほど、その店の経営はむずかしかった。のみならず、芝山にごっそりと金を搾り取られている。これも彼女としては覚悟の前であったであろう。

しかし、加久は、彼女がその「秘密」をつくったのは彼に対する愛情からだと思っている。彼女が彼の愛をひたむきに求めるなら、不用意に作った愛人のバーテンをこの世から消さなければならなかった。しかし、その犯罪を加久に知られてからは、逆に佐保子が加久から去ったのである。加久が未だに佐保子に執心をつないでいるのは、その理由からだった。今でもそれは変わらない。

だから、加久は芝山が憎いのである。

4

殺人事件の捜査本部が解散しても、捜査は解消しないときもある。警察用語で任意捜査と言っているが、第一線の刑事は、事件がお宮入りになって捜査が打ち切られたことにいつまでも後味の悪いものを覚えるものだ。だから、何かきっかけがあれば、迷宮入りの捜査が復活する可能性も多い。

或る下町の一角で殺人事件が起こった。殺されたのはバーのホステスだが、加害者はガラス屋の職人だった。原因は、女が男に愛想をつかして別れ話を持ち出したことから対手がかっとなり、女がバーから帰るとき、暗闇の路上で刺殺したのである。このときの凶器が少し変わっている。検視によると、背中から心臓に達する鋭利な刃物と認定されたが、犯人の逮捕によって、それはガラスの尖ったものであることが分かった。捜査にはしばしばこういうことが起きる。つまり、犯人だけが事実を知っているという場合だ。現場で捜査側が錯覚を起こしたり、どうしても解けなかった謎が真犯人の自供によって真相が分かることである。

ガラスが凶器とは珍しい。この犯人はガラス屋の職人だから、常に分厚い板ガラスを切っていたのだ。凶器はガラス切りで鋭利な「剣」に作製された。それなら金物屋に行って匕首を求めたらよさそうなものだが、犯人の自供では金物屋から買ったのでは足のつきそうな惧れがあったという。商売物を利用したというのはなかなかの思いつきであった。

偶然のことのようだが、それから一週間ばかり経って、或る家にダイヤのリングの盗難事件が起こった。盗られた品目は被害届にちゃんと出ている。

やがて、その泥棒もつかまった。盗った品は、東北の或る都市の質屋で発見された。

「これは相当古いな」

刑事は、質屋から引き揚げた盗難品の指輪をしげしげと見て言った。三カラットだから、かなり大きなものである。これも刑事には珍しかったのかもしれない。

その刑事はためつすがめつダイヤの部分を睨んでいたが、その尖端に眼を細めた。虫眼鏡はいつも刑事の引出しに入っている。拡大してみるとダイヤの縁の先端の一つに疵がみえる。これほどのダイヤだから大事に扱ったであろうし、また落としても割れるようなことはないはずだ。その刑事は多少好奇心が強かった。彼はそれを鑑識に持ってゆき、その欠けた原因が「持主が無理して、乱暴にガラスか何かを切ったような疵」という推定を聞いた。

その刑事はまた記憶もよかった。彼は、自分自身も捜査に参加したバーのバーテン殺しを思い出した。それから、当時の捜査書類を引っぱり出し、鑑定書をひろげた。これも背後から心臓に達した刺傷で、ほとんど即死している。刑事はバーのホステス殺しの鑑定書と較べて、その刺傷の状態、凶器の推定などが非常によく似ていることを発見した。

ガラス屋の職人の使うガラス切りの道具の先には小さな工業用ダイヤがはめられてある。指輪のダイヤでも縁の尖端を当てればガラスは切れないことはないであろう。ここに用心深い犯人がいたら、金物の刃物、たとえば、バーなどで使う果物ナイフなどは決して利用しないであろう。凶器で惑わせることは犯人の勝利の一つでもある。それに、ガラスの凶器だと、粉砕してしまえば実体を消すのに容易だ。事後の処置は理想的である。

ただ、素人にその細工が出来るかどうか。ダイヤでガラスは截れても、職人でないものには不可能かもしれない。

しかし、この疑問もやがて解決された。バーテン殺しの場合は、被害者の傷口から凶器が厚さ二ミリのガラスと推定されている。二ミリの厚さのガラスは、普通の窓にふんだんにはめられているのだ。これなら素人でも截断されるだろう。

刑事はガラス屋に行った。

「さあ」

ガラス屋の主人は首をかしげた。

「われわれの使うガラス切りは、うまくダイヤの角度が合わないと切れないのです。ですから、他の同業者のものを借りてもうまくいきません。新しいものも駄目ですよ、使い慣れたものでないとね」

刑事はがっかりしたが、それは専門職のように、ガラスに疵一つつけずにきれいに截断する場合だ。普通の宝石ダイヤだと素人でもガラスが切れないことはないが、それは切るというよりも、むしろ「割る」状態に近いだろう、という。

割るにしても、この場合、だいたい筋の通りに形ができるに違いなかった。尖端部だけがきれいに切れたということもあり得る。刑事はこの可能性から追及をはじめた。彼は被害者を訪ねて、そのダイヤ指輪をどこから買い入れたかを訊いた。

「あれはですね」

と、鵜飼忠兵衛商店の番頭は言った。

「二カ月前、加久隆平様からお譲り受けしたのです。ほれ東亜鉄鋼の会長加久さんですよ。それを、今度、盗難に遇われたお客さまにお売りしたのです。……いいえ、前にはそんな疵はありませんでしたよ」

刑事は東亜鉄鋼に電話をした。

「会長は北海道に出張中です」

総務課では答えた。

「いつ、東京にお帰りですか？」

「昨日、発ちましたから、二週間後でないと帰社しません」

刑事は、加久隆平氏の自宅の住所を教えてもらった。

その刑事は、のこのことその留守宅に行って、夫人と遇った。ダイヤ指輪なら夫人の所有物だったに違いないと、この男は簡単に考えていたのだった。

「いいえ、わたくしのものではありませんわ」

と、白髪(しらが)のまじった上品な夫人は、刑事が所持者から借りてきた指輪を手にとって不審顔になった。

「しかし、宝石商がご主人から出たと申しているんですが」

刑事は言った。そう口に出したあと、彼は夫人の表情の変化ではじめて、はっとなった。後悔は及ばなかった。

夫人はけわしい顔つきで、三カラットのダイヤ指輪を刑事に突き戻した。

「それならきっと、主人が女に買ってやったに違いありません」

「女、と申されますと？」

刑事は、恐る恐る訊いた。

「あら、ご存じないの？」

「はあ……」

「津神佐保子です。主人がパトロンになってやっていた女ですよ。銀座裏の『コスタリカ』というバーのマダムです。有名な話ですわ」

刑事の脳裡に殺された男がその店のバーテンだったと閃(ひらめ)いた。

「二カ月前に切れたと主人が言ってましたから、そのとき、女が以前にもらったものを返したのでしょうね」

「はあ……」

「主人もそれを家に持ち帰るのが体裁が悪くなって、宝石屋に売ったのでしょう。刑事さん、その指輪がどうかしたのですか？」

「はあ、いえ」

刑事は退去した。

不運は、加久隆平が出張していることであった。彼が東京に居なかったばかりに、津神佐保子を防衛してやることができなかった。

刑事は帰庁して係長と打合せをした上、夜に入るのを待ち、同僚三人と「ニュー・コスタリカ」に津神佐保子を訪問した。

第十二話　消滅

1

湘南地方のN地は、最近、新しい別荘地帯としてとみに株を上げてきた。深く抉られた入江は、夏はヨット港になったし、冬は色づいた蜜柑山に囲まれて十分に暖かであった。つまり、避暑によく、避寒によかったので、誰かがここに目をつけ小さなコテージを建てた。

誰かといっても無名の人間（たとえ金持であっても）ではブームにならない。それはジャーナリストが写真班を連れてくるような「著名人」でなければならなかった。映画監督でもいいし、歌手でもいいし、画家でもいいし、小説家でもよかった。俳優ならなおよかった。

最初の開拓者がどのような職業であったかは問うところでない。とにかく、一群の有名人たちが別荘をここに持ったことでＮ地は急激にマスコミの脚光を浴びたのである。雑誌のグラビアには、高名な若い芸術家がヨットに半裸で乗り込んでくるところや、人気女優が海の上にさし出たベランダの上で嫣然（えんぜん）としている姿など、きれいな調子（トーン）で紹介された。

その背景が美しい。夏だと、強烈な太陽が汐風と波の中に融けこんでいかにも涼しそうだし、冬だと、あたりの山と、白く点在する別荘の建物とがそのままおだやかな海に投影して（もし、カメラマンが不用意にもかなしげな日本漁家をとり入れなかったら）外国の風景かと錯覚しそうであった。むろん、そこには四季を通じて贅沢（ぜいたく）な雰囲気（ふんいき）が溢（あふ）れていた。

たった三年ばかり前、貧弱な漁村だったＮ地は、魚臭い空気から建てこんだ別荘の吐く高尚な香気にとって代わった。だから地価もめきめきと上がったが、別荘人は法外な値をつけられても、決して尻ごみはしなかったのだ。見栄（みえ）のためには彼ら（或いは彼女ら）はどのような損失も惜しまないようにみえた。

Ｎ地は新しい避寒・避暑地となった。高級な都会人が集（つど）い、文化的な生活地となった。第一、魚が新鮮でおいしかった。日本式のサシミでもよかったし、フランス料理にしてもよかった。ただ、裏口からきたない格好の漁師のおかみさん（ときどき、その前かけには魚の血がついていた）がのぞくのには閉口したが。

こういう土地に目をつけた商売人がホテルを新設しようと考えたのは当然だった。別荘を持たないで、しかも同じ休暇気分を一泊または数日間味わう人たちのために、ホテルの提供は有意義であった。地元の人たちはこれを土地の繁栄だと喜び、別荘人たちは図々しい宿泊客の押しかけをホテルに追い払うことができるので歓迎した。

ホテルはここにくる人種を満足させる必要上、適当に豪華にしなければならなかった。入江を見下ろす高い台地がその敷地に択ばれたのはいうまでもない。台地のつづきには松林があり、一方の斜面には蜜柑畑の段丘があった。

その年の春がすぎたころ、台上の整地が終わって、東京から建築屋が入ってきた。ホテルは鉄筋だったので、トラックで夥しい資材が夜となく昼となく運ばれ、台上の隅はその蓄積場となり、また、別の隅には建築作業員や人夫のために仮宿舎――飯場と称するバラックが出来た。

バラックは二棟に別れていた。一棟は六畳くらいの間で十室くらいに分割され、一室には六人くらいの人員が収容された。プロパンガスの五右衛門風呂の据わった共同浴場と、賄婦つきの炊事場とが別についていた。

二棟のうち、南側の、海を見渡すほうの棟の西端の部屋に、熔接工見習の宮原次郎が寝起きしていた。

宮原次郎は、今年十七歳になる。中学校を卒業すると、すぐに建築業花岡組に入り、いまの仕事に入った。二年間の修業でかなりな腕にはなっていたが、一人前の熟練工になるにはまだまだ年季が必要だったし、年齢（とし）も若かった。

　次郎は高校まで行きたかったが、家の事情がそれを許さなかった。彼はそれを残念がり、高校の講義録などを取り寄せて読んでいた。彼は小説も好きだった。中学のとき、作文で級一番だったのがその趣味に赴かせたのである。彼は仕事が済んで飯場の部屋に帰ると、うす暗い電灯の下で読書に耽（ふけ）った。どうかすると、高校の講義録に載っている数学などよりも、小説を読んでいるほうにはるかに身が入ることが多かった。傍らでおとなの作業員が酒を呑んだり、博奕（ばくち）をしたり、口喧嘩などはじめたりしても、彼は少しも気が散らなかった。

　ことに休みの日は、彼の書き入れどきだった。みんなが出払った部屋にぽつんと居残って本を読むこともあれば、近くの松林や蜜柑畑の中に入って、樹の根や石に腰かけ、ページを繰ることもあった。前面は、おだやかな入江と、洒落（しゃれ）た別荘の点在する風光明媚（めいび）な景色である。

　ときどき次郎の気を乱すものといえば、林の中や、海沿いの路や、蜜柑畑の間をアベックの別荘人種が散歩している姿だった。それはけばけばしい色彩の服装で、腕を組み合い、ふざけ散らしては通り過ぎた。女の笑い声と、愉しそうに吹く青年の口笛を聞くと、次郎の眼はともすると、活字から離れ、いまいましげな舌打ちが出るのだった。

　別荘人種は、明らかに次郎とは身分が違っていた。彼らは東京から来るたびに素晴らしい自動車で乗りつけ、帰るときも同じ車の中に土地の魚や貝などの籠を積んで走り去るのだった。今はまだ夏に早かったので、洒落たうすいセーター姿だったが、これから暑くなると、女たちは贅沢な海水着で、その辺をうろつくに違いなかった。

　夏がもうすぐ来る。……大急ぎでこのホテル建設に呼ばれたのも、シーズン間近を控えた建築主が完成を焦っているためだった。東京の建築ラッシュにもかかわらず花岡組がこのような土地にわざわざ来たのも、法外に高い工賃で契約したからだ。次郎も多少の小遣いがふえた。

　鉄筋の骨組は出来上りつつあった。台上に三階建の建物だから、次郎のように熔接工として高いところを匍いずり回ると、下を通る別荘人の女がいやでも眼に入る。点在する別荘の周辺をちらちらする若い女も、そこからの展望に欠けはしなかった。

　ところで、善良ではあるが、作業員たちは多少粗暴であった。すぐ下の路を赤いセーターを着た若い女がハイヒールで通ろうものなら、彼らは手を休めてまでも、口笛を鳴らし、少しばかり下品な揶揄を飛ばすのだった。すると、下の女は、必ずと言っていいほど小走りに駆け出す。それを面白がって彼らはどっと囃し立てた。

　次郎は、そういうおとなの仲間の無作法さにはまだなじめなかった。下を通る被害者の女性が気の毒であった。だが、彼は、そんな野蛮なことは止めろとか、静かにしろとかおとなに言うことはできない。十七歳の彼は、せいぜい黒眼鏡の顔を顰めて、アセチレンガスの筒先から青い火花を散らす熔接に従っているだけであった。もっとも、少しでも油断をすれば、すぐ傍らで働いている熔接工の太田健一に怒鳴られるにきまっている。

時間的経過を端折って物語を進めると、宮原次郎が別荘人の宇津井登代子と知り合ったのは、或る休みの日、例によって蜜柑畑の中で講義録を読んでいるときだった。宇津井登代子が白いブラウスの上に赤いカーディガンを羽織って（だから両袖が風に靡いてひらひらしていた）やって来た。登代子は独りで散歩していたが、思いがけなくそこに飯場の男がうずくまっているのを見て、ぎょっとなったようだった。彼女は、すぐにも引っ返そうとしたが、相手が少年と知って少し安心したか、ちょっと早目の足取りで前を通り過ぎようとした。

が、そのとき、登代子の眼は次郎の手にしている講義録の上に止まったようだった。それはちょうど生物学のページで、蛙の解剖図か何かが載っていた。

次郎も、その女がこの近くの別荘人の中で一ばんきれいな女性であることを知っていた。それは作業員たちの間で品定めの第一位になっていて、いつも冷やかしの対象にされていたし、陰では猥談の中心になっていた。登代子は（もっとも、そのときは名前は分からなかったが）二十一、二くらいで、色の白い、ふっくらとした顔つきを持っていた。背が高く、少々気取った歩き方をした。遠くから見ても、眼が黒々と大きく、はっきりとした顔立ちなのである。

次郎は、何となく胸が騒ぎながらも、眼が講義録からあげられなかった。すると、女のスカートの一部が一たん行き過ぎてから、こちらに近づいたので、おや、ここで引っ返すのか、と思っていると、それはゆっくりと次郎の前に停まった。次郎は心臓が鳴った。

「あんた」と、女は言った。「感心ね。講義録など読んでるの？」

宮原次郎は赧（あか）くなり、すぐには顔をあげられなかった。ええ、と口の中で答えるともなく呟いた。

「そう。偉いわね。……働きながら勉強って、なかなかむずかしいんでしょ？」

次郎は、そのときも口の中で返事を呟いた。女の声はきれいで、上にひろがっている蒼（あお）い空のように透き徹（とお）っていた。

「そういう本を読んで、あんた、高校の検定試験でも受けるの？」

次郎は、そこまでは考えていなかったので、いいえ、と言った。

「そう。でも、勉強するだけ感心だわ。……あんな下品な飯場の人の中にあんたのような子がいるかと思うと、感動しちゃったわ。……今日は休みなの？」

「はい」

と、次郎は初めて声に出した。

「そういえば、誰もあそこに居ないわね」

彼女は、その大きな眼を少しすぼめて台上のほうを眺めた。半分組み立てられた鉄筋の上には、一人の作業員の姿もなかった。次郎は、その女の整った横顔と、牛乳のように半透明な白い皮膚が眼に灼きついた。

2

宇津井登代子の別荘は、入江の一ばん入り込んだ所にあった。それほど大きくはないが、海の上に突き出た白いベランダや、緑色の屋根がこよなく瀟洒だった。作業員の中で、彼女の父親は東京の実業家らしいこと、家族は月に二回ぐらいその父親と一しょに来ること、登代子は別荘に女中二人と留まっているところをみると、多少身体が弱いのではないかということなどが噂になっていた。

ところで、宮原次郎に登代子の興味があったのは高校の講義録だけではなかった。もし、それだけだったら、登代子は向学心の強い一人の見習職工に感心しただけであったろう。

次の休みの日、次郎はやはり蜜柑畑で本を読んでいた。その場所を択んだこと自体、次郎に彼女の来ることを期待させたと言えなくもない。そして、その期待は満たされた。やはり赤いカーディガンの両袖をひらひらさせながら、背の高い女は彼の傍に近づいて来た。

「あら、今度は講義録じゃないわね」

透き通った女の声が次郎の上から落ちた。

「小説らしいわね。何なの、それ？」

ドストエフスキイと知って、女は前の講義録のときよりも興味を示してきた。

「あんた、外国小説も読むの？」

それから、どういう作家のものを読んでいるのかとか、今まで読んだ本はどんなのがあるのかとか彼女は訊いてきた。その質問と、次郎の答との間には、絶えず彼女の美しい微笑が挿まっていた。

「ドストエフスキイはいやだわ」

と、彼女は最後に意見を言った。

「そりゃ小説は立派だと思うわ。でも、わたし、あんな暗くて重い小説は、そう好きじゃないの。もっと明かるい、そして機知のある小説が好きだわ」

次郎は、次からドストエフスキイを放擲（ほうてき）した。

次の機会（と言っても、休みは月に二回だが、資材が到着しなかったりして、まず三回ぐらいはあった）、次郎は宇津井登代子から数冊の翻訳書を借りた。それはほとんどフランス文学だった。

「わたしがもう先（せん）読んだ本よ。古くなってるから、よかったらあんたに上げてもいいわ」

本の裏には、「宇津井登代子」と所有主の名前がしるされてあった。多少、たどたどしいが、女性らしい、やさしい文字だった。次郎は、その本を自分のトランクの底に隠し、一冊ずつほかの者に見つからぬように皆に背を向けて貪り読んだ。あまり面白くはなかったが、それは自分の知能の低いせいにし、とにかく、その面白さを理解しようと努力した。

「あんたはいい子だわ。ほかの工員たちとは違うわね。あんたのような人が、人夫の人の中にいるとは思わなかったわ」

宇津井登代子は次郎に、そう賞めた。次郎は頬を赤らめた。一つは自分だけが彼女に認められたということであり、一つは彼女の軽蔑する作業員の中に自分が働いていなければならないことだった。郷里の両親はいつも言った。手に職を持っていれば、一生食いはぐれがないからな、熔接工は高い賃銀が取れる、どんなに辛くても、一人前になるまで辛抱するのだよ。——しかし、そこで一人前になり、生活の基礎を求めるなら、次郎は一生登代子の軽蔑する社会に身を置いていなければならなかった。

だけど、そういう仲間の中で登代子だけが自分の人格を認めてくれたのはうれしかった。その頃になると、休みの日だけでなく、次郎は仕事が終わると、暗い台地を下りて、洒落た別荘の並んでいる海辺をうろつくのだった。そして、四度に一度くらいは外に出て海を見ている登代子と遇った。

「こないだの小説、みんな読んだ？」

と、彼女は訊いた。

「ええ、読みました」

「面白かった？」

「ええ」

面白くないとは言えなかった。しかし、自分の理解できない小説の世界と同じように、登代子と並んでいると、未知の、予想できない未来の入口に立っているような気がした。彼女の身体からは（いずれ名のある香水なのだろうが）、馥郁とした芳香が流れてくるのだった。

「いつか、うちに遊びにこない？」

と、或るときなど登代子から誘った。

「うちには女中が二人だけなのよ。わたしが一ばん偉いの。だから、あなたの好きなものを作らせるわ。魚は少々飽いたでしょうから、ビフテキのおいしいのを用意させるわね」

飯場では、魚は飽くほど食べさせてくれなかった。ついそこに海があるのに、たいていは雑魚程度で誤魔化されていた。肉は食べさせられるが、コマ切れの肉片の浮いたスープのようなものが多かった。安くて、明日の労働の活源になるのである。

次郎は、約束の晩、特に頼んで風呂に早く入れてもらい、少し小ざっぱりした風で台上の飯場から下りた。振り返ると、夜空に八分通り出来上った鉄筋が黒々と骨組を聳やかしていた。これが完成したときが、次郎が東京に去る日なのである。鉄骨の隙間からは、飯場の乏しい灯がちらちらと洩れていた。

宇津井登代子は、約束通り次郎を歓迎した。そのころはもうかなり温度が上っていたので、海に向かった窓を開き、そこに食卓が用意されていた。漣(さざなみ)の打つ波音が床の下から起こっていた。窓からはふんだんに汐の匂いが流れ込んだ。ビフテキの肉は美しい皿に褐色の脂をぎらぎら光らせてのっていた。むろん、飯場では見たこともない肉だった。

登代子は彼と対(む)い合って、上手にナイフとフォークを動かした。食べ方も少しの気取りもない無遠慮なものだった。次郎は、そこにすっかり信頼されている自分を発見した。登代子は、あのきれいな声で、次郎の知らない外国作家の名前を言ったり、気に入った小説の筋など話して聞かせた。部屋の中は、洋画や、壁掛や、置物などが適当な空間を工夫して飾られてあった。

「宮原君はね」

と、登代子は女中たちに紹介した。

「感心な子なのよ。中学しか出ていないので、高校の講義録など読んで勉強しているの。それに、この年齢(とし)に似合わず高級な小説だって読んでるわよ。この子、頭がいいのね。今にきっと偉くなるに違いないわ」

女中たち二人は、厨房(くりや)と客間との境目に立ってほほえんでうなずいた。

登代子は、そのときも別な小説本を呉れた。飯場に持ち帰ってうしろを開いてみたが、そこにはどういうわけか彼女の署名はなかった。次郎は、その本が急に詰まらなくなって読む気もしなかった。それよりも、本を伏せて眼をつむると、暗い道端に自分を見送ってくれた登代子の姿が蘇ってきた。もう、その頃は彼女も白っぽい洋装に変わっていた。黒々とした闇に別荘の灯が縞をつくって路に流れている。その光のなかに彼女の姿が夢のように浮いていた。——

だから、昼間の工事中に鉄骨の上にあがった工員たちが、高台の下の路を通る登代子に向かって下劣な奇声を投げかけたり、口笛を吹き鳴らしたりすると、次郎は彼女が穢されたようで、無性に怒りがこみ上げてきた。しかし、どう腹を立てても、一人前の工員たちに向かって抵抗することはできない。彼は次郎次郎と言われながらこき使われている人間だった。彼は、そういう自分の惨めな姿を、下の路から登代子に見られていると思うと、身が縮みそうに恥ずかしかった。

次郎は、しかし、登代子との間を工員たちの誰にも気づかれはしなかった。彼女のもとに逢いに行くのは仕事の済んだ昏れ方からだったし、工員たちはひっそりと静まった別荘地帯に行くよりも、反対側の斜面を下りて、赤い提灯の連なっている漁師町の飲み屋にだけ足を向けていた。

だが、毎晩のように登代子の別荘の前に下りても、彼女と遇うことは少なかった。期待が満たされないで、台上の飯場の灯を目がけて坂路をとぼとぼと上るときの気持はやるせなかった。そして、すぐ足もとに見える登代子の別荘の蒼白い灯を眺め、その部屋の中にいる登代子の愉しげな姿を空想するのだった。どうかすると、その部屋の灯がちらちらと翳ることがある。それも登代子が床を歩いて灯の前を過ったように懐しく思えた。

3

一度だけ次郎は登代子の息吹にじかにふれたことがある。それは例の蜜柑畑だったが、次郎が講義録の英語の部分を開いてゆくと、登代子が分からないところを横から教えてくれたのだ。彼女は次郎の持っている本を横から一しょにさしのぞき、一節をきれいな声と発音で読み、その訳をつけてくれた。次郎は、その一節をのちのちまで暗記していた。それは活字の暗誦ではなく、ちょうど、名優のセリフで憶えているような、音楽的な記憶の仕方だった。すぐ横でものを言った彼女の口から洩れる淡い韮のような口臭を想い出した。彼女が息を吐くたびに、それが彼の鼻に漂ってきたのである。これほど近々と登代子の顔を眺めたことはなかったし、これほどじかに彼女の匂いを嗅いだことはなかった。一節の英語は彼女の官能であった。

たしかに次郎は登代子に愛されていると思った。もっとも、この愛され方は対等のそれではない。年齢の差、身分の相違、上の者の下の者への慈しみ、そういった内容のものだったが、それが分かっていても次郎は幸福であった。とにかく、自分の人格を彼女だけが認めてくれている。次郎次郎とこき使っている工員たちより、彼女ははるかに自分を人間として扱ってくれていた。そこに些少の——愛らしきものを彼は感じていた。

汐の匂いと、油のような入江と、それを取り巻く深緑の蜜柑畑。——次郎は、モーパッサンの『橄欖の森』という題名が好きであった。

すると、或る日、鉄骨の上で工員たちのどよめきが聞こえた。それは今までとは違った調子のものだった。次郎がふと下に眼をやると、登代子の別荘の前に軽快なスポーツカーが一台到着したところだった。運転手はなく、青色のうすいセーターを着た青年が登代子に迎えられて運転台から降りるところだった。彼女は青年をにこやかに迎えている。いや、顔の表情は定かには分からないが、小さく見える姿のなかで、その身ぶりははっきりと分かった。青年もまた手を上げてそれに応えている。鉄骨の上では工員たちがやかましく囃し立てた。

「あの女にも恋人がいたんだな」

と、太田健一が奇妙な声を出した。

「バカ野郎。今ごろの若い娘で男のいないやつがあるか」

「だが、今までついぞあんな男を見かけなかったな」

「どうせ金持のドラ息子に違いねえ。前からよろしくやっていたんだろう」

次郎は、心臓が苦しいくらいに速くなった。信じられないものを見た。登代子にそんな恋人があるとは思えなかった。あの青年は親戚か何かに違いない。それとも兄妹かも分からぬ。次郎は、そのことを自分の胸に納得させようと努めた。しかし、不安はそれで消えなかった。

次郎にはっきりと、その青年が登代子の恋人であり、許婚者であると分かったのは、次の休みの日だった。奇妙にそれは日曜日と重なっていた。だから、彼が例の場所で本を読み、そこに登代子と、いつぞやのスポーツカーの青年が手を組んで通りかかったとしても、日曜日と職人の休みの日が運の悪い重なりのせいにしなければならない。

「次郎君」

と、登代子は青年の腕に手を預けたまま、数歩のところで立ち停まって軽く呼んだ。

「今日も勉強なの？」

次郎は、いつものように素直に顔があげられなかった。青年への憤りと羞恥心とで首のつけ根まで赧くなっていた。

「ねえ、崎川さん、この子、とても頭がいいのよ。いま、ホテルの建設場で仕事をしているんだけれど、感心に、こうして講義録を取って勉強しているの。それに、小説だってずいぶん読んでるわ」

登代子は青年に紹介した。

「そうですか」

青年は上品な含み声だった。下をむいた次郎の眼には、折り目の正しい舶来品のズボンが陽に小さな虹をはじかせて映っていた。

「君、何を読んでるの？」

と、青年の影が本の上にさしかかった。次郎は、それをすぐに隠したかったが、登代子の前ではそれができなかった。そんな行為は彼女に悪いような気がした。しかし、次郎が心配することはなかった。青年の顔の影は忽ち本から消えたのだった。

「君、感心だな」

ただその一言を彼は残しただけだった。彼は登代子を促すと、気取った足取りで葉の茂った蜜柑畑の陰に消えた。赤い色と、冴えた青色のセーターは一しょに並んで、しばらく下のほうに見え隠れし、やがて口笛だけが聞こえた。

次郎が青年の素姓を登代子に訊いたのは、数日後の暗い海を望む別荘の近くだった。ふしぎなことに、そのとき、青年のことを訊ねる彼の気持は青年と対等な意識になっていた。

「あの人、前からの友だちなの。今年の秋、わたし、あの人と結婚するのよ」

遠い虹が急速に窄(すぼ)まった。それは水平線の彼方に落ちてゆくようだった。

「次郎君も、もうすぐ、あの飯場から引き揚げるわね？」

「ええ」

あとの声が出なかった。どう挨拶していいか分からない。青年と対等の意識になりながらも、言葉は少年の限界に閉じ込められていた。ホテルの鉄骨は、星空を背景に微かながら黒い輪郭を作り上げていた。その隙間から飯場の侘(わび)しげな灯が洩れていた。

「次郎君が東京に引き揚げると、あのホテルも間もなく完成して、この夏には賑やかな灯が入るわ。東京からたくさんのお客が泊まりに来るでしょうね。その夏が過ぎたら、わたしは、この別荘を引き揚げるの」

それから結婚だと彼女は言いたげだった。次郎が引き揚げるのを最後に、二度とこの人と遇うことはない。秋には東京の静かな邸町から閑静な郊外に移り、この人はあの青年の妻となっているだろう。

そのとき、登代子は、いいものを見せて上げましょう、と言った。無造作に指を彼に突き出した。その指には、別荘から洩れた灯を反映して、もう一つの光源があった。

「ダイヤよ。三カラット近くは十分にあるわ。これ、婚約指輪ではないけれど、あの人のプレゼントなの」

さわってもいい、と彼女は言った。次郎は、その石にふれた。冷たくて堅かった。ただ、そんな石よりも、次郎の感動は彼女の柔らかい温味のある指だった。ダイヤなどうでもよかった。

別れるとき、登代子がさようならと言ったあと、急に言った。

「次郎君、ご免なさいね」

——ご免なさいね。

そのひと言は、一体、何を意味するのだろう。彼女が次郎の気持を察しての謝罪だろうか。次郎は泪を流しながら、飯場を目ざして暗い坂路を駆け上がった。

それから十日ばかり経っての星空の晩、次郎は、海沿いの淋しい路に立っていた。今日は朝から、例の青年が宇津井登代子の別荘を訪れていることを知っていた。だから、別荘のほうには足を向けなかった。飯場のある台地の下と、漁港のある町へ出る途中は、外灯もない暗い路が数百メートルつづいている。傍らの海には、漁船の帆柱の灯が赤く点々とともっていた。入江を取り巻く漁村の橙色の灯が数珠のように連なっている。だから、ここは外灯のないほうが場所としては似つかわしかった。別荘のほうから、車のライトが台地の裾を回って走って来ていた。次郎の位置からは、そのライトが屈折した路を進んで来ているのが先ほどから見えていたのだ。それは海辺に競り出した山陰に点滅してきた。

その灯が正面に来たとき、次郎はライトの前に立った。眩しくて車の正体は見えなかったが、先方で停車してくれた。

「やあ、次郎君か」

と、眩しいライトの陰から声がかかった。思った通り登代子の許婚者の崎川だった。

「何をしてるんだい？」

次郎が片方の手をうしろに隠したまま近づいた。ライトが彼の背後になると、崎川の姿ははっきりと見えた。

「そこまで乗せてくれませんか？」

次郎は頼んだ。

「ああ、いいよ」

崎川は気軽に請け合った。

「町までかい？」

「そうです」

「乗りたまえ」

「ここ、どうして開けるんですか？」

次郎はドアをガタガタさせた。

「ほら」

崎川はうしろに背を伸ばしてドアをあけてくれた。しかし、次郎はわざと乗らなかった。

「どうしたんだい？」

次郎は左右を見回したが、歩いている人もなく、走ってくる車もなかった。

「すみません。ちょっと降りてみてくれませんか」

「降りる？　どうしたんだ？」

「このドア、変ですね。ほら、こんなにゆるんでいますよ」

次郎はゆさぶった。

「ゆるんでいる？　そんなはずはないがな」

車には神経質な男とみえた。崎川はエンジンを止めると、運転台から降りた。

「ぼくは熔接工ですから、よく分かるんです。ここ、少し緩んでいませんか？」

次郎はかがんでドアの下をのぞくようにした。

「どれどれ」

崎川は懐中電灯をともすと、そこに背を曲げた。次郎の背に隠していた片方の手が伸びた。それには工事場で使う鉄鎚（かなづち）が握られていた。

振り下ろすと同時に、ぐうっというような、物を踏み潰したときの音が崎川の口から洩れた。彼はあとの声を出さずに地面に崩れ落ちた。まるで崎川自身が芝居をしているようだった。

次郎はもう一度左右を見た。相変わらず格別な変化はない。動くものといえば、別荘の灯が波間に揺れているだけであった。次郎は崎川のポケットを探った。小さな堅い筐（はこ）が手にふれた。次郎は無意識にそれをポケットの中に入れた。それから崎川の襟首を摑んで、ずるずると海のほうに引きずって落とし込んだ。鉄鎚はそれからずっと離れたところで、ハンマー投げのように沖合へ放（ほう）った。重い死体の落ちた波の音も人を駆けつけさせるほどのことはなかった。次郎は一散に飯場の台上へ駆け上った。

下を見ると、登代子の別荘にまだ灯がついていた。窓ぎわを誰かがよぎったので、その灯がちょっとだけ瞬（まばた）いた。すらりとした女の影がゆっくりと歩き回っている。仕合せそうな身ぶりだった。次郎は自分の入れない大人の世界に泪を流した。

4

地元の警察では、崎川殺しで捜査をはじめた。現場に主のないスポーツカーが置かれたままになっているので不審を起こしたのだが、死体はすぐ下の海底から引き揚げられた。解剖では、鈍器でうしろ首を強打され、頸骨の骨折が致命傷と判断された。被害者は崎川保範という東京の某商会の子息だった。彼はそこで常務という地位だが、最近、前からの恋人との間に結婚話がまとまり、この秋挙式することになっていた。

その日も東京から、この車で許婚者宇津井登代子の別荘に来て彼女と逢い、その帰りがけの奇禍だと分かった。六万円ばかり入っている財布がポケットにそのままになっている。ただし、宇津井登代子の証言で、彼女から預った三カラットのダイヤの指輪を彼が所持していたことが知れた。それが死体から出てこないのである。

「そのダイヤの指輪は崎川さんが買ってくれたものですが、わたしの指にどうもうまく合わないので、東京で直してもらうようにことづけたのです」

登代子はそう言った。たしかに崎川はポケットに収めたというのだ。

所轄署では、死体が海中に投じられるとき、ポケットから指輪を入れた筐が落ちたという場合を考え、付近の海底を捜索したが、現物は出てこなかった。やはり犯人が持ち去ったものと考えられた。

しかし、崎川に指輪を託したのは登代子だけに分かっていることだった。ほかの女中も知らない。だから、これはダイヤ目当ての殺害ではなく、強盗の目的だったのが、犯人にとって運よくダイヤがポケットに入っていたので、それを盗んで逃げたのだろうということになった。もっとも、その犯人は極めて拙い手口をしたといわねばならない。

そのようなダイヤの指輪をほかに売ったり、質屋に入れたりすれば、必ずそこから足がつく。それよりも、六万円入りの財布を持って逃げたほうがはるかに安全なのだ。その点から、これは玄人でなく、素人の強盗だろうという結論になった。

捜査側は質屋や古物屋や宝石店などに該当品の品ぶれを手配する一方、現場近くにある飯場も見逃がさなかった。刑事がホテルの建設場に毎日のようにやって来た。

勉強好きの、品行のいい十七歳の少年宮原次郎は、刑事にはあまり目立たなかった。当夜、町の飲み屋に出かけた労務者は多かったので、捜査の対象は、もっぱらその方面に尽くされた。次郎が宇津井登代子と親しくしていた事実は、飯場の誰もが知っていなかった。

宇津井登代子も次郎のことは警察に言わなかった。はじめから彼の犯行であるとは想像もしていなかったし、あらぬ嫌疑が年少の彼にかかるのを惧れていた。それで、彼を招待したときにいた女中二人にも堅く口止めをしていた。それが少年の心を奪った登代子の「詫び」であったかもしれない。

次郎は盗ってきたダイヤの指輪の始末に困った。飯場から鉄鎚一つ失われたとしても、作業員たちにそれほど気づかれはしなかったが、指輪は絶えず他人の眼にふれる危険があった。彼は初め、それを蜜柑畑や松林の中に埋めようかと思ったが、そういう動作を誰かに見られそうだし、刑事の眼がいつも自分に光っているように思えて、どうしてもできなかった。海に投げることも同じ理由で実行不可能だったし、筐そのものが軽いので、波の上に浮き上がって来そうであった。

彼は、それを自分のトランクの底に仕舞った。幸い捜査陣も飯場の線を諦めて引き揚げたから、そのまま安全となったが、それまでは、いつ、自分の留守中に刑事がトランクの蓋をあけるか分からない不安に襲われていた。

鉄筋の工事が完成して、花岡組はN地の台地から東京に引き揚げた。次郎は、引き揚げる前の晩に、台地の上から下の別荘の灯に別れを告げた。その灯は、やはり宇津井登代子が前を過って（よぎって）いるようにときどき瞬いた。次郎は、ご免なさいね、という登代子の声をここでもう一度聞いた。

東京に帰ると、次郎には新しい仕事が待っていた。都心はビル建設のラッシュである。花岡組は、或る生命保険会社の大きな鉄筋建設工事を請け負った。それは大仕掛な工事だった。

次郎は、毎日高い足場を登り、鉄骨の上で蒼白い火を筒先から噴かせていた。作業服のポケットにはダイヤの指輪を入れた筐がいつも入れられていた。例の事件捜査は終わっていなかった。それを部屋に残しておくと、いつ刑事に捜索されて発見されるか分からない不安が、片時も品物を身辺から放せない状態にさせていた。

この筐は、実際、始末に困った。ポケットに入れるとふくれるし、ズボンの中に入れると、しゃがむときに突っ張って邪魔になった。結局、彼はズボンの尻ポケットにそれを入れていたのだが、いつ誰にそれを冗談半分にさわられるか分からない心配が絶えずあった。夜は、それを入れたズボンを布団の下に敷き、誰からも見つけられないようにした。

東京中には、その宝石の棄て場はいくらでもあった。それを金に換える意志は彼になかったから、たとえば、他家のゴミ箱の中だとか、道端の溝だとかいろいろあったが、いざ決行しようとすると、強い不安が起こった。これはN地で処置に窮したと同じ不安であった。

一方、該当品は古物屋からも、宝石店からも、質屋からも発見されなかった。遂に事件は迷宮入りとなり、田舎の警察に置かれた捜査本部は解散した。

事件から二カ月ののち、宮原次郎は、六分通り出来上った鉄骨の上で相変わらず熔接の火を噴かしていた。黒い眼鏡をかけ、胸の前に火花を避ける鉄板を置いて作業をつづけていた。彼の技術もだいぶん上達したので、本職人の太田健一も、補助的な部分は彼に任せるようになっていたのだった。

その蒼白い火に金属が忽ち熔解した。蒼白い炎は一千度以上もあった。

——このとき、次郎に思いつきが起こった。

彼はあたりを見回した。幸い太田も五、六メートル向こうでしきりと熔接作業をやっていたし、他の作業員のヘルメット帽は忙しそうに動いていた。誰一人として次郎の作業を注意している者はなかった。

次郎は、尻のポケットから筐を取り出した。蓋を開き、ダイヤの指輪を赤黒い鉄材の上に載せた。彼は、その上に蒼白い火を噴きつけた。

ダイヤのガラス体は高熱に飴(あめ)のように熔けはじめた。のみならず、銀色のまるいプラチナ台も原形がないほど歪みはじめた。キラキラとしたガラス体は、遂に形もなくなり、鉄材の上に消滅した。絢爛(けんらん)たる消滅である。

次郎は、同時に熔け残りの指輪のプラチナ部分を削り取った。それは完全には除(と)れなかったが、こんな微細なものは誰も気がつかないし、この上に別な鉄骨が載り、コンクリートで固められれば、跡かたもないわけだった。

次郎は初めて安心して、その筐を作業の帰りに他家のゴミ箱の中に抛(ほう)り込むことができた。ケースだけでは、たとえゴミ採集夫でも失望して棄てるか、腹を立てて足で踏み潰すかするに違いない。プラチナの滓(かす)はほんのちょっぴりの塊りだったので、魚のアラや屑(くず)野菜の中に突っ込んでも分かりようはなかった。

次郎は、久しぶりに身軽になった。それまで彼の尻のポケットをふくらましていた瘤(こぶ)のような邪魔物は取れた。彼は爽快な気分で凋(しぼ)んだ尻を撫(な)でた。

東京の空からは何が降ってくるか分からない。

或る日、その工事場の傍を通りかかった通行人が、上から落ちた鉄筋資材の一つで頭に裂傷を負い、病院に収容された。警察では厳重にその原因を調べた。保安上ほかにも手落ちはないかと、工事責任者と一しょに各所を調査したのだった。

そのとき一しょに調べていた現場の監督が、今にもその上に載せるばかりになっていた鉄筋の部分に、何か白く光るものを発見した。素人眼ではなく、玄人だけに分かる異物だった。彼はそこに眼を近づけた。赤錆色の鉄が砂粉を置いたように銀色に光ることはありえない。まさか鉄の部分に銀の含有物があるとは思えなかった。

早速、何か付着物のついたその鉄筋は外され、詳細な科学実験が行なわれた。すると、光るものはプラチナの熔けたものだと分かったが、不思議なことであった。

「ここの熔接は誰がやったのか？」

監督は熔接工の太田健一に訊いた。

「次郎です。あのバカ野郎が何かヘマをやりましたか？」

太田は眼をむいて言った。

監督の傍にいた刑事は、二〇メートルの高所で立ち働いている次郎の黄色いヘルメット帽に向かって、ここに降りてくるようにと大声をあげた。

解　題〈絢爛たる流離〉

藤井康栄

「絢爛たる流離」は、昭和三十八年一月号から十二月号まで「婦人公論」に連載された。清張作品というと重厚で男性的というイメージがあるが、実は初期には女性誌でも多くの作品を連載している。「霧の旗」（婦人公論、一九五九年）、「波の塔」（女性自身、一九五九年）、「風の視線」（女性自身、一九六一年）、「ガラスの城」（若い女性、一九六二年）、「風炎」（ヤングレディ、一九六四年）などがそうだ。

連載する媒体について、これほど意識した作家もいなかったのではないだろうか。新聞には新聞にふさわしいもの、小説雑誌なら、週刊誌には、女性誌は……と、舞台に応じて題材、テーマを選んで書き分けた。女性誌の連載では、女性を主人公とする作品、ラブロマンスや、恋愛をめぐる殺人などをとりあげたものが多い。

「絢爛たる流離」の誌面は、女優・新珠（あらたま）三千代（みちよ）の写真を撮り下ろして、挿絵のかわりに入れるという斬新な作りになっている。新珠三千代は、「黒い画集　寒流」「霧の旗」「風の視線」など、映画化された清張作品の多くに主演もした。

三カラットのダイヤモンドの指輪が次々に持ち主を変えて、その都度殺人事件に巻き込まれていくという、いかにも女性誌むけの題材であるが、実はこの作品を書くきっかけについて、作者自身が次のように明かしている。

「だいぶん前になるが、あるとき、地方の税務署に勤めているという未知の人から手紙をもらった。

『宝石商は必ずお寺の過去帳みたいに自分の商いを長い年月にわたってメモし、絶えず倒産の噂（うわさ）や新聞の死亡広告などに注意を払っています。人の悲しみにつけこんでは昔売った宝石を追って安く買い取ったり、またそれを他に高価に売りつけたりします。……一つ、これをとり上げて書いていただけませんか』

……こういうヒントに富む内容の手紙はめったにもらえるものではない」（エッセイ「未完短篇小説集」全集六十五巻収録）

もちろんそれぞれの話の筋は、著者の創作である。その中身には、著者自身の体験が色濃く反映されている。

第一話の舞台となる「北九州のR市」は、松本清張の育った小倉がモデルであることは明らかだし、朝鮮南部が舞台となる三、四話は、衛生兵として全羅北道井邑（せいゆう）に駐屯していた軍隊体験に基づいたものである。作品の中で、公用腕章が重要な役割を果たすが、衛生兵として公用腕章が比較的自由に使えた清張は、それを利用して町を歩き回り、古本屋で本を買ったりしている。

第八話「切符」に出てくる針金の話は、復員後、生活のためにアルバイトで箒の仲買を商売としていた著者自身の体験だし、第九話「代筆」も、小倉で「パンパン宿」を経営していた知人の話をヒントにしたものと思われる。これらのエピソードは、いずれも自伝的作品「半生の記」（全集三十四巻所収）に描かれている。

第十、十一話は、「六〇年安保」の騒乱を背景にした作品である。デモ隊で騒然とする六月十五日前後の国会近辺の様子は、冒頭の引用にも描かれている。これは実際に「アサヒグラフ緊急増刊　安保の嵐・一ヵ月」に掲載された「耳あらば聞け」という記事からの引用で、筆者の田中慎次郎は、朝日新聞で論説委員、出版局長など歴任し、「朝日ジャーナル」の創刊に深く関わった人物である。

安保問題について、松本清張が自分自身の意見を語ることはあまりなかったと思うが、ひとつ忘れられない話がある。何年も後になってからのことだが、雑談をしていた時、いきなり「安保の頃、あんたはどうしてた？」と聞かれたことがあった。「会社帰りに靴を履き替えて、私も国会を見に行きました」と答えると、にやりと笑って「実は私も行ったんだよ」と言うのだ。

「地下鉄で行ったんだが、その日は国会議事堂の駅をすっ飛ばして通過した。次の駅から歩いたよ」

飽くなき観察者松本清張は、やはりあの時、国会周辺の群衆の中にいたのである。

（松本清張記念館名誉館長）

解　説——清張さんとトリック

佐野　洋

——私は小説ばかりを書いてきたので、随筆はあまりない。（中略）それでも長い間にはいつか溜ってきて、こんど初めて出版するくらいの量に達した。この中には、随筆とは呼べないようなものもある。（中略）また、発表当時から時間が経っているので、当時の情勢と違う現象も起って、今は多少のズレにもなっているが、わざとそのままにしておいた箇所もある。時間の経過が窺えて、かえって興味があるからだ。——

これは、松本清張さんの第一エッセー集とも呼べる『黒い手帖』（中央公論社、一九六一年九月三十日刊）のあとがきの一部である。目次のタイトルは、「推理小説の魅力」「推理小説の発想」「現代の犯罪」「二つの推理」「推理小説の周辺」となっており、当時の清張さんの推理小説観を窺うための絶好の資料と言っていいだろう。

ことに、「推理小説の魅力」において、清張さんは、刺激的な表現を使って、大胆に自説を展開している。

――（広告会社の調査によると）コメディやメロドラマ、ホーム・ドラマなどよりもスリラー・ドラマのほうが女性にうけているという結果が出たというのである。以前は、タンテイ小説というと女性読者にはあまり顧みられないものだった。それが近頃なぜ急に読まれだしたのか。

それは近ごろのロマン小説がつまらなくなったからであろう。いつも似たような筋の繰返し、同じような人物のシチュエーション、変りばえのせぬ背景、それらの氾濫にロマン小説の愛好者である女性読者が退屈し、本の途中からあくびをしはじめたからではあるまいか。その間隙を、ともかくもサスペンスがあり、謎があり、人間の知恵の争闘を主題にした推理小説が進出してきたのであろう。普通の小説があまりに一色（ひといろ）になりすぎたため、読者がその平板さに飽き、変った小説を手にとりはじめたという現象と言えないだろうか。――

さらに清張さんは、当時中間小説と呼ばれていたジャンルにも、攻撃の鉾（ほこ）を向ける。

——さて、中間小説という存在がある。それがどうも近頃はさっぱり面白くない、というのが一般読者の声である。なぜかというと、中間小説というのは、大体、純文学畑の作家が、みずから調子を落して書く面白さを狙う小説だということになっている。だが、みずからを軽蔑したような、熱意のこもらない小説が面白かろうはずがない。（中略）中間小説が面白くない、という行詰りは、単にマンネリズムだけではなく、それを招いたのは書く者の不熱心と素質にかかっている。（中略）

一体「中間」小説と呼ぶ名前から変テコなものである。純文学と大衆文学の中間ということらしいが、文学にそんな曖昧な存在があるわけはない。（中略）純文学畑の作家が調子をおろして安っぽいものを書いたのが何でも中間小説というのはおかしな話である。——

ここまで読んだ読者は、清張さんが、「これに対して推理小説には、謎があり、トリックもあるから面白い」と続けるものと予想するだろう。ところが、その予想は、外れてしまう。「謎とき」やトリックが推理小説の魅力であることを認めながらも、次のように欠点を指摘する。

——ところが、作者は競争相手の読者を念頭において作品を書くために、いよいよ奇抜なトリックを案出して勝とうとする。そういう作者の脳裡(のうり)にある読者とは、読み

巧者の、専門的な、いわゆる「推理小説の鬼」と称する読者たちである。これは数少い選ばれた読者なのであろう。（中略）

このへんから、日本の推理小説は一種の同人雑誌的な狭い小説になってしまったようである。トリックはいよいよ奇想天外となり、手品的となり、現実離れがしてくる。（中略）

推理小説がマニアのみを対象とするかぎり、一般の読者には縁遠い存在となるのは仕方がない。（中略）

文章について言えば、現在の日本ものにはあまりに文句の抑制がなさすぎる。作者が、これでもか、これでもかと、恐怖感や異常感を煽り上げるのに、ありきたりの陳腐な形容詞を大げさに使用する。それで読者を震えさせているつもりであろうが、読者はそんなコケ威しの文句にはあくびをするだけである。——

「推理小説の魅力」の引用が、いささか長くなった感があるが、それには理由がある。私自身が、ある時期、日本の推理小説について、これと同じような思いを持っていたのだ。

私は、大学を出るとすぐ、新聞記者として札幌の警察廻りをしたが、警察の実際の捜査方法を知れば知るほど、探偵小説（当時はそう呼ばれていた）中の警察描写が、余りにも現実のそれと違うことに驚かされた。その結果、国産の探偵小説からしばらく離れ、外国物だけを読んでいた。

私が清張作品と出遭ったのは、その頃だった。宿直の夜、編集室の机に置かれた「週刊読売」の目次に、「松本清張の探偵小説」とあるのを見かけ、読んでみる気になったのである。松本清張と言えば、芥川賞作家のはずだが、探偵小説も書くのか、といった野次馬気分の方が多かったと言える。

その小説「共犯者」を、最初のうちは、単なる犯罪小説らしい、と考えながら読んでいたのだが、最後の数行で私は思わず手を打った。見事などんでん返し、しかもその伏線は周到に張られていた。

翌日、同じ警察記者クラブの探偵小説好きに、その話をすると、「ああ、松本清張なら、『張り込み』という短篇もよかったよ。新しい探偵小説という感じだ」と、教えられた。

それにしても、「推理小説の魅力」における清張さんの舌鋒は鋭かった。当時の純文学（ことに私小説）、中間小説、推理小説に対して、「面白くない」と断言したのである。少なくとも、推理小説に関しては、新しい形の作品を産み出すことができる、という自信があったのだろう。そして、「新推理小説」についてのイメージも持っていたようだ。再び、「推理小説の魅力」を見てみよう。

――私は今の推理小説が、あまりに動機を軽視しているのを不満に思う。それはトリックだけに重点を置いた弊だが、解決篇にちょっぴり申し訳みたいに動機らしいものをくっつけたのでは、遊びの文章というよりほかはない。

動機を主張することが、そのまま人間描写に通じるように私は思う。犯罪動機は人間がぎりぎりの状態に置かれた時の心理から発するからだ。（中略）私は、動機にさらに社会性が加わることを主張したい。そうなると、推理小説もずっと幅ができ、深みを加え、時には問題も提起できるのではなかろうか。──


ここで「社会性」という言葉を使ったためか、やがて清張さんは「社会派」と呼ばれるようになる。そして、社会の諸問題を追及さえすれば、推理小説としての趣向やトリックなどどうでもいいと誤解した作家たちも現れて来た。

清張さんは、これに危機意識とも言えるものを感じたのではないだろうか。

読売新聞出版局から、書き下ろし推理小説の監修役を依頼されたとき、「ネオ本格推理小説全集」ならば監修してもいい、という意向を示した。「あくまでも推理に重点を置いた小説であるが、昔の本格推理とは違った形のもの」という意味で、「ネオ本格」と断ったのだろう（実際にはネオではなく「新」が使われた）。この企画には、十人の作家が参加したが、清張さんは、「使用トリックが重なってはまずい」と考え、あらかじめ作品の背景やストーリーの大筋、さらにトリックの種類などを調整する役まで引きうけた。

このことからも、清張さんがいわゆるトリックを重視していたと言えるだろう。

さらに、日本推理作家協会の理事長時代、機関誌「推理小説研究」の編集を引きうけたい、とご自分から申し出て、「技法の研究」という特集をつくり上げ、「トリック分類表」（中島河太郎・山村正夫両氏担当）を掲載したりした。これは、「清張さんとトリック」を考える上で、無視できない事実だと思い、ここに紹介した。

さて、本書『絢爛たる流離』だが、郷原宏さんの『松本清張事典決定版』には、連作短篇小説に分類され、「3カラット純白無疵のダイヤが人から人へと『流離』するたびにさまざまな事件が起きる」「ダイヤを小道具にした輪廻物語という形式自体は作者の独創ではないが、ダイヤの流転がそのまま昭和世相史になっているところに清張の清張らしさが表れている」と書かれている。

たしかに、その通りで異論はないが、清張さんは、全部で十二の短篇を創るに当って、各篇に必ずいわゆるトリックを使ってみせていることも、指摘しておきたい。

その使用トリックを具体的に書くと、この解説を先に読んだ読者の興を殺ぐ結果を招きかねないので、ぼかさざるを得ないが、あるいは殺人の方法であり、あるいは死体の隠蔽方法であり、あるいはアリバイ破りに分類できるもの等、いろいろ変化に富んでいる。

恐らくこの連作短篇を考えているときの清張さんは、古いタイプの探偵小説ファン、別名「鬼」の人たちを意識していたのではないか。清張さんは、決してトリックが嫌いではなかった。

（作家）

文春文庫

絢爛たる流離

定価はカバーに表示してあります

2022年7月10日　新装版第1刷
2024年3月5日　第3刷

著　者　松本清張
発行者　大沼貴之
発行所　株式会社 文藝春秋

東京都千代田区紀尾井町3-23　〒102-8008
TEL 03・3265・1211(代)
文藝春秋ホームページ　http://www.bunshun.co.jp

落丁、乱丁本は、お手数ですが小社製作部宛お送り下さい。送料小社負担でお取替致します。

印刷製本・TOPPAN

Printed in Japan
ISBN978-4-16-791910-8

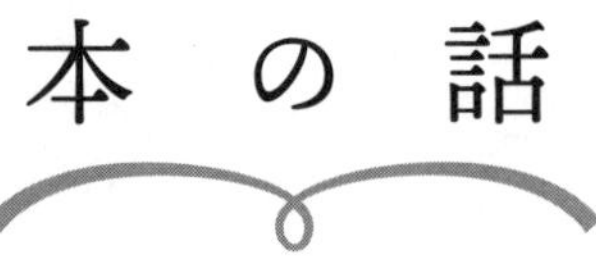

読者と作家を結ぶリボンのようなウェブメディア

文藝春秋の新刊案内と既刊の情報、
ここでしか読めない著者インタビューや書評、
注目のイベントや映像化のお知らせ、
芥川賞・直木賞をはじめ文学賞の話題など、
本好きのためのコンテンツが盛りだくさん！

https://books.bunshun.jp/

文春文庫の最新ニュースも
いち早くお届け♪

文春文庫のぶんこアラ